JONÁS ROMANO WEISS

Roth

Contents

1

Tomi Gómez Chadwick

Tomi Gómez Chadwick, entre aplausos, miradas de aprobación y admiración, subió al escenario para recibir su premio. Una vez que lo tuvo entre manos procedió a dar una serie de agradecimientos, con esa falsa modestia que únicamente tienen los más incapaces.

Félix estaba sentado en la última fila y era una especie de testigo privilegiado de un circo de mediocridad que ni pensando lo peor de la empresa y de cada uno de sus empleados se podría haber imaginado.

No tenía nada particularmente en contra de Chadwick. Pero lo consideraba un idiota sideral, un inoperante, una encarnación viviente de la incompetencia. De solo ver a Chadwick, Félix sentía arcadas, como si hubiera ingerido un cóctel de desidia por la lógica más básica.

A veces, en su mente, lo comparaba con una planta de plástico comprada en el supermercado y se preguntaba realmente quién ganaría una competencia de intelectos.

Pero eso era sólo el comienzo. En el vasto Amazonas de la incapacidad, Chadwick era una anaconda de ineptitud, asfixiando y tragándose cualquier atisbo de sentido común que se aventurara demasiado cerca de su horizonte.

Félix a menudo se entretenía pensando en analogías y sinónimos para describir la monumental falta de agudeza de Chadwick. Lo veía como un experimento de la naturaleza respecto de cuánto vacío intelectual podía soportar un ser humano sin colapsar en sí mismo.

Era, en su opinión, menos útil que un paraguas de papel en un huracán, y poseía una comprensión del trabajo tan superficial que incluso sería capaz de confundir un informe anual con el menú de la cafetería.

Félix estaba absolutamente incómodo en su asiento y balanceaba su peso constantemente de un lado al otro. Cruzaba y descruzaba las piernas y no era capaz de encontrar una posición en la cual pudiera siquiera aguantar unos minutos en paz.

En determinado momento se dio cuenta de que aquella era su primera vez en el Teatro Colón. Pensó que ese monumental templo de la cultura ya estaba arruinado para él. Profanado por una ópera tan obscena que sería difícil de superar.

Chadwick, con su capacidad de razonamiento aparentemente ausente, era como un manual de instrucciones escrito en un idioma perdido: largamente contemplado, pero eternamente indescifrable.

A veces Félix pensaba que Chadwick debía donar su cerebro a la ciencia, como lo hizo Einstein. Pero luego concluía que si ambos cerebros entraban en contacto, se cancelarían mutuamente dejando este plano de existencia.

Consideraba a Chadwick no sólo un necio, sino un verdadero festival de la estupidez, un coloso de la torpeza, un mago de lo absurdo, capaz de convertir cualquier tarea simple en un enigma.

Si en determinado proyecto Chadwick no hacía nada, entonces era el día de suerte de sus compañeros.

La mera presencia de Chadwick era como la de un faro de mediocridad, guiando a los barcos errantes hacia las rocas de la ineficacia.

Félix a veces se preguntaba si Chadwick era el resultado de un experimento sociológico extremadamente avanzado para medir su paciencia o simplemente un recordatorio viviente de que ya nada significaba nada en este mundo.

Comparar a Chadwick con un simio lobotomizado era, en opinión de Félix, insultante para los simios. Al menos ellos tenían la excusa de ser de otra especie.

Habían pasado cerca de diez minutos y Félix ya transpiraba profusamente y se desajustaba la corbata para poder dejar pasar un poco más de aire rancio y viciado que lo tranquilizara un poco.

Sentía que sus pies estaban por reventar, y con las puntas de los zapatos liberaba sus talones para aliviarse y luego volver a ingresarlos en la rigidez del cuero. Y entonces hacía contacto visual con la farsa que transcurría en el escenario y la boca del estómago se le desintegraba en un pico de acidez.

A los ojos de Félix, Chadwick no era sólo un idiota; era el maestro de ceremonias en el gran desfile de la incompetencia, un virtuoso de la vacuidad, un pionero en el arte de lo inútil. Y en los raros momentos en que Chadwick lograba superar su propia marca de inutilidad, Félix no podía más que asombrarse ante la profundidad de su ignorancia, tan vasta y profunda como el espacio mismo.

Y no es que Chadwick fuera necesariamente una mala persona. De hecho, existe un mínimo de materia gris necesaria tanto para poder ejecutar la maldad como para poder ser considerado persona.

La contribución de Chadwick a cualquier proyecto era comparable a añadir un paracaídas a un submarino: no solo era completamente irrelevante, sino que también revelaba una falta de comprensión tan profunda que desafiaba la lógica misma.

Era como si la naturaleza, en un momento de descuido cósmico, hubiera decidido experimentar qué sucedería si se creara un ser humano sin la capacidad de añadir valor de cualquier forma concebible.

Chadwick, en la mente de Félix, era el Mozart de la mediocridad, componiendo sinfonías de errores con la gracia del elefante que salió último en la competencia de ballet. Cada movimiento suyo era una danza descoordinada de despropósitos.

Félix se quitó el saco para intentar transpirar menos, pero una brisa fría lo hizo temblar de inmediato, y volvió a ponérselo. Entonces, fue el cinturón el que se volvió intolerable, como una punción en la parte baja de la zona abdominal. Intentó corregir la posición pero terminó empeorando el problema y sus ojos se llenaron de lágrimas.

La punción ahora empeorada era una analogía perfecta de aquello que estaba sucediendo tanto en el teatro como en su vida. Estaba siendo apuñalado por un objeto de punta redondeada. "Apuñalado por una cuchara", pensó soltando un suspiro.

Félix comprendió que no podría haber evitado ninguno de los sucesos que devinieron en esta tragedia. Recordó cuando le pidió a Chadwick que desapareciera, y sintió que era la única forma de que volviera la esperanza.

La presencia de Chadwick en una reunión era como tener un agujero negro en la sala: su densa incomprensión atraía y absorbía toda inteligencia circundante, dejando tras de sí un vacío de desconcierto.

Era un maestro en el arte de transformar el oro del conocimiento en el plomo de la confusión, un alquimista inverso cuya única magia residía en su habilidad para desvanecer la claridad.

Era un animal mítico, un unicornio cuya existencia era tan improbable que Félix a veces se preguntaba si no sería simplemente una alucinación colectiva, un fantasma que deambulaba por los pasillos, dejando una estela de perplejidad.

En el universo alternativo donde la lógica de Chadwick tenía algún sentido, las leyes de la física eran sugerencias, las directrices eran acertijos y los objetivos eran meras ilusiones. En este cosmos paralelo, Chadwick podría haber sido un genio, un visionario, un líder.

Chadwick seguía agradeciendo y mostrando el premio a la audiencia del enorme teatro, como si realmente lo mereciera, y Félix simplemente no podía comprender lo que sucedía.

Y en el afán de intentar comprender lo incomprensible, sacó un libro de su maletín, y se dispuso a intentar leerlo.

"Crono-Singularidades: Más Allá de las estructuras cuánticas perfectas, eternas y permanentes durante la transferencia interdimensional en el Espacio-Tiempo", por el Dr. Zain Lestari.

No era la primera vez que Félix intentaba comprender este tipo de lectura.

Pensó: "¿Quién me manda a intentar entender esto? Sin embargo, cualquier cosa es mejor que escuchar este intento de discurso".

Abrió el libro y leyó la dedicatoria: "A Bambi Stern, dondequiera que estés".

No habiendo leído ni veinte palabras y retumbando entre el balbuceo subhumano de Chadwick, un tremendo nudo en la garganta se manifestó como la imperiosa necesidad de levantarse del auditorio y salir para nunca más volver.

Y eso hizo.

2

Félix Amadeo Roth

Félix Amadeo Roth nació en Buenos Aires y fue adoptado a semanas de nacer. Al momento de la adopción, Cacho y Ema tenían 50 años, y habían agotado sus opciones biológicas para concebir.

Cacho Roth era mecánico y su taller estaba ubicado en Charcas y Canning. Era un hombre sencillo; sin embargo, tenía una gracia extraordinaria. Medía un metro ochenta y poseía generosas dimensiones, pero ni con todo el uniforme de trabajo manchado podía meter miedo por su abrumadora cara de buen tipo.

Ema Roth era secretaria en el consultorio del Dr. Emilio Chab, reconocido oftalmólogo del Sanatorio Galilea que requería sus servicios para su práctica privada.

Eran una familia de clase media porteña que podía darse algún que otro lujo, como comer afuera una o dos veces por semana, o ir de vacaciones por todo el país en autos de apariencia marchitos, pero de indestructible mecánica.

La vida de los Roth se desenvolvía con la tranquilidad y el ritmo pausado de quienes han encontrado su lugar en el mundo.

Su hogar, y particularmente el barrio de Palermo Viejo, era un reflejo de sus vidas: sencillo pero acogedor, lleno de recuerdos y pequeños tesoros acumulados a lo largo de los años.

Las paredes de la casa estaban adornadas con fotografías de viajes por la

Argentina, desde la imponente Patagonia y la vasta Pampa Húmeda, hasta las simpáticas playas de la Provincia de Buenos Aires, testimonios de sus aventuras familiares en esos autos viejos pero fieles.

Resaltaban además, por la notoria felicidad que podía percibirse en sus caras, las fotos de vacaciones en un pequeño pueblo de La Pampa llamado General Belvedere, del cual Cacho y Ema estaban absolutamente enamorados, por su aire de campo, lagunas cristalinas y noches de mil estrellas.

Ema Roth, con su estilo inconfundible, era la personificación de la elegancia sutil. No seguía las últimas tendencias de la moda, sino que prefería crear su propio estilo con piezas clásicas que reflejaban su personalidad: blusas de seda en tonos neutros, pantalones y zapatos cómodos pero *chic* para sus largas jornadas de trabajo.

Su cabello, siempre impecable, se recogía en un moño bajo que dejaba enmarcar su rostro, donde destacaban unos ojos celestes expresivos, realzados por el mínimo maquillaje.

Ema no necesitaba adornos extravagantes; su presencia, así como su voz contundente, eran suficientes para llenar una habitación.

Félix, por su parte, creció en este ambiente lleno de amor y sencillez, heredando de sus padres la pasión por descubrir los rincones más auténticos de su país y una apreciación por las cosas simples de la vida.

Todos los días, la familia Roth solía reunirse alrededor de la mesa del comedor, donde Ema preparaba platos tradicionales argentinos y europeos, mientras Cacho compartía historias de su juventud y el pequeño Félix escuchaba, absorto, imaginando las aventuras de su padre.

A pesar de la riqueza emocional y la calidez que definían la vida de los Roth, había un matiz de soledad en su existencia.

Eran un trío inseparable, un pequeño universo autónomo, pero más allá de este círculo íntimo, en su familia no tenían a nadie más.

No había tíos, primos ni sobrinos que llenaran su hogar en las festividades, ni amigos íntimos con los que compartieran sus días más significativos.

Esta soledad no era una elección, sino más bien el resultado de las circunstancias y las olas migratorias que habían dispersado a sus antepasados por el mundo, dejándolos como los únicos representantes de la familia Roth en Argentina.

Las historias de sus abuelos eran fragmentos de vidas marcadas por la esperanza y la desilusión, relatos de valentía y de pérdidas que se habían convertido en parte del legado emocional de la familia.

Habían dejado atrás todo lo conocido, llevando consigo sólo sus sueños y unas pocas pertenencias. Llegaron a un país desconocido, donde el idioma y las costumbres eran un desafío constante.

Sin embargo, con el tiempo, sus historias se diluyeron, como cartas perdidas en el mar de la memoria colectiva. La conexión con sus países de origen se desvaneció, y con ella, cualquier lazo con familiares lejanos.

Esta herencia de aislamiento y resiliencia se convirtió en una fuente de fuerza para los Roth.

Aprendieron a encontrar la felicidad en su propia compañía, a celebrar cada logro como una victoria compartida y a enfrentar cada desafío con un frente unido.

La casa de los Roth, aunque tranquila, estaba llena de amor y risas, un refugio seguro contra la soledad del mundo exterior.

La falta de una red familiar extensa y de amigos cercanos no disminuía su felicidad; más bien, les enseñaba a apreciar profundamente los momentos que compartían.

Las cenas eran largas y llenas de conversaciones, donde cada palabra era valorada. Los domingos se dedicaban a explorar rincones desconocidos de Buenos Aires, o simplemente a disfrutar de la tranquilidad de su hogar.

Félix creció sabiendo que, a pesar de que su familia era pequeña, el amor que compartían era vasto e inquebrantable.

Aunque los ecos de las generaciones pasadas resonaban con notas de tristeza y pérdida, los Roth habían aprendido a bailar al ritmo de su propia música, creando una melodía de vida que era enteramente suya, rica en amor, comprensión y una felicidad serena que no necesitaba de un público para ser real.

Y Félix, por su parte, no era bajo ningún parámetro un niño "normal".

Razonaba y aprendía a la velocidad de la luz, y no poseía la habilidad de olvidar.

Recordaba absolutamente todo lo que vivía. Esta memoria prodigiosa a lo largo de su vida sería de vital importancia para identificar mentiras, pero mientras tanto, daba arduo trabajo a sus padres, ya que debían llevar registros de todo lo que le decían.

A los dos años tenía un vocabulario prácticamente completo y una habilidad sin igual para detectar patrones y formas. Al ver el mundo desde abajo, reconocía todas las marcas y modelos de automóviles únicamente por los dibujos de los neumáticos.

Era como si tuviera un radar incorporado, podía guiar a sus padres por el tránsito de una de las ciudades más grandes del mundo para hacerlos llegar a donde quedaba su juguetería favorita.

Cacho y Ema, en su intento por mantener el ritmo, se encontraron llevando registros meticulosos de cada una de sus palabras, cada historia que contaban, y cada pequeña promesa que hacían.

La casa de los Roth se convirtió en un archivo viviente de su vida diaria, un museo donde nada se olvidaba, especialmente porque Félix, con su memoria infalible, actuaba como el curador más eficiente y exigente.

La vida con Félix era pagar una deuda atrás de otra. Si alguna vez Cacho prometía llevarlo a la plaza el sábado, más valía que el clima y el universo conspiraran a favor, porque Félix no sólo recordaría la promesa, sino que también esperaría con anticipación la aventura prometida.

Criar a un niño que nunca olvidaba presentaba sus propios desafíos únicos. Los cuentos antes de dormir no podían repetirse a menos que se quisiera escuchar una detallada crítica de las variaciones en la narración.

Las excusas improvisadas para aplazar o negar pequeños caprichos se convertían en trampas mortales de lógica, listas para ser desmanteladas por la mente analítica de Félix.

Félix podía hacer abstracciones que a sus padres les daban migrañas.

Hacía preguntas del tipo: "Si existiera un lugar en donde las personas pudieran volar, pero una persona en ese mundo imaginara un mundo donde no pudieran, y a su vez en ese otro mundo, otro personaje imaginara un mundo donde sí pudieran, ¿sabría cómo hacer, en efecto, para volar?".

Para Ema y Cacho, cada día era una lección en el arte de la precisión lingüística y la coherencia narrativa.

Los primeros años de Félix no solo pusieron a prueba la capacidad de sus padres para improvisar y adaptarse, sino que también llenaron sus vidas de una riqueza y profundidad inesperadas.

Pero también de dudas. ¿Qué se hace con un chico así? ¿Hay que mandarlo a un jardín de infantes normal? ¿Conocemos a alguien que nos pueda dar una mano con esto?

Incertidumbres que transcurrirían de la misma forma en la que conducían los mejores clientes de Cacho: a los golpes.

3

El Escape

Félix salió del Teatro Colón caminando rápido. Con palpitaciones, con falta de aire, con varias emociones a la vez que no llegaban a describir con precisión lo que sentía en ese preciso momento. Entre otras cosas sentía que había tocado fondo absoluto y no había variable que no fuera necesaria cambiar por completo.

En el ingreso al teatro todavía quedaban algunas bacterias corporativas de menos de 25 años haciendo algún tipo de danza aviar frente algún ejecutivo tres meses mayor, porque eso supuestamente debían hacer para crecer dentro de la empresa.

De un stand corporativo en el que recolectaban currículums de futuras víctimas, arrebató una caja de bolígrafos con la inscripción de JJ-Evans ante la mirada perpleja de una promotora, y salió a la calle Libertad bajando las escalinatas.

El clima era agradable, pero en su mente había una tormenta eléctrica.

Las calles de Buenos Aires, normalmente repletas de cultura y vida, se transformaban bajo el peso de su desconcierto en espejismos de gente triste. De lo que alguna vez consideró promesas de un futuro aceptable.

Caminó sin rumbo, dejando que sus pies lo guiaran por instinto más que por decisión consciente. Las avenidas y calles aledañas al teatro se convirtieron en un laberinto de reflexiones, cada esquina un recordatorio de las decisiones que lo habían llevado a este punto de inflexión.

La noche avanzaba, y con ella, Félix comenzó a sentir el cansancio. Las risas y conversaciones que emanaban de bares y restaurantes le parecían ahora distantes, como si pertenecieran a otro mundo, a otra vida.

Y aun así, en medio de su tormenta interna, había una chispa, un deseo ardiente de reconstruir todo desde las cenizas de su desesperación.

Finalmente, sus pasos lo llevaron a un pequeño bar en una calle menos transitada, un oasis de calma en la vorágine de la ciudad. Al entrar, el cambio de atmósfera fue palpable. El murmullo de conversaciones ajenas, el aroma reconfortante del café recién hecho a cualquier hora del día, y la calidez de la luz tenue lo envolvieron como un abrazo.

Se sentó solo en una mesa para seis personas con una determinación que no sabía que tenía y pidió un cortado doble con tres medialunas, un acto tan mundano, pero tan profundamente anclado en la rutina y la cultura de Buenos Aires que, por un momento, se sintió reconectado con el mundo.

El estímulo sensorial del café permitió que su mente bajara algunas revoluciones y que sus pensamientos fluyeran libremente hacia conceptos coherentes. La furia y el desconcierto que lo habían impulsado a caminar sin rumbo comenzaron a dar paso a una reflexión más serena.

Comprendió que el replanteo que necesitaba no era solo sobre su carrera o sus ambiciones, sino sobre quién quería ser en esencia.

Necesitaba ser su propio cliente. Eso que había hecho tantas veces, de agarrar empresas prendidas fuego y con paciencia y análisis transformarlas en eso que deseaban ser, es lo que debía hacer ahora consigo mismo.

Pero sucede que el cambio radical que comenzó a tener forma no era necesariamente "superador". El camino recorrido hasta acá le había dejado un nivel de cinismo y desesperanza imborrable. Y eso para un hombre incapaz de olvidar, era garantía de oscuridad.

La oscuridad que Félix sentía no era solo una metáfora de su estado emocional; se había convertido en su realidad más palpable. La desilusión con la humanidad, alimentada por recuerdos imborrables de decepciones y falsedades, lo había llevado a un punto de no retorno.

La idea de una desintoxicación total del contacto humano comenzó a tomar forma en su mente, no como una fase pasajera o un capricho momentáneo, sino como una necesidad vital para su supervivencia emocional y mental.

Félix no buscaba soluciones temporales ni consuelo en prácticas *new age* que pudieran captar la atención de una hipotética tía Fanny, con sus cristales y sus mantras de sanación. O el viaje a la India que hace una *top model* para sacarse fotos.

Lo que él necesitaba era un corte radical, una erradicación completa de las interacciones humanas que tanto dolor le habían causado. La idea de aislarse completamente no era un escape, sino un acto de autoconservación, una manera de proteger lo poco que quedaba de su ser auténtico.

La evidencia de la falibilidad humana, de la crueldad y el egoísmo, y por sobre todo, la estupidez galopante, era abrumadora.

Félix ya no quería ser parte de ese juego, de ese teatro de animalitos y de vanidades y máscaras que se desmoronaba ante el más mínimo escrutinio.

Félix se vio a sí mismo como una empresa en crisis, necesitada de una reestructuración profunda, de un cambio de paradigma que lo alejara de las toxinas que lo habían contaminado.

Tomó la caja de bolígrafos de JJ-Evans y la puso en la mesa. Sacó un cuaderno en blanco de su maletín. Y comenzó la reestructuración. El sistema estaba absolutamente roto, y no tenía reparación posible. Había que destruirlo hasta los cimientos, y crear otro completamente desde cero.

4

El Taller

Cuando Félix tenía 4 años, sus padres decidieron que por el momento no lo iban a mandar al Jardín. Entendían la necesidad de que Félix socializara y tuviera amigos de su edad, pero pensaban que el contraste iba a ser demasiado fuerte.

Mandarlo a salita de 4 para que le enseñaran los colores, cuando en su casa estudiaba el alfabeto georgiano, el armenio y el griego, parecía un sinsentido demasiado grande.

Por otro lado, que empezara la escuela directamente lo exponía a no comprender convenciones sociales básicas, con lo cual optaron por enviarlo directamente en pre-escolar, y que fuera lo que dios quisiera. Félix se quedaría en la casa.

Mientras Ema trabajaba, estaba en el taller de Cacho, que quedaba en la planta baja del edificio en el que vivían.

El consultorio del Dr. Chab quedaba en Callao y Las Heras. No era tan lejos, pero había que tomar el 59. Cuando Ema llegaba a eso de las 6 de la tarde, Cacho ya había cerrado y solía estar con Félix jugando a las cartas en el living de la casa.

Félix, fascinado por el tiempo y los relojes, todos los días a las 5 de la tarde en punto, obligaba a Cacho a dejar de trabajar y le decía: "Viejo, calentá el agua".

Félix todavía no tomaba mate ni café, pero sabía que una vez que Cacho agarraba el suyo a esa hora, el día laboral estaba terminado y podía jugar con él.

A Ema no le gustaba el tema de las cartas, y con Cacho debatían sobre esto en privado.

Una vez Cacho le dijo a Ema: "Hay algo raro con la inteligencia de Félix. ¿Vos sabés que no lo puedo hacer jugar al blackjack?".

Ema instantáneamente se puso a la defensiva. No había que ser un genio para darse cuenta de que Cacho lo quería llevar a lo de Levy.

Gerardo Levy era un amigo de Cacho de larga data y un personaje que desafiaba cualquier intento de descripción superficial.

Su vida estaba repleta de lujo, riesgo y una pizca de misterio. Dueño de una de las financieras más influyentes de la city porteña, su nombre era sinónimo de poder y riqueza en los círculos más exclusivos de Buenos Aires.

Las "cuevas" que tenía, aunque operaban en las sombras del sistema financiero oficial, eran un secreto a voces entre aquellos que buscaban mover grandes sumas de dinero lejos de los ojos inquisidores del gobierno.

Levy no era un hombre de medias tintas. Vestía con la elegancia de quien sabe que cada detalle cuenta, desde los trajes a medida hasta los sombreros que, efectivamente, solo se podían adquirir en las boutiques más exclusivas de París.

Sus autos, verdaderas joyas de la ingeniería automotriz, eran más que un medio de transporte; eran declaraciones de un estatus que pocos podían aspirar a alcanzar.

Cacho lógicamente los conocía y reparaba. Gracias a Levy se había hecho la fama de ser un mecánico que podía con estas cuestiones.

Pero si había algo que realmente apasionaba a Levy, más allá de los negocios y el lujo, era el juego.

Cada viernes, su imponente casona en Belgrano se transformaba en el epicentro de la timba porteña.

Póker para los tiburones del mundo financiero, que buscaban en el riesgo del juego la misma adrenalina que en sus operaciones diarias, y blackjack para los demás.

Los crupieres, profesionales traídos de distintos casinos, aseguraban que todo transcurriera con la fluidez y seriedad de un establecimiento oficial, aunque todo lo que ocurría allí era, lógicamente, súper clandestino.

La relación de Levy con Cacho y Ema Roth era compleja. Cacho, siempre con un pie en el mundo de los negocios menos ortodoxos, veía en Levy no solo a un amigo o cliente, sino también a un posible mentor para Félix.

Sin embargo, Ema, con su instinto protector y su moral inquebrantable, se resistía a la idea de introducir a su hijo en ese mundo de luces y sombras.

La sola idea de llevar a Félix a las partidas de Levy encendía debates que iban más allá de lo personal, tocando fibras profundas sobre el futuro que querían para su hijo.

Sucedía que la idea original de Cacho era simple, llevarlo para hacerle ganar una fortuna al blackjack. Pero era absolutamente imposible que pasara desapercibido ante Levy.

Y Levy se lo iba a querer apropiar.

La vida de Gerardo Levy era, en muchos sentidos, un juego en sí misma.

Un juego de equilibrios precarios entre el poder y la vulnerabilidad, entre la luz deslumbrante de la riqueza y las sombras alargadas del riesgo.

Era bastante menor que Cacho. Había tenido históricamente una fama tremenda de *playboy*, hasta que encontró el amor de la mano de Miriam.

Miriam Katz era de una belleza casi absurda a los veinte años, y pretendientes le sobraban. Cuando optó por compartir su vida con Gerardo, él supo que semejante premio era tal que nunca más extrañaría sus días de picaflor.

En su casona de Belgrano, Gerardo, rodeado de apostadores y fortunas en movimiento, encontraba una especie de satisfacción que el dinero, por sí solo, no le daba.

"Igual te digo que no logro sacarlo bueno en blackjack, olvidate de Levy, pero no sé qué le pasa", insistió Cacho. "Entiende cómo jugar, pero juega como cualquier hijo de vecino", terminó diciendo.

De a poco se estaban dando cuenta de que la habilidad de Félix tenía limitaciones. En efecto, lo que sucedía era que Félix no poseía habilidades matemáticas fuera de lo común.

Era un erudito en todo lo que no fuera exacto, pero no destacaba con los números.

La genialidad de Félix era un enigma que Cacho y Ema se esforzaban por descifrar día a día. A través de una serie de experimentos caseros, ambos padres comenzaron a trazar los contornos de las capacidades únicas de su hijo, descubriendo tanto sus límites como sus extraordinarias habilidades.

Uno de los primeros experimentos involucró un simple juego de memoria con cartas. Félix era capaz de recordar la ubicación de cada carta después de verlas solo una vez, incluso cuando aumentaban el número de cartas en el juego.

Su memoria era asombrosa, capaz de retener detalles intrincados de conversaciones pasadas, incluso recordando palabra por palabra lo que se había dicho.

Sin embargo, cuando intentaron aplicar este ejercicio de memoria a números y fórmulas matemáticas, los resultados fueron sorprendentemente diferentes.

Félix podía recordar los números, sí, pero su habilidad para manipularlos y entender conceptos matemáticos complejos no era superior a la de cualquier persona normal. Resolvía los problemas de aritmética básica con facilidad, claro está, pero al introducir conceptos de álgebra o geometría, su rendimiento no destacaba.

Cacho, con su ingenio mecánico, diseñó pequeños rompecabezas y juegos que requerían una comprensión espacial y lógica.

Félix se deleitaba resolviendo acertijos que implicaban el uso del lenguaje y la lógica verbal, pero enfrentaba dificultades cuando los desafíos requerían una comprensión intuitiva de la física o la mecánica.

Ema, por su parte, notó cómo Félix absorbía libros de historia, literatura y filosofía, discutiendo teorías complejas y eventos históricos con una comprensión que iba más allá de su corta edad. Sin embargo, cuando se trataba de ciencias exactas, su interés y capacidad parecían disminuir notablemente.

Los experimentos caseros también revelaron que, a pesar de su memoria casi fotográfica para detalles y eventos, Félix no mostraba una habilidad innata para el dibujo o la pintura. Su habilidad para dibujar o pintar se mantenía en un nivel básico, sin mostrar una inclinación natural hacia estas formas de expresión.

Estas observaciones llevaron a Cacho y Ema a la conclusión de que la genialidad de Félix residía en su capacidad para comprender, recordar y analizar información compleja, siempre que esta no requiriera una base aritmética extrema.

La lógica, en contrapartida, era su fuerte, pero los números no eran lo suyo.

Félix era lo que era, no tenía explicación.

Además de las peculiaridades ya descritas en el ámbito académico, Félix enfrentaba otra limitación significativa: su aversión al trabajo manual, especialmente si implicaba ensuciarse las manos.

Esta particularidad se manifestó con claridad en las tardes que pasaba en el taller de Cacho. A pesar de que su mente absorbía los conceptos mecánicos con la misma facilidad con que memorizaba pasajes de libros, la práctica física de la mecánica le resultaba profundamente desagradable.

Cacho, con su paciencia de santo y su sabiduría de mecánico experimentado, había intentado inculcar en Félix el amor por el arte de reparar automóviles, pero pronto se hizo evidente que, aunque Félix entendía la teoría detrás de cada movimiento, la ejecución práctica era un obstáculo insuperable.

La aversión de Félix no se limitaba solo al taller. Su rechazo a ensuciarse las manos era un tema recurrente en diversas actividades.

Aunque podía escribir con claridad y precisión, cualquier actividad que requiriera una expresión artística más allá de lo básico —como la pintura, la escultura o incluso el modelado en arcilla— se encontraba con una barrera infranqueable.

No era que le faltara apreciación por el arte; de hecho, podía pasar horas discutiendo sobre técnicas y estilos artísticos, pero su capacidad para participar activamente en la creación artística estaba limitada por su motricidad fina y su reluctancia a involucrarse en procesos que consideraba desordenados o sucios.

Curiosamente, esta limitación no se extendía a todas las formas de trabajo manual. Félix mostraba una habilidad sorprendente para reparar relojes, una tarea que requería una precisión y delicadeza extremas. La minuciosidad y el orden que demandaba el mecanismo de un reloj parecían resonar con su necesidad de limpieza y control.

Podía pasar horas desmontando y ensamblando pequeñas piezas, siempre y cuando el proceso se mantuviera dentro de los límites de su tolerancia al desorden y la mugre. Esta paradoja revelaba una faceta compleja de su personalidad: un joven cuya mente prodigiosa se veía constantemente en conflicto con sus sensibilidades físicas.

Félix creció sabiendo que, aunque había cosas que podía no ser capaz de hacer de la manera convencional, había un mundo de posibilidades que se abría ante él, esperando ser explorado con las herramientas que sí tenía a su disposición.

Si bien Félix nunca fue a la casona de Levy durante su primera niñez, durante su adultez muchas veces se encontró reflexionando al respecto de qué hubiera sucedido.

Concluyó dos cosas:

La primera, que sin necesidad de contar cartas o hacer cálculos complejos, hubiera encontrado al menos veinte maneras de sacarle plata a Gerardo en esa suerte de casino clandestino.

La segunda, que menos mal que su padre no se dio cuenta.

5

Café del Mañana

Habían pasado ya tres horas desde que Félix había ingresado al bar, y en la mesa había ya tres tazas vacías y tres platos, en los cuales habían venido nueve medialunas. Félix sabía perfectamente que para reestructurar esta situación había que empezar por el final.

¿Qué no era negociable? ¿Qué no podía bajo ningún concepto volver a suceder?

En ese sentido y en la columna correspondiente dentro de sus escritos, anotó: "Volver al trabajo".

Sabía, desde el instante en el cual había bajado esas escalinatas, que nunca más nadie lo vería en el trabajo, ni atendería llamadas ni daría ningún tipo de explicación a nadie relacionado con él.

Pero decidió profundizar todavía más. Nunca volvería a ningún trabajo. Nunca volvería a realizar ninguna tarea a cambio de dinero. Nunca volvería a tocar dinero ajeno bajo ninguna circunstancia.

Esa era su primera conclusión.

"Café del Mañana" se llamaba el bar en el que Félix había decidido refugiarse, y era un reflejo de otra época, un espacio sin tiempo.

Las paredes, adornadas con fotografías en blanco y negro de Buenos Aires de antaño, contaban historias de una ciudad que ya no existía, excepto en la memoria de sus habitantes más antiguos y en bares como éste, repletos, por cierto, de aquellos habitantes antiguos.

La luz tenue, filtrada a través de lámparas de vidrio coloreado, creaba un ambiente íntimo, casi confidencial, ideal para aquellos que, como Félix, buscaban un rincón para perderse en sus pensamientos.

Entre los parroquianos habituales del bar, Félix destacaba, no solo por su apariencia, sino por la intensidad de su presencia. Sentado solo en su mesa, sus tazas vacías, sus restos de medialunas, el hecho de que escribía fervientemente en su cuaderno, absorto por completo en su tarea. Esta imagen llamaba la atención de algunos de los personajes más pintorescos del lugar.

En la barra, apoyado con una postura que denotaba años de práctica, estaba Roberto, un veterano del barrio que conocía cada rincón del centro como la palma de su mano.

Con su boina ligeramente ladeada, observaba a Félix con una mezcla de curiosidad y escepticismo. "Los jóvenes de hoy y sus artilugios", murmuraba, sin comprender del todo la crisis existencial que atravesaba Félix.

En una mesa cercana, dos señoras de avanzada edad, Marta y Susana, habitués del lugar, cuchicheaban entre ellas mientras lanzaban miradas furtivas y altaneras hacia Félix.

Acostumbradas a los encuentros más tradicionales en el bar, donde las conversaciones fluían acompañadas de un café, un vino o una ginebra, la figura de Félix, tan ensimismado en su escritura, les resultaba un enigma.

"¿Qué estará tramando ese muchacho?", se preguntaban, imaginando historias que rozaban lo fantástico.

Más allá, un grupo de estudiantes de arte, siempre en busca de inspiración en los rincones más bohemios de la ciudad, observaban a Félix con una mezcla de admiración y envidia.

Su capacidad de abstracción, su aparente desapego del mundo material les parecía el epítome de la dedicación artística. Sin embargo, no se atrevían a acercarse, temerosos de interrumpir lo que claramente era un momento crucial en su vida.

El camarero, un hombre de mediana edad llamado Luis, era quizás el único que no veía a Félix como un bicho raro. En sus años de laburo, había sido testigo de todo tipo de dramas humanos, y había aprendido a leer entre líneas las historias no contadas de sus clientes.

Y a decir verdad, para ser un hombre que más o menos día por medio tenía que sacar del baño a un linyera que de alguna manera intentaba tener sexo con una prostituta, se lo veía contento con su trabajo.

Y aunque respetaba el espacio de Félix, se mantenía atento, listo para ofrecer otra taza de café o simplemente una palabra amable si el momento lo requería.

En este microcosmos del bar, Félix era al mismo tiempo una anomalía y una pieza más del rompecabezas urbano.

Mientras el mundo seguía girando a su alrededor, él se sumergía más y más en su introspección, ajeno a las miradas y los susurros, decidido a encontrar su propio camino, uno que lo alejara definitivamente de la vida que había conocido hasta ahora.

El café del lugar a Félix le parecía horrendo. Pero metido en ese tren de consumo y pensamientos, quiso pedir otro.

Cuando levantó la cabeza para buscar al mozo y éste instantáneamente respondió "¿Otro?" para que Félix acto seguido asintiera, sintió una revelación.

No era tanto la interacción humana lo que le molestaba, sino la interacción ineficiente. En este caso no le molestaba pedirle al mozo el café. Pero el solo hecho de pensarse a sí mismo en una presentación explicando por qué debía hacerse tal o cual cosa en la empresa, y recibiendo del otro lado contra argumentos absurdos de amebas parlantes, le parecía una tortura.

Y así es como procedió a escribir: "Interacción humana mínima e indispensable".

Y al escribirlo, lo hizo con la certeza de quien ha llegado a una conclusión irrefutable después de largas horas de deliberación.

A lo largo de su vida, había experimentado un amplio espectro de interacciones humanas, desde las más enriquecedoras y profundas hasta aquellas que rozaban la tortura.

Había saboreado la dulzura del amor, pero bajo ningún concepto volvería a repetirse.

En su mente, la ecuación era clara: había tenido suficiente de ambos extremos para saber que, en adelante, cualquier interacción adicional era innecesaria, un exceso, y un riesgo en su ya completa experiencia humana.

Félix consideraba que, científica y lógicamente, era correcto pensar que no había sorpresas pendientes en el ámbito de las relaciones humanas.

Valoraba profundamente los momentos de conexión auténtica que había vivido, aquellos raros instantes de entendimiento y empatía mutua que habían sabido iluminar la existencia.

Sin embargo, el precio a pagar por esos momentos —el tener que navegar por un mar de interacciones superficiales, conflictivas o directamente dañinas— le parecía desproporcionado.

La posibilidad de sufrir más interacciones de las que tenía a diario en JJ-Evans le resultaba intolerable, una tortura innecesaria que estaba decidido a evitar a toda costa.

Esta decisión no era fruto del capricho o de un momento de desesperación pasajera; era el resultado de un análisis meticuloso de su historia personal. Félix había llegado al punto en su vida en el que la soledad no era una amenaza, sino un refugio.

Nunca había tenido problemas con la soledad. Era un espacio donde podía ser él mismo sin las máscaras que las interacciones sociales a menudo requerían, sin la necesidad de justificar sus acciones o pensamientos ante los demás.

Estaba dispuesto a sacrificar la posibilidad de futuras alegrías compartidas por la certeza de evitar el dolor que, en su experiencia, venía inexorablemente atado a ellas.

En su visión del futuro, Félix se imaginaba llevando una existencia donde las únicas interacciones humanas serían aquellas estrictamente necesarias, como la breve y eficiente comunicación con el mozo del bar.

No habría lugar para debates infructuosos, para la defensa de sus ideas ante oídos sordos, para la negociación de su espacio personal y mental con quienes no podían o no querían entenderlo. Se veía a sí mismo como un observador distante, alguien que, desde la seguridad de su aislamiento elegido, podría finalmente encontrar la paz.

Esta nueva filosofía de vida requeriría ajustes, por supuesto. Félix sabía que habría momentos de duda, instantes en los que la soledad pesaría más de lo anticipado.

Pero también sabía que tenía las herramientas para enfrentar esos momentos, que su decisión de minimizar la interacción humana no era una huida, sino un paso hacia una forma de vida más auténtica y satisfactoria para él.

¿Pero podría solventar esta vida sin trabajo de ningún tipo y sin interacción humana?, se preguntaba en esta instancia.

Podría durante un tiempo, eso seguro. Félix tenía a estas alturas un capital, que sin llegar a ser millones, no era para nada despreciable.

No sabía exactamente cuánto era, sabía que las acciones que poseía se habían revalorizado, pero no llevaba la cuenta. Llamaría a su agente en el banco a primera hora de la mañana.

Sin embargo, la idea de esa llamada también lo torturaba de alguna forma. La sola idea de balancear el portfolio, intentar vivir sin consumir el capital, balancear nuevamente y leer las noticias todos los días, era como trabajar.

Lamentablemente, para que este plan funcionara, debían liquidarse todos los activos, consumir el capital, y a la mierda con la inflación.

Serían costos asumidos en pos de evitar no sólo interacciones humanas innecesarias, sino el uso innecesario del tiempo.

Félix se encontraba en un punto de inflexión, un momento crítico donde las decisiones no eran meras elecciones, sino declaraciones de intenciones, manifestaciones de una filosofía de vida que había comenzado a cristalizarse en su mente.

La idea de vivir plenamente de acuerdo con sus creencias, sin compromisos ni medias tintas, se había convertido en su única verdad.

La perspectiva de enfrentar la muerte, no como un final temido, sino como el cierre natural de una existencia vivida, desde este punto hasta aquel, sin arrepentimientos, era una noción que, lejos de atemorizarlo, le otorgaba una sensación de paz inesperada.

Félix, inmerso en sus pensamientos mientras el murmullo del bar continuaba a su alrededor, comenzó a trazar mentalmente el horizonte de los próximos diez años.

No era joven, ciertamente, pero tampoco se consideraba viejo.

Diez años le parecían un lapso adecuado, un período de tiempo suficientemente largo como para explorar las profundidades de sus deseos y experiencias, y al mismo tiempo, lo suficientemente concreto como para imponer un sentido de urgencia a sus acciones.

Esta década sería su gran obra, su sinfonía personal, compuesta no de notas musicales, sino de que nadie le rompiera los huevos.

Diez años para vivir sin ataduras, sin obligaciones que no fueran las que él mismo se impusiera. Félix sabía que este plazo le exigiría una gestión cuidadosa de sus recursos, pero estaba decidido a que el dinero no dictara el ritmo de su vida.

No se trataba de vivir con extravagancias, sino de encontrar riqueza en la simplicidad, en la autenticidad de las experiencias. Viajaría, quizá, pero a donde nadie lo conociera y, ergo, lo molestara.

Este horizonte de diez años también le brindaba a Félix la oportunidad de reconciliarse con la idea de la finitud. Aceptar que su viaje tenía un final no solo le daba un marco temporal para sus aventuras, sino que también infundía cada día con un valor inestimable.

La decisión de Félix de establecer un límite de diez años a su experimento de vida no era una capitulación ante la muerte, sino una aceptación de ésta como parte integral de la existencia.

No buscaba engañar al destino ni huir de su realidad; por el contrario, quería enfrentar el final de sus días con la cabeza en alto, sabiendo que había vivido de acuerdo con sus más profundos principios y deseos.

Así, mientras la noche avanzaba y las tazas de café se vaciaban, Félix se sentía cada vez más en paz con su decisión. Y cuando llegara el momento de despedirse, lo haría con la convicción de haber vivido.

"Morir, me voy a morir igual", pensaba, así que mejor al menos vivir primero diez años "en serio".

La decisión de liquidar todos sus activos y vivir hasta que el dinero se agotara no era impulsiva; era el resultado de un profundo proceso de introspección. Félix había tocado fondo, sí, pero en ese fondo había encontrado la libertad.

Entonces, tomó una hoja nueva y con absoluta determinación anotó su nuevo plan:

A) Nunca más volvería a tocar dinero que no fuese suyo.

B) Interacciones sociales al mínimo indispensable.

C) Liquidar todos los activos.

D) Dividir el efectivo por 120, y otorgarse una suerte de salario mensual durante 10 años.

E) Cumplido el año 10 y sin más recursos, terminaría elegantemente con su vida.

6

Foto-Pablo Retratos

Tan impecable le quedaba a Félix el uniforme previo a su ingreso a preescolar, que Ema convenció a Cacho de ir a sacarse una foto familiar unos días antes, al local de un fotógrafo de retratos que quedaba sobre la Avenida Santa Fe.

Cacho tenía sus reservas.

Intentó oponerse por un rato, pero rápidamente se dio cuenta de que la idea de Ema no era una mera sugerencia, sino una indicación de algo que indefectiblemente sucedería, con lo cual terminó por aceptar.

El fotógrafo era un viejo hombre del barrio a quien a menudo veían, pero con quién no mantenían ningún tipo de relación.

Decía que se llamaba Pablo, pero teniendo en cuenta que no hablaba una palabra de español, y su hija amablemente traducía todo del húngaro, tanto Cacho como Ema asumían que debía llamarse Pal, Pavel o Piotr, vaya uno a saber.

Al ingresar a "Foto-Pablo Retratos", Cacho y Pablo cruzaron miradas penetrantes, como si se fueran a batir a duelo en un Western.

Félix se asustó, pero al mirar a su madre y ver que ella no presentaba ni la más mínima señal de alerta o peligro, se tranquilizó.

Aprendió por primera vez sobre los machos alfa, y sobre cómo a veces, incluso sin quererlo o notarlo, los rituales de dominación y territorio seguían presentes en los seres humanos, así como en los animales.

El aroma a productos químicos utilizados en el revelado de fotografías llenaba el aire, mezclándose con el olor a madera vieja de los muebles y marcos que decoraban el lugar.

Las paredes estaban cubiertas de retratos en blanco y negro y en sepia, cada uno contando una historia, capturando un momento eterno de alegría, melancolía, orgullo o amor. Era evidente que Pablo no solo era un fotógrafo, sino un artesano de la imagen, un narrador visual que sabía cómo inmortalizar la esencia de las personas.

El espacio estaba dominado por una gran cámara montada sobre un trípode de madera, una obra majestuosa del ingenio humano que requería no solo habilidad técnica, sino también paciencia y un ojo artístico.

Junto a ella, un pesado telón de terciopelo servía de fondo para los retratos, ofreciendo una fascinante textura y profundidad.

La hija del fotógrafo, Berta, que era una joven bilingüe que hacía las veces de traductora, recepcionista y asistente, recibió a la familia Roth con una sonrisa cálida y una eficiencia que hablaba de años de práctica.

Pablo era un hombre que imponía respeto a primera vista. De la misma estatura que Cacho, su presencia era tan sólida como la de un roble centenario.

A pesar de los años marcados en su rostro, su cuerpo conservaba tremenda fortaleza, la de un artista que había pasado su vida haciendo trabajos forzados.

Su rostro, tallado en piedra, rara vez expresaba emoción alguna.

Berta, por otro lado, era el sol que iluminaba el estudio fotográfico.

Su belleza era de un tipo que no necesitaba adornos; natural, serena, con una sonrisa maternal que parecía abrazarte sin necesidad de palabras.

Era amable en su trato, con una calidez que desarmaba a los recién llegados y hacía que todos se sintieran inmediatamente cómodos en su presencia.

Había una familiaridad en su manera de ser, una cualidad amorosa que envolvía el lugar como un manto. Berta era el puente entre Pablo y el mundo, suavizando las aristas de su silencio con su risa fácil y su disposición siempre servicial.

Mientras organizaba los detalles de la sesión, explicaba con paciencia las instrucciones de su padre, asegurándose de que cada pose capturara la luz de la manera más favorecedora.

Félix, vestido impecablemente para la ocasión, observaba todo con una curiosidad insaciable. A pesar de su corta edad, había algo en la solemnidad del proceso que lo fascinaba, una sensación de estar participando en algo significativo, un ritual casi sagrado de preservación de la memoria.

La sesión fotográfica arrancó con un baile cuidadosamente coreografiado de ajustes de luz, cambios de poses y, sobre todo, de momentos de conexión genuina entre los miembros de la familia Roth.

Pablo daba indicaciones todo el tiempo, y con mucha paciencia, Berta dirigía con una mezcla de autoridad y gentileza.

Pero sucede que un artista y observador nato de la talla de Pablo rápidamente notó un detalle inquietante: Félix obedecía a sus indicaciones antes de que Berta las tradujera.

Pablo abandonó su puesto y se dirigió hasta donde estaban los Roth. Le dio una mirada penetrante a Félix, de esas que podrían haber inducido el llanto incluso en adultos, y le dijo: "Beszélsz magyarul?".

De golpe un silencio sepulcral invadió el recinto, y antes de que Cacho pudiera intervenir, Félix respondió: "Nem tudom".

"Hogyhogy nem tudod?", se puso a gritar Pablo mientras iba a una cocinita que tenía cerca de la recepción, en donde se sirvió una copa de alcohol indeterminado.

Cuando Pablo volvió y otra vez se dispuso a romper la proxemia del espacio familiar, esta vez Cacho se levantó, le puso una mano en el pecho y lo empujó hacia la pared.

Discutieron acaloradamente, pero hablando casi en secreto y con sus rostros ubicados a centímetros uno del otro.

Félix dedujo entonces que si su padre estaba comunicándose fluidamente con el viejo Pablo, entonces debía hablar húngaro , lo cual le sorprendió enormemente.

Félix manejaba palabras sueltas de muchísimos idiomas, y tenía una fascinación por los alfabetos y los diccionarios.

Lo que entendía de Pablo no era el húngaro, sino la dinámica de la fotografía. Podía adelantarse a las indicaciones porque reconocía el patrón de las anteriores, y comprendía el porqué de estas.

Finalmente, Cacho, notablemente frustrado, dijo: "Vamos, ya tienen muchas fotos, nos avisan cuando estén reveladas".

En la calle y sin que se le pasara el enojo, le dijo a Ema: "Yo sabía que no teníamos que venir con este Nazi".

Ema, consternada, le retrucó: "¿De qué estás hablando? ¿No le viste el brazo?".

Cacho respiró hondo y terminó por decir: "No me hagas caso, vamos a Due a tomar un helado así nos sacamos la mala onda".

Cuando volvieron a casa, luego del helado, Ema se encargó de proteger ante todo el uniforme de Félix para que conservara la pulcritud.

Cacho se encerró en la oficina del taller durante varias horas, notoriamente alterado.

Cuando finalmente salió, ya estaba nuevamente de buen humor, y jugó a las cartas con Félix durante un largo rato.

Si bien Félix nunca volvió a escuchar a su padre hablar húngaro, no olvidó que sabía hacerlo.

Quizá porque consideró que era también su deber, pasó largas horas durante los siguientes meses estudiando el diccionario, hasta que logró un entendimiento bastante claro del idioma, el cual, por cierto, jamás utilizaría en su vida en ninguna conversación.

7

Liquidez

Habiendo resuelto y marcado a fuego el futuro de su vida, Félix durmió como un bebé.

Por primera vez en años no usó despertador, y amaneció sin interrupciones externas a las diez. Salió de su habitación y el mundo ya era otro. Notó de inmediato que jamás había visto en su vida la luz con la que estaba iluminado el living.

Félix prácticamente nunca estaba en su departamento.

Hacía veinticinco años que trabajaba *full time*, lo cual implicaba llegar a la oficina a las ocho de la mañana y volver a su casa a las ocho de la noche.

Dedicaba los fines de semana y feriados a distintos hobbies que tenía desde su más temprana juventud, como era el caso de la reparación de relojes.

Para estos fines, alquilaba un local en una galería de la Avenida Cabildo, y lo mantenía cerrado al público.

Se lo rentaba a Sarita Suez, una vieja que vivía en el mismo edificio y tenía dos o tres locales que alquilaba para complementar la jubilación.

La vieja estaba sola, un día se murió, y nunca más vino nadie a reclamar el alquiler. Félix no lo consideraba propio, pero sabía que podía darle el uso que quisiera.

No era un espacio amplio ni bañado por la luz del sol, sino un pequeño local comercial anidado en una de las tantas galerías que están en la avenida.

A primera vista, el lugar podría parecer poco prometedor: oscuro, quizás incluso un poco claustrofóbico para el transeúnte desprevenido. Sin embargo, para Félix era un santuario.

El local, aunque modesto en tamaño, estaba organizado con un cuidado meticuloso. Las paredes, cubiertas de estanterías y armarios, albergaban una impresionante colección de herramientas y maquinaria especializada que Félix había ido adquiriendo a lo largo de los años.

Cada pieza tenía su lugar, desde delicados tornillos y engranajes hasta lentes de aumento y diminutas pinzas, herramientas esenciales para el meticuloso arte de la reparación de relojes.

En un rincón, un canasto gigante lleno hasta el borde de relojes rotos, cada uno con su propia historia de años, décadas e incluso siglos marcando el paso del tiempo, esperaban pacientemente la mano experta de Félix.

Era un tesoro de posibilidades, un desafío constante a su habilidad y paciencia, y Félix se sumergía en él con el entusiasmo de un niño explorando un cofre de juguetes.

Una vez reparados, no volvían al canasto.

Félix los guardaba cuidadosamente en un cajón bajo su mesa de trabajo, donde cada reloj, ahora revitalizado, reposaba en silencio, marcando los segundos, minutos y horas en un susurro apenas audible.

Era su colección privada de victorias, pequeños universos de complejidad mecánica que había salvado del olvido.

Todavía no sabía bien qué iba a hacer con el local.

En principio, se hizo un café con el poco café que le quedaba del último pedido, y se sentó en el sillón del living a ver su departamento como nunca lo había visto.

El departamento de Félix, ubicado en la intersección de Maure y 3 de Febrero, era un reflejo de contradicciones.

Por un lado, su amplitud y diseño moderno hablaban de un gusto por el confort y una vida de ciertas comodidades, mientras que, por otro, su impersonalidad revelaba una falta de conexión emocional con el espacio que habitaba.

Desde el momento en que uno cruzaba la puerta, era evidente que no se trataba de un hogar en el sentido tradicional de la palabra.

Los muebles, aunque elegantes y de alta calidad, eran claramente parte del alquiler, seleccionados por alguien más con un ojo para el estilo, pero sin consideración por la personalidad o las preferencias de quien viviría allí.

Cada pieza estaba en su lugar, cumpliendo una función específica, pero sin aportar calidez o carácter al ambiente.

Las paredes, libres de adornos, fotografías o cualquier tipo de arte personal, reforzaban la sensación de estar en un espacio de muestra más que en un hogar.

La decoración, si es que podía llamársele así, era tan minimalista que rozaba lo austero, con líneas limpias y una paleta de colores neutros que, aunque moderna, hacía que el departamento se sintiera más como una página de revista que como un lugar vivido.

La cocina, equipada con electrodomésticos de última generación y superficies relucientes, parecía raramente usada, como si preparar una comida fuera una tarea ocasional más que una parte integral de la vida diaria.

El comedor, con su mesa grande y sillas que parecían más obras de arte que asientos funcionales, estaba siempre listo para recibir invitados, aunque rara vez se usaba para tal fin.

El dormitorio seguía la misma línea de diseño impersonal, con una cama grande y cómoda, rodeada de muebles que cumplían su propósito sin añadir personalidad al espacio. No había fotos en las mesillas de noche, ni recuerdos en los cajones, solo lo esencial para pasar la noche.

A pesar de su aparente frialdad, el departamento servía bien a Félix como un lugar para vivir, un espacio donde podía descansar y recargar energías sin las distracciones o demandas emocionales de un hogar tradicional.

Sin embargo, era imposible ignorar la sensación de transitoriedad que impregnaba el ambiente, como si Félix estuviera allí solo por ahora, esperando el momento de moverse a otro lugar, otro espacio que, al igual que este, no retendría ninguna huella de su paso.

Sin descruzar las piernas ni dejar de contemplar el departamento con esa nueva luz de mañana que le gustaba mucho, abrió su maletín y sacó su agenda. La primera llamada del día fue a Carlitos Cronwell, del banco.

Carlitos hablaba hasta por los codos, y Félix no lo toleraba demasiado, así que apenas atendió, la hizo bien corta.

"Carlitos, ¿cómo andas? Félix Roth te habla".

Inmediatamente después, Carlitos arrancó a hablar como un torbellino de nimiedades y Félix le paró el carro.

"Carlitos, estoy en un teléfono público, escuchame, necesito que liquides todo y me dejes *cash* en la cuenta del Whitebridge. Después te cuento bien, ahora necesito que hagas esto, ¿dale? Ah!Una cosa más, ¿cuánto hay exactamente en *stocks*?".

Félix cortó y rápidamente tomó del maletín una lapicera y unas hojas de las que había usado el día anterior.

Anotó: "483 mil USD".

Volvió a agarrar la agenda y una vez localizado el número, procedió al segundo llamado.

"¿Gaspar? ¿Cómo andás loco querido?, Félix al habla".

Gaspar Levy era el hijo de Gerardo Levy, pero no solo era un cuevero de confianza, sino que era una gran persona. Tenían una historia en común con Félix. Habían hecho hazañas en Port Ember muchos años antes, quizás una vida atrás.

"Necesito mandarte una lechuga del Whitebridge, ¿estás líquido?".

"Félix querido, vos sabés que por eso no te tenés que preocupar", exclamó Gaspar con un tono calmado, y continuó : "Vos mandá lo que necesites y mañana yo te envío un auto con lo tuyo a la dirección que me digas. El servicio es *concierge*, vale el 12%".

Ambos soltaron una carcajada que les salió del alma, como cuando dos personas unidas eternamente por circunstancias extremas logran reconectar.

"Levy, te doy el 3%, la *comi* del banco te la comés, pero no esperaba menos de vos".

Félix no era un prodigio de la matemática, pero tampoco era malo. Tenía un conocimiento avanzado, sin llegar a la genialidad. Como algo que se aprende a puro esfuerzo y no por algún capricho del destino.

Sabía que en el Whitebridge tenía 20 mil dólares, y quedó gratamente sorprendido de enterarse de que sus acciones estaban valoradas en 483 mil. Esto le daba un total de 503 mil dólares para poder gastar en los siguientes diez años.

Dejó 250 mil en el banco, de manera que pudiera acceder a ellos desde el exterior, y mandó 253 mil a Levy, de los cuales al día siguiente y restando la comisión, llegarían 245.420 dólares.

Una vez hechas las divisiones correspondientes, obtendría una suerte de salario mensual fijo de 4128 dólares y unos centavitos.

Curiosamente, era un salario bastante similar al que percibía en JJ-Evans.

8

Kindergarden

Como era de esperarse, el paso de Félix por el jardín de infantes no fue el cuento de hadas que las maestras jardineras estaban acostumbradas a contar.

Cacho y Ema de alguna manera sabían en lo que se estaban metiendo, pero seguían sin creer que fuera una idea descabellada. Al fin y al cabo, lo que mucha gente no comprende de criar genios, es que no son el Dr. Zain Lestari metidos en el cuerpo de un niño de 5 años, sino que son niños de 5 años, con toda su inocencia, curiosidad y ganas de jugar, con un intelecto absolutamente fuera de lo común.

Aun así, sabían que no podían mandarlo a cualquier jardín. Pero al iniciar la búsqueda, se encontraron con que Buenos Aires era un ecosistema educativo de avanzada en ebullición. Repleto de lugares con métodos de enseñanza alternativos, influenciados en gran parte por nuevas oleadas de inmigrantes intelectuales europeos y un inminente *boom* del psicoanálisis.

Finalmente encontraron un jardín cuyo argumento de venta fue para ellos contundente. "La Carreta" había sido fundado recientemente por un matrimonio de psicólogos, de esos que responden preguntas de manera pausada, como si supieran que cada cosa que dicen es digna de ser no solo escuchada sino también analizada y digerida.

"Quizás estos psicólogos de prestigio nos pueden dar una mano respecto de qué hacer con el futuro de Félix", pensaron ambos.

El jardín era pequeño y de una impronta familiar, como si fuera un lugar en el que primara el sentimiento de comunidad por sobre el contenido de lo que sucedía puertas adentro.

El arenero, una vasta extensión de arena fina, era el centro de un universo de aventuras para los pequeños. Con una enorme carreta de madera para trepar y jugar, ofrecía desafíos físicos que estimulaban no solo la motricidad gruesa, sino también la imaginación.

Los niños podían pasar horas inventando historias y explorando mundos imaginarios.

También había una variedad de juegos que promovían desde la coordinación y el equilibrio hasta el trabajo en equipo y la resolución de problemas.

Pero quizá lo más singular del jardín era su pequeña granja, un espacio dedicado al contacto directo con la naturaleza y sus criaturas. Conejos, patos y otros animalitos se convertían en maestros silenciosos, enseñando a los niños lecciones valiosas sobre el cuidado, la responsabilidad y el ciclo de la vida.

La granja no solo proporcionaba momentos de alegría y asombro, sino que también fomentaba una conexión profunda con el entorno natural, un valor que el matrimonio fundador consideraba esencial en la educación temprana.

Pasaron semanas, y pasaron meses. Y Félix no contaba demasiado, pero tampoco se quejaba ni se resistía a ir.

Y cuando parecía que Cacho y Ema habían dado en el clavo con la institución educativa, empezaron a llegar las notitas, evaluaciones y los pedidos de que se acercaran al jardín para poder charlar con las maestras y los psicólogos.

"No tiene paciencia con los tiempos de los demás", decía en una parte de la evaluación. Y "Desafía constantemente a la autoridad", decía en otra.

"¿Qué me están queriendo decir con estas notas?" preguntaba Ema a Cacho al borde de la indignación. "¿Le preguntamos a Félix?", insistía.

Cacho la convenció de que no hicieran nada. "Primero, vamos a escuchar. En base a eso analizamos qué conviene hacer" dijo, y Ema asintió.

Tres días después estaban en la oficina del mismísimo Heberto Hoffman, junto con dos o tres maestras jardineras, de no más de 22 años cada una.

"Tomen asiento", dijo Hoffman con la templanza con la que habla un intelectual.

Heberto Hoffman era la encarnación del viejo estereotipo del intelectual alemán, un hombre cuya presencia evocaba imágenes de bibliotecas repletas de tomos antiguos y discusiones filosóficas en cafés iluminados por la tenue luz de las velas.

Rubio, con el cabello ahora plateado por el paso del tiempo, sus ojos reflejaban una mirada cansada, testimonio de las innumerables horas dedicadas a la lectura, la escritura y el pensamiento profundo.

"El nene, Félix, no se está comportando como nos gustaría", arrancó a exponer. "Emilse, ¿por qué no le contás vos?", le dijo a una de las maestras.

Emilse, notablemente temblorosa, como si fuera la primera vez que debía exponer una idea en público, pero además totalmente intimidada por la evaluación omnipresente de Hoffman, esbozó: "Es como puse en el informe, no respeta los tiempos de los demás, y no hace caso".

Un pequeño silencio se hizo presente en la oficina y luego Ema exclamó "¿No pueden ser un poquito más específicos?".

La maestra llegó a decir dos o tres palabras cuando fue interrumpida intempestivamente por Hoffman.

"Mire, se la hago corta. El nene es lo que llamamos un contreras, le gusta llevar la contra porque sí. Si la maestra dice que hay que hacer tal cosa, él quiere hacer otra", expuso Hoffman.

"Me sabrán disculpar, pero no termino de entender qué es lo que me están diciendo", respondió Ema.

"Que si él termina antes, tiene que esperar a que terminen todos y no empezar a quejarse, eso hay que enseñarle. Y que se hace lo que dice la maestra y chau", sentenció Hoffman.

Ema no era psicóloga y no tenía las herramientas como para debatir, pero sabía que lo que le estaban diciendo estaba mal, y que Hoffman, para ser una eminencia, era bastante básico.

Poco después vinieron las vacaciones de invierno y Ema empezó a llevar a Félix a su trabajo. Para entretenerlo, le llevaba una pequeña caja de herramientas que su papá ya no usaba. Nada filoso o peligroso.

Se erigía en la esquina de Callao y Las Heras, una ubicación privilegiada en el corazón de Buenos Aires, el consultorio oftalmológico del Dr. Emilio Chab.

El espacio no solo reflejaba la estatura profesional del Dr. Chab, sino que también servía como un santuario de la medicina oftalmológica, donde la precisión y el cuidado visual se encontraban en su máxima expresión.

Al cruzar las puertas del consultorio, los pacientes eran recibidos en una sala de espera amplia, bañada por la luz natural que se filtraba a través de grandes ventanas que daban a la bulliciosa avenida.

Los muebles, de madera oscura y tapizados en cuero, evocaban una época de elegancia y sobriedad, ofreciendo comodidad y tranquilidad a quienes aguardaban su turno.

Las paredes, adornadas con decenas, quizá cientos de diplomas y reconocimientos hablaban del extenso recorrido y la indiscutible habilidad del Dr. Chab en el campo de la oftalmología.

Más allá de la sala de espera, el consultorio propiamente dicho era un testimonio de la dedicación del Dr. Chab a su profesión. Equipado con la tecnología más avanzada de la época, incluyendo instrumentos importados de Europa y Estados Unidos, el espacio estaba meticulosamente organizado para facilitar una evaluación exhaustiva de la salud ocular.

El Dr. Chab, con su bata blanca inmaculada y su porte seguro, se movía con una eficiencia tranquila a través del consultorio, empleando su vasto conocimiento y experiencia para brindar alivio y soluciones a las diversas afecciones oculares que se presentaban ante él.

Además de Ema y Emilio, el que siempre estaba en el consultorio era su hijo Ramiro, que era estudiante de medicina y años después seguiría los pasos de su padre.

El Dr. Emilio Chab era una figura que no pasaba desapercibida en el ámbito médico y social de Buenos Aires. En sus 60 años, este distinguido oftalmólogo combinaba una presencia imponente con un carácter afable y una pasión inquebrantable por su profesión.

Su apariencia era tan característica como su reputación: la cabeza, desprovista de cabello, brillaba bajo las luces de su consultorio, contrastando con la tupida barba gris que enmarcaba su rostro y le otorgaba un aire de sabiduría y distinción.

Su figura, de constitución algo más que robusta, era testimonio de su gusto por los pequeños placeres de la vida, como su inseparable mate, acompañado siempre de galletitas dulces, una costumbre que tenía incluso en las pausas más breves entre paciente y paciente.

Los anteojos que descansaban sobre su nariz eran objeto de admiración y curiosidad; con monturas exquisitas y un diseño que desafiaba las tendencias pasajeras, eran tan parte de su identidad como su barba o su bata blanca.

Cuando se le preguntaba por ellos respecto de dónde habían sido adquiridos, respondía con una sonrisa orgullosa: "En Italia", dejando entrever una historia de viajes, de búsqueda de la perfección no solo en su campo, sino en cada aspecto de su vida.

Ramiro, su hijo, contrastaba con él en casi todos los aspectos. Delgado, con una timidez que lo hacía parecer aún más joven de lo que era, estaba en los albores de su vida universitaria.

A diferencia de la imponente presencia de su padre, Ramiro prefería mantenerse en un segundo plano, observando el mundo con una curiosidad insaciable que rara vez se traducía en palabras.

Su respeto y admiración por el Dr. Chab eran evidentes; nunca lo interrumpía ni cuestionaba, pero absorbía cada enseñanza, cada anécdota con la atención de quien sabe que está frente a un maestro en muchos sentidos.

La relación entre el Dr. Chab y Ramiro era un estudio de contrastes y complementariedad.

Mientras el primero dominaba cualquier habitación con su tamaño, carisma y conocimiento, el segundo se movía silenciosamente, aprendiendo no solo de los libros, sino de la rica experiencia de vida que su padre representaba.

Juntos, formaban un dúo que, a pesar de sus diferencias, compartía un vínculo profundo, forjado en el respeto mutuo y en una comprensión tácita que trascendía las palabras.

Un día cualquiera durante el receso escolar, Emilio le dejó una caja a Ema en su escritorio. Le dijo que era un oftalmoscopio roto, y que en algún momento de la tarde vendría el *service* a llevárselo para repararlo.

Félix, de 5 años de edad y sin que nadie se diera cuenta, lo reparó con sus precarias herramientas y lo dejó mejor que nuevo.

Cuando el Dr. Chab se dio cuenta de lo sucedido, quedó estupefacto.

Sabía algunas historias de Félix, pero estaba tan acostumbrado a que las madres exageraran sobre las proezas de sus hijos, que internamente había desestimado todo lo que Ema le había comentado.

Durante los siguientes 10 días, se reservó una hora por día para tener charlas con Félix y presentarle pequeños desafíos lógicos, que él resolvía casi sin esfuerzo.

Ema le comentó los problemas de Félix en el jardín, y sobre todo le contó respecto de la reunión que habían tenido con Hoffman y las maestras. El Dr. Chab escuchó con atención.

Finalmente citó a Ema y a Cacho a su consultorio y les dijo con total franqueza: "Su hijo necesita ser tratado como el genio que es. Y no lo digo como un halago ni como una cortesía, ayer le expliqué el procedimiento para realizar una cirugía ocular, y hoy en base a ese conocimiento, dedujo como realizar otras 6 cirugías para patologías totalmente distintas".

Ema lejos de sonreír, se angustió y murmuró: "Pero no sabemos qué hacer, ¿no vio lo que nos dijo este Hoffman?".

El Dr. Chab la miró a los ojos como quien iba a decir algo que no quería repetir: "Ema, lo que le está diciendo esta gente es y, perdone el término médico, una sarta de huevadas que no resiste el más mínimo análisis".

Y procedió a explicar: "No es un contreras porque se opone a lo que le dice la maestra, lo que hace Félix es hacerle notar que existen fallas lógicas en su juego, o en cualquier consigna que está proponiendo, y la maestra es, si me permiten nuevamente, demasiado pelotuda para darse cuenta".

"Y respecto de lo que dijo ese tal Hoffman sobre los tiempos de los demás, no solo está mal desde lo pedagógico, sino que es literalmente imposible. Félix siempre va a terminar primero, y por mucho que le enseñen a mediocrizarse, como propone este mequetrefe devenido en psicólogo, su curiosidad lo va a llevar constantemente a explorar nuevos horizontes. Prohibidos o permitidos".

Finalmente, Chab les dijo: "Empecemos a pensar en grande, y al menos a plantearnos la idea de que este chico va a poder ir a cualquier universidad del mundo. En lo que yo pueda, los voy a ayudar".

Cacho y Ema salieron reconfortados. Tenían de su lado a un tipo de la talla de Chab, y ahora podrían volver a llamar genio a su hijo sin pudor, sin pensar que era meramente "un contreras".

Respecto del jardín, seguiría yendo unos meses más, total ya estaba pronto a terminarlo.

9

Ezeiza

Con un plan contundente y los fondos garantizados, Félix ya se sentía muchísimo mejor. Un salario mensual que para la época era considerablemente alto, y 10 años por delante de una vida diagramada por él sin ningún tipo de invasión externa, se perfilaba como el paraíso.

Al hacer sus valijas, puso únicamente la ropa que le quedaba cómoda. Abandonó ropa de oficina, y aquella 3 talles más chica que guardaba con la esperanza de volver a entrar en ella algún día.

Félix se movía con la precisión y el propósito de quien ha tomado una decisión irrevocable. Su equipaje, lejos de estar abarrotado de objetos innecesarios, reflejaba la claridad de su visión para los próximos diez años.

Seleccionó únicamente aquellas prendas que le ofrecían comodidad, funcionalidad y la promesa de ser duraderas. Piezas versátiles que podrían servirle tanto para explorar ciudades desconocidas como para disfrutar de la tranquilidad de un retiro en la naturaleza.

Esta última decisión fue al menos curiosa, ya que el solo hecho de que contemplara la posibilidad de estar en la naturaleza denotaba ya cierto crecimiento espiritual.

Félix secretamente odiaba la naturaleza, y si bien había recorrido toda la Argentina con sus padres y algunos Parques Nacionales en Estados Unidos en distintas circunstancias, nunca lo había hecho solo.

En su maleta, cada artículo tenía su lugar y razón de ser. Camisetas de algodón suave, pantalones de tela resistente y un par de zapatos cómodos para caminar largas distancias se contaban entre sus elecciones.

También incluyó un suéter grueso y una chaqueta impermeable, preparándose para cualquier eventualidad climática.

Además de la ropa, Félix empacó algunos objetos personales esenciales: un pequeño kit de herramientas para la reparación de relojes, una navaja suiza con la que en aquellos tiempos se podía volar sin problemas, un cuaderno vacío y la caja de bolígrafos de JJ-Evans, para documentar sus pensamientos y experiencias.

Y también un par de libros de Chester Oren que le faltaban leer, pero nunca había encontrado el momento. Estos artículos no solo eran prácticos, sino que también simbolizaban su compromiso con una vida de aprendizaje continuo y autodescubrimiento.

No había lugar en su equipaje para objetos de valor sentimental excesivo. Sin embargo, se permitió incluir una pequeña fotografía de él con sus padres en el aeropuerto de Ezeiza, que se habían tomado en su cumpleaños número 14, un recordatorio silencioso de sus raíces que además en este caso puntual también resultaba simbólico.

Guardó la parte *cash* de su tesoro en bolsas de plástico super cerradas, y protegidas con cinta alrededor, para evitar la humedad y el deterioro de los billetes, y luego la colocó dentro del mismo bolso mugriento en el que la gente de Levy se la había traído.

Por un momento pensó: "¿De dónde saca Levy estos bolsos horrendos? ¿Los compra por mayor?".

La verdad es que, para enviar o guardar efectivo, nada mejor que un bolso mugriento en el que ninguna mirada se detenga a mirar dos veces.

Antes de salir, caminó unas cuadras hasta el local de la galería, y una vez adentro y admirando sus cosas por última vez antes del viaje, guardó el bolso con efectivo debajo de una pila de cajas que tenían repuestos sin valor y chatarra.

Se tomó el trabajo además de armar un cartel grande que dijera "Peligro. Fumigación", y lo puso en la puerta para mantener lejos a los curiosos.

Antes de irse, empezó a revolver el cajón con sus relojes reparados en busca de alguno lindo para usar. A pesar de su fanatismo por los relojes, Félix no usaba, puesto que sabía a toda hora exactamente qué hora era. Esta vez quiso usar uno más como recuerdo que por su funcionalidad.

Se llevó puesto un simpático Citizen Titanium que, según recordaba, había significado un desafío no menor en su restauración.

Habiendo dejado todo seteado, el departamento de la calle Maure listo para ser devuelto, y con las valijas hechas, dejó la llave al encargado y partió al Aeropuerto Internacional de Ezeiza.

A estas alturas, lo conocía de memoria. Pero hay algo en este aeropuerto que sabía despertar felicidad a cualquiera que lo transitara.

Sobre todo, cuando uno se estaba yendo y no tenía que hacer una suerte de danza de la invisibilidad frente a los chacales de la aduana, que eran capaces de arruinarte el día si habías traído medio chocolate de más.

En aquel entonces, el aeropuerto estaba dividido entre la terminal de Aerolíneas Argentinas y el Espigón Internacional. Félix tenía una predilección por el Espigón Internacional, producto de tantas visitas en su infancia, pero en este caso volaría por Aerolíneas.

No tenía bien claro qué es lo que haría en este viaje, ni cuál sería su itinerario. Sabía que, en principio, se mantendría en Europa, pero no sabía bien dónde. Recorrería un poco hasta encontrar un lugar en el que pudiera pasar más tiempo a gusto.

Por lo pronto y luego de los trámites correspondientes, se encontraba cerca de abordar en la clase económica de un Boeing 747 de Aerolíneas Argentinas a punto de despegar hacia Madrid, y la emoción se percibía en el aire.

El Jumbo era un gigante de los cielos, un emblema de la era dorada de los viajes aéreos. Al abordar, Félix se sumergió en el ambiente aero-amniótico del avión, donde el bullicio de los pasajeros encontrando sus asientos y acomodando su equipaje en los compartimentos superiores llenaba el ambiente de un eco lejano que, por su emoción, no percibía.

La cabina de clase económica, aunque espaciosa según los estándares de la época, resultaba complicada para la anatomía humana de Félix, cuya panza era prominente y a duras penas podía abrocharse el cinturón de seguridad.

Cada asiento estaba equipado con una pequeña manta y una almohada para el confort de los pasajeros en el largo vuelo transatlántico.

A bordo, la tripulación de Aerolíneas Argentinas, vestida con sus uniformes elegantes e impolutos, se movía con eficiencia y amabilidad, preparándose para el servicio de bienvenida y las demostraciones de seguridad.

El entretenimiento a bordo consistía en pantallas desplegables repartidas a lo largo de la cabina. Eran una suerte de proyectores en los cuales se verían películas y programas seleccionados para hacer más ameno el viaje.

Si bien la experiencia compartida de ver la misma película a la vez fomentaba un sentido de comunidad entre los pasajeros, en la mitad de la noche Félix creía ser el único que estaba prestando atención.

Luego de dos películas, comenzó un espacio de programación cultural.

Primero, un documental sobre la Orquesta Sinfónica Nacional, el cual era muy interesante. Y segundo, un ciclo de entrevistas de Carl Sagan a destacados científicos.

A las 3.37 de la madrugada, se encontró viendo una entrevista de Carl Sagan al Dr. Zain Lestari. Debatían una hipótesis respecto de la potencial anulación de sentimientos abstractos al cruzar por un agujero de gusano. El pizarrón de Lestari estaba colmado de ecuaciones, las cuales explicaba lentamente una por una.

Félix encontró en aquella programación un somnífero de eficacia garantizada.

Cuando se levantó con el ruido del desayuno por ser servido, comprendió que nada pone a dormir a 400 pasajeros nerviosos mejor que un documental sobre astrofísica.

Al llegar a Madrid, Félix se instaló en un modesto hostal ubicado en la calle Huertas, una de las arterias más vibrantes del corazón de la ciudad.

La zona, conocida por su bullicio, sus bares de tapas, y su rica historia literaria, le ofreció a Félix un primer contacto con el alma de Madrid, una ciudad que palpitaba al ritmo de sus calles adoquinadas y sus plazas llenas de vida.

El hostal, aunque sencillo, tenía el encanto de lo auténtico. Su habitación era pequeña y funcional, con una ventana que daba a un patio interior, ofreciendo un oasis de tranquilidad en medio del ajetreo de la ciudad.

Félix apreció la hospitalidad de los dueños, quienes lo recibieron con calidez y le proporcionaron valiosos consejos para explorar la ciudad.

Por momentos, Félix se sentía un actor de cine, comiendo rabas y tortilla, pagando con su tarjeta del Whitebridge.

A pesar de la belleza y el dinamismo de Madrid, Félix no tardó en sentir una inquietud que lo acompañaba mientras deambulaba por sus calles.

La ciudad, con su constante movimiento y su aire de eterna efervescencia, le generaba una sensación de desasosiego. Admiraba la arquitectura imponente, las plazas históricas y los museos de renombre mundial, pero había algo en el ambiente que no le permitía visualizarse pasando mucho tiempo allí en calma.

Los cafés literarios de la calle Huertas, los mercados bulliciosos y los parques llenos de vida le ofrecieron momentos de disfrute y reflexión, pero también le hicieron evidente que buscaba algo diferente.

La energía de Madrid, aunque contagiosa, era también abrumadora para alguien en busca de un retiro más tranquilo y contemplativo.

Félix se dio cuenta de que, aunque Madrid tenía mucho que ofrecer, no era el lugar donde encontraría la paz y el sosiego que anhelaba.

La ciudad le enseñó que, a veces, es necesario experimentar el desajuste para entender realmente lo que se busca en la vida. Así, con gratitud por las experiencias vividas y la certeza de que su camino estaba aún por definirse, Félix comenzó a contemplar su próximo destino, uno que esperaba estuviera más en sintonía con su deseo de tranquilidad y reflexión profunda.

Luego de dos semanas, partió hacia Barcelona pensando que quizá la conexión con el mar fuera a darle lo que buscaba.

Llegó con sus valijas a Atocha, únicamente para enterarse que su tren salía de Chamartín, y para cuando llegó a su andén, casi que tuvo que abordarlo corriendo.

Pasó las 7 horas de viaje proyectando situaciones en su cabeza que le provocasen paz.

Cuando Félix llegó a Barcelona, sus expectativas eran altas, alimentadas por relatos de su vibrante vida cultural, su arquitectura impresionante y sus playas urbanas. Se hospedó en un hostal situado en Plaza Catalunya, un punto neurálgico de la ciudad.

Desde allí, tenía Barcelona a sus pies, lista para ser explorada y vivida. Sin embargo, lo que encontró no se alineaba con lo que había imaginado o esperado.

Barcelona, con sus calles siempre llenas de gente, no tardó en revelarse a Félix como un lugar que desafiaba sus anhelos de autenticidad. La ciudad, aunque indudablemente hermosa a los ojos de muchos, le pareció a él un espanto, un engendro horrendo de urbe que, en su opinión, sólo podía ser celebrada por esnobs, drogadictos o gente que nunca la había pisado de verdad.

La famosa Rambla, con sus artistas callejeros y sus mercados, lejos de encantarle, le resultó un espectáculo superficial, una sucesión interminable de trampas para turistas que vendían una versión edulcorada y artificial de la cultura catalana.

Los edificios modernistas de Gaudí, que tantos visitantes consideran obras maestras, a Félix le parecían extravagancias sin sentido, más parecidos a decorados de una película de fantasía que a hitos de una ciudad que se preciaba de ser un referente cultural y artístico.

Incluso el Barrio Gótico, con sus calles estrechas y su historia palpable en cada piedra, no logró impresionarlo. Lo que para otros era encanto y misterio, para Félix era oscuridad y una sensación de que iba a recibir una puñalada en cada esquina.

La comida, tan alabada por viajeros de todo el mundo, le resultó indiferente. Los bares de tapas, con sus ofertas innovadoras y sus precios inflados, le parecían un reflejo más del carácter pretencioso de la ciudad.

Buscaba en ellos la autenticidad de la cocina española, pero se encontraba con menúes diseñados para impresionar más que para satisfacer, una metáfora, en su opinión, de lo que Barcelona había llegado a ser.

La playa, un oasis urbano para muchos, no fue para él más que un recordatorio de la masificación y la pérdida de identidad de la ciudad. El mar, que debería haber sido un espacio de libertad, de golpe estaba rodeado por el peor barrio posible.

Una semana después, partió a París.

La llegada fue refrescante y las vistas parisinas lo cautivaron.

Durante esa primera semana, su entusiasmo era comparable al de un niño con permiso para tocar todo.

Las calles empedradas, que bien podrían haber sido diseñadas por un traumatólogo, los cafés que rebosaban de personas demasiado absortas en su propia importancia como para querer dialogar con alguien más.

Todo ello le provocaba una sensación de *déjà vu,* un eco distante de Buenos Aires, pero con un acento pretenciosamente nasal.

El encanto de París comenzó a desvanecerse como el azúcar en el mate, dejando un pozo amargo de realidad.

La ciudad, con sus bulevares que parecían competir por el premio al más adornado con excremento canino, y sus habitantes caminando entre pedestal y pedestal, empezaron a pesarle.

Los mismos cafés que inicialmente le habían parecido pintorescos, ahora le resultaban tan acogedores como una reunión de anónimos hostiles.

Se preguntaba, con una mezcla de ironía y desdén, si Europa estaba realmente a su altura, o si, al igual que un espejismo en el desierto, la grandeza que se le atribuía era simplemente una ilusión alimentada por las expectativas infladas de argentinos y soñadores de todo el mundo.

La ironía de su situación no se le escapaba: había cruzado un océano en busca de una experiencia que creía profunda y transformadora, solo para encontrarse deseando escapar de la supuesta cuna de la civilización occidental.

París, con su aire de superioridad no solicitada, le había mostrado que la idealización de un lugar, alimentada por películas, libros y relatos de viajeros del pasado, a menudo chocaba con la realidad de la experiencia vivida.

Así, Félix comenzó a contemplar su próximo movimiento, con la esperanza de encontrar un lugar con el que pudiera conectar.

No es que España y Francia no le hubiesen gustado. Pero quería de alguna manera bajarles el tono.

Necesitaba algo quizás intermedio.

Permaneció en silencio. Y luego con una pequeña sonrisa, la de quien se ha dado cuenta de cuál debe ser su próximo paso, esbozó: "Un lugar pequeño entre España y Francia, que no sabe cómo vivir".

10

La Escuela

Félix terminó el jardín y en los tres meses posteriores, previos a que comenzara la escuela primaria, Cacho y Ema estaban notablemente nerviosos. Realmente no sabían qué esperar. La elección del colegio estuvo muy influenciada por la sugerencia del Dr. Chab, quien había recomendado enfáticamente que Félix concurriera a la misma escuela primaria a la que iban sus dos hijas.

"Los dueños no son la gran cosa, pero el director es íntimo amigo mío", resaltaba Chab. Se estaba refiriendo a Gabriel "Buby" Snajer, un educador de raza, un profesional que serviría de contención y de guía para Félix.

"La Escuela", era una pequeña institución privada de Palermo, de esas que también se presentaban con el mote de "Educación de Avanzada".

Si bien los Roth eran una familia de clase media en la que ambos padres trabajaban, Félix respecto del dinero, únicamente había experimentado la abundancia.

Cacho no tenía mayores estudios, pero era un excelente mecánico, y uno honesto, resultando en un combo de cualidades que hacían que rara vez su portador fuera pobre.

Aun así, los chicos que concurrirían con Félix a este establecimiento eran gente de plata, y eso tanto a Cacho como a Ema los inquietaba un poco.

Félix recuerda que su primer día de clases se le cruzó un pensamiento por la cabeza: "¿Esto era?".

Tanto le habían hablado de la escuela, de las cosas que podría esperar, de lo que se podía y no se podía hacer, de qué hacer si se aburría, de qué llevarse para estudiar si las maestras no lo comprendían, que se había hecho a la idea de que el concepto "escuela primaria" era algo mucho más complejo de lo que era realmente.

Cacho y Ema estaban aterrados respecto al posible *bullying* en el área social. El *bullying* era una realidad en todas las escuelas, y ellos estaban casi convencidos de que Félix sería víctima.

Cacho incluso instaló un *"Puchimbol"* en el taller, y se puso a practicar boxeo todos los días.

Simplemente no concebía un futuro cercano en el cual no tuviera que agarrarse a piñas con alguno de los otros padres, para que realmente transmitiera a su hijo una buena educación.

Cacho le reparaba el auto al Yunque Cataldi, un ex boxeador profesional que había sido campeón sudamericano. Con esto del boxeo se habían hecho más amigos, y dos o tres veces por semana pasaba por el taller a tomar un café y hacer un poco de guantes.

El Yunque a veces venía con un peluquín, y a veces con su desplumada cabellera. Todavía no tenía claro qué iba a hacer con su situación capilar.

Cacho llegaba de trabajar literalmente estropeado. "¡Por dios! ¿Qué te pasó?", preguntaba Ema muerta de miedo cuando lo veía con la boca cortada y los dos ojos morados. "¡Esto me lo hizo el Yunque!", decía Cacho al borde del éxtasis.

Y luego bromeaba: "¡No sabés cómo quedó él!", pero de más está decir que el Yunque no salía ni con el peluquín despeinado del taller.

Y en parte por todo esto del boxeo, es que ambos padres quedaron gratamente sorprendidos cuando vieron que a Félix en la primaria le iba bien. No espectacular, pero bien. Lógicamente el parámetro no pasaba por las notas, sino por la convivencia y lo social.

Sucedió que la imaginación sin límites de Félix era ideal para crear juegos y mundos en los cuales los demás chicos pudieran jugar, y se hizo amigos.

En determinado momento se puso de moda contar chistes, y los chicos recolectaban chistes de sus padres y abuelos para luego contar en la escuela.

Félix no lo necesitaba. El podía inventar una cantidad industrial de chistes por día, y algunos realmente eran muy buenos.

Así fue como Félix fue encontrando su lugar como el gracioso de la clase. Lo que le aburría del contenido, el cual consideraba precario, lo complementaba en pensar chistes respecto de ese contenido, y provocar los estallidos de risa del salón.

Y no es que no hubiera *bullies*, los había.

Pero Félix fue también desarrollando un sentido de autopreservación en el cual simplemente sabía dónde no meterse y a quién no molestar.

Un año después, Cacho dejó el box, pero el Yunque siguió viniendo durante muchos años más.

Félix le tenía un poco de miedo. Trataba de no ir al taller cuando él estaba, pero a veces se cruzaban.

El miedo de Félix era simplemente a lo distinto. El Yunque era un buenazo de aquellos, siempre y cuando no fueras su enemigo. Había nacido y se había criado en una villa miseria de las afueras de la ciudad. Peleaba para sobrevivir, lo cual también se apreciaba en el ring.

Félix recuerda una frase que le escuchó decir una vez mientras hablaba con Cacho: "Se advierte con la mirada, se disciplina con la mano abierta, y se neutraliza con la mano cerrada".

Con el pasar de los meses y años, Félix disfrutaba de ir a la escuela y desafiarse a sí mismo para hacer los mejores chistes.

Y fue quizás la falta de problemas lo que engolosinó a sus padres y los volvió ambiciosos. Ahora querían que Félix avanzara de golpe unos cuantos grados y terminara la escuela antes.

El Dr. Chab fue quien gestionó la reunión entre el director del establecimiento y un veedor del Ministerio de Educación de la ciudad.

Gabriel "Buby" Snajer recibió al Doctor con amplia efusividad. "Nos enorgullece que esta pequeña comunidad escolar tenga como miembro a tamaño pilar de la medicina porteña", le dijo.

"Bueno, espero que no lo diga por lo gordo", respondió Chab para romper el hielo y ambos carcajearon como viejos amigos.

La reunión no duró más de 15 minutos. El burócrata del ministerio insistió que, si bien respetaba absolutamente la opinión del Doctor, sería necesario que un comité de la Universidad de Buenos Aires emitiera primero un dictamen y luego se vería cómo seguir a partir de ahí.

Quince días después retiraron a Félix de la clase para que procediera a ser evaluado por el comité.

Félix entró en un aula vacía, y vio un papel en un pupitre. Al leerlo, eran únicamente problemas avanzados de matemática, los cuales pudo apenas completar.

Lógicamente, el comité de inútiles que había sido enviado por la universidad, dispuso que "No había elementos para suponer que el sujeto examinado exhibiera signos de inteligencia fuera de lo normal".

El Dr. Chab irrumpió en la oficina de Buby con un nivel de furia inusitado. "Cómo puede ser que si yo digo que el nene es capaz de deducir cómo se realiza una cirugía que únicamente se practica en el Mount Sinaí de Nueva York, pueda ser contradicho por un imberbe cuyo único mérito fue ganar un juego de rol", gritaba el Doctor, refiriéndose por supuesto al examinador de la UBA.

"Ya sé, Emilio, yo lo conozco al nene, lo veo todos los días", se excusó Buby.

"Pero estoy atado de manos, Emilio", respondía Buby una y otra vez.

Cacho y Ema decidieron finalmente dejar de hacerse problemas al respecto. Chab les explicó que primaba en el sistema educativo una concepción muy obtusa de la inteligencia, en la cual la matemática era la única variable que consideraban. "Y disculpame el vocabulario, Ema, pero hay que ser realmente un pelotudo para verlo así", sentenció.

Félix siguió en la escuela trabajando de payaso de la clase, y estudiando la composición química de los ríos de Mongolia en su tiempo libre.

Lo curioso es que, durante los años subsiguientes, el Dr. Chab comenzó a usar a Félix como *service* de sus aparatos y herramientas. Un poco por culpa, por no haber podido ser de más ayuda, pero en gran parte porque la calidad de las reparaciones era mejor.

Le pagaba unos pesos, casi simbólicamente, porque Ema no quería que fuese considerado un trabajo. Era dinero que le servía para ir generando una cultura del trabajo, del ahorro y del esfuerzo.

Una vez al año, todos los diciembres desde segundo a séptimo grado, Cacho y Ema llevaron a Félix al centro para que se comprara el objeto de sus anhelos con el dinero honradamente ganado con el sudor de su frente.

La calle Paraná, en el corazón del centro porteño, era un corredor vibrante que parecía palpitar al ritmo frenético de la ciudad.

Para Félix, este lugar era más que una simple calle; era un laberinto de maravillas tecnológicas y mecánicas, un paraíso para cualquier entusiasta de la electrónica, la iluminación y todo tipo de artilugios imaginables.

Cada visita era una aventura, un viaje a un mundo donde la posibilidad de descubrimiento era infinita.

Los escaparates de los negocios en Paraná se alineaban como cofres del tesoro, cada uno prometiendo secretos y maravillas en su interior. Las tiendas de electrónica, con sus estantes repletos de componentes, desde transistores hasta sofisticados dispositivos de última generación, eran un imán para Félix.

Podía pasar horas examinando cada artículo, imaginando los proyectos y experimentos que podría realizar. La luz tenue y el olor a metal y plástico en el aire le daban a estos lugares una atmósfera de taller de inventor, un espacio donde la creatividad no conocía límites.

Las casas de iluminación ofrecían un espectáculo diferente. Aquí, Félix se encontraba rodeado de colores y formas, con lámparas que iban desde lo más tradicional hasta diseños modernos y extravagantes. La luz, en todas sus variantes, lo fascinaba, y cada visita era una oportunidad para aprender algo nuevo sobre cómo manipularla y utilizarla en sus propios proyectos.

Las ferreterías y casas de repuestos eran igualmente cautivadoras. Estos establecimientos, con su olor característico a metal y madera, estaban llenos de herramientas y materiales que alimentaban la imaginación de Félix. Cada caja de tornillos, cada rollo de cable, cada pieza de maquinaria tenía el potencial de convertirse en parte de algo más grande, un componente esencial en la próxima creación de Félix.

Lo que más le atraía de la calle Paraná no era solo la variedad de productos disponibles, sino el conocimiento y la pasión de las personas que atendían estos negocios. Conversar con los vendedores, muchos de los cuales eran expertos en sus respectivos campos, era como asistir a una clase magistral. Félix absorbía cada palabra, cada consejo, almacenándolos como valiosos tesoros en su mente inquisitiva.

Para Félix, la calle Paraná era un símbolo de posibilidad y promesa, un lugar donde sus sueños y proyectos encontraban el alimento necesario para crecer y materializarse. Cada visita, meticulosamente planificada y esperada con ansias durante todo el año, era un hito, un recordatorio de que el mundo estaba lleno de maravillas esperando ser descubiertas. Y en el bullicio y la diversidad de esta calle del centro porteño, Félix se sentía más vivo, completamente fascinado por el espectáculo de la innovación y la creatividad humanas.

A la hora de comprar, Félix elegía herramientas, repuestos, a veces relojes, mapas o libros.

Cuando terminó sexto grado cambió la calle Paraná por la Avenida Santa Fe, y se eligió un perfume.

Tanto Cacho como Ema respiraron hondo, sabiendo lo que se venía.

11

Andorra

Luego de trenes y autobuses varios, Félix llegó finalmente a Andorra la Vella, con un cansancio monumental. Recuerda con gracia que su primera interacción con un local fue cuando el chico de la terminal de ómnibus le preguntó: "¿Té maletes? ¿Quantes en té?".

Le dio ternura que un español mal hablado pudiese ser considerado un idioma, pero rápidamente abandonó aquella postura soberbia para abrirse a la posibilidad de que el Catalán fuera un idioma bello, y los hablantes de español fuéramos los equivocados.

En Barcelona había escuchado poco y nada. Básicamente eran todos turistas.

Caminando por Andorra por primera vez, Félix se encontró en un escenario que bien podría haber sido diseñado por un relojero suizo con un sentido del humor particularmente agudo y una afición por los dioramas. Le recordaba a Bariloche, pero con un halo de fineza.

La calle principal de esta diminuta capital se desplegaba ante él con extravagancia y sobriedad pirinea, una combinación que solo podría encontrarse en este rincón del mundo donde los mapas parecen encogerse de hombros y decir "¿Por qué no?".

Los edificios, apretujados unos contra otros como si posaran para una fotografía familiar, lucían fachadas de piedra que contaban historias de siglos, pero con un toque de pintura fresca aquí y allá, revelando una coquetería inesperada y la presencia de un billete para que pudiese darse aquella indulgencia.

Las vitrinas de las tiendas brillaban con la promesa de tesoros libres de impuestos.

Caminando, Félix se cruzó con una procesión de personajes que parecían haber escapado de un cuento de hadas para disfrutar de un día de compras: señoras envueltas en pieles que desafiaban la modesta altitud de Andorra, caballeros con gafas de sol tan oscuras que Félix se preguntaba si tendrían visión nocturna, y observadores dejándose tentar por los estímulos.

El aire estaba impregnado de un cóctel olfativo que mezclaba el aroma de los pinos cercanos con el de los perfumes caros y el ocasional toque de chocolate caliente emanando de alguna cafetería escondida.

Andorra la Vella, con su mezcla de encanto alpino y extravagancia cosmopolita, lo había capturado con una promesa. La promesa de lo aburrido pero especial.

Encontró un hotel bastante digno llamado Hotel Pastoral. Era un segundo piso por escalera, lo cual parecía no molestarle, y la realidad era que las habitaciones de más abajo eran considerablemente más caras.

Padecía la subida, pero disfrutaba del ahorro: un sano equilibrio.

Estaba muy contento de haber encontrado un lugar, que quizá por justicia poética, era donde quería estar.

Le pagaba todos los meses a Nuria, la dueña, y no era molestado en absoluto.

El primer mes apenas si emitió palabra alguna, tal vez para comprar alguna que otra cosa, pero estaba siendo parte del más absoluto silencio y anonimato. Nunca se había sentido así. Estaba acostumbrado a tener cientos de estímulos en simultáneo, y ahora podía elegir no tener ninguno.

No pasó mucho tiempo en descubrir que los estímulos externos adormecen el pensamiento, y que con la mente en blanco lo invadirían constantemente todo tipo de recuerdos. Tuvo que hacer un trabajo muy profundo para dejar ir a todos aquellos recuerdos que lo alteraban.

Los inviernos en Andorra eran fríos. Félix no utilizaba calefacción artificial, y únicamente lo combatía mediante el uso de frazadas. Podía tener en simultáneo 10 o 12 frazadas sin ningún problema, lo cual además le parecía extremadamente cómodo por el peso que generaban. Y es por esto que pasaba mucho tiempo en la cama luego de despertarse.

Su mente, en un acto de rebeldía, comenzó a desenterrar de todo. Momentos ridículos que había creído olvidar pero que, como fantasmas traviesos, le recordaban que él no olvidaba.

El primer recuerdo que Félix decidió exorcizar involucraba a Tato Lynch, el eterno optimista del equipo, cuya energía inagotable era tanto una bendición como una maldición. Recordó una tarde agotadora en la que Tato decidió que el equipo necesitaba una "sesión de *brainstorming* espontánea" para "sacudir las telarañas mentales".

La sesión se prolongó durante horas. Félix en 15 minutos hubiera resuelto el problema, pero Tato insistía con la parte "social".

Y mientras el equipo proponía ideas que eran tan malas que ni siquiera eran graciosas, Félix tenía un *brainstorming* propio respecto de distintas formas de autoflagelarse.

Luego recordó al Gordo Varela, una de las primeras personas que contrató luego tener el poder de contratar gente. Sabía que los pasantes inadaptados tenían fama de "jodones", y sabía que podía llegar a matarlos y prender fuego el lugar si lo llegaban a tomar de punto.

Con lo cual, tomó una decisión ejecutiva.

Félix se dispuso a contratar a la primera persona que viniese a la entrevista y que fuera notoriamente más gorda que él.

Varela, una bestia de 300 kilos, fue un escudo asombroso. Se llamaba a sí mismo "El Gordo Varela", como una suerte de anticuerpo (valga la redundancia) para quienes lo quisieran atacar por ese lado.

El Gordo Varela, pobre, era más inútil que un reloj solar en un subsuelo.

Pero lo realmente central, pensaba Félix, era que al haber un "El Gordo Tal" en el edificio, ya nadie podría usar el apodo de gordo para referirse a él.

Félix pasó a ser "El Amargo", apodo con el que se sentía en absoluta paz.

Y en ese viaje al interior del mundo bizarro que había sido su vida se acordó de Hombritos. Rolando Valdez, alias "Hombritos", era un contador del equipo. Félix trató con él durante años sin saber por qué le decían

Hombritos, y finalmente lo descubrió.

Sucede que en un asalto le habían pegado un balazo en un hombro, y producto de la lesión, ya no podía hacer el gesto de "¿y yo qué sé?" o "¿y a mí qué me importa?". En otras palabras, no podía hacer hombritos.

Esa muestra de creatividad al servicio del mal le producía a Félix una doble sensación. Por un lado, le causaba una innegable gracia morbosa, pero por otro, se preguntaba: "Si hacer este chiste de humor negro requiere de cierta materia gris, ¿cómo es posible que en el trabajo sean tan pero tan inoperantes?".

Preguntas sin respuesta, y recuerdos que fue dejando ir a medida que se hacía más amigo del silencio y de su nueva realidad en la cual nadie nunca más lo volvería a molestar.

12

Disciplina

Con su flamante perfume, Félix era todo un pequeño galán.

Nunca había ocultado su fascinación por las mujeres, pero sus padres, que aún recordaban la primera vez que había escrito el alfabeto griego de memoria como si hubiera sido ayer, no podían creer que ya estuviese en esta etapa.

Una vez mientras desayunaban, unos minutos antes de salir para la escuela, Cacho preguntó haciéndose el desinteresado: "Y decime Félix, ¿quién decís que es la chica más linda del grado?"

Félix respondió: "Keyla" sin pensarlo demasiado, y Ema casi que escupió el café.

Sucede que Keyla no solo era, en efecto, la chica más linda de la escuela, sino que además era prácticamente de la realeza.

Cacho y Ema temían por el inminente futuro de Félix, y sobre cómo abordaría dos cuestiones que ya eran evidentes: él apuntaría bien alto, e indefectiblemente, se estamparía contra el suelo.

Uno de los principales problemas que tendría Félix en el futuro, para comenzar a entender el vasto universo de interacciones y procedimientos que son necesarios para lidiar con la atracción del sexo opuesto, es que la falta absoluta de evidencia empírica, lo llevaba a pensar que estaba aprendiendo al consumir cultura popular.

Hasta tanto una persona no experimenta en carne propia lo que significa transitar por ese mundo, tiende a creer que todo lo que está escrito al respecto es en gran parte verdad. Los libros, las novelas, las películas, la sabiduría popular.

Así es como Félix de alguna forma comprendió que para obtener mujeres debía ser el mejor, porque a las mujeres les gustan los mejores.

Y aunque ya era el mejor en más disciplinas de las que podía contar, no lo era en todas aquellas que eran percibidas como de gran valor seductor: el humor, las artes y el deporte.

Lógicamente y como ya era el payaso de la clase, el humor fue la primera disciplina que se tomó realmente en serio.

Debía experimentar con el humor, debía llevarlo hacia los extremos. Debía conocer varios tipos de humor. Se hizo particularmente bueno en humor absurdo, se hizo fanático del surrealismo y del grotesco.

Luego conoció la ironía, y empezó a utilizarla a diario haciéndose poseedor de un humor ácido. Un humor que era en esencia gracioso, pero que venía indefectiblemente con un dardo envenenado.

Cierto día Félix fue citado a la dirección.

Buby se había retirado de la institución para escalar su carrera educativa dentro del ministerio, y los dueños de La Escuela habían puesto en su lugar a una señora de dudosas credenciales llamada María Laura Peña, que se hacía llamar "Marilé".

Marilé a duras penas conocía a Félix o había escuchado de él.

Una vez en la dirección, Marilé con tono solemne le contó a Félix que había sido citado para discutir un comportamiento absolutamente intolerable del cual él era culpable.

Sucede que, en su afán de experimentar con humor ácido, absurdo y, sobre todo, por querer llevarlo a los extremos, de acuerdo a esta señora Félix estaba incurriendo en comportamientos ofensivos, porque algunos alumnos se habían ofendido.

Félix se encontró perplejo ante tal acusación. Sinceramente estupefacto ante tamaña injuria.

¿Acaso no comprendía esta torpe señora que un chiste es sólo un chiste, y es en esencia algo que "no es"?

¿Acaso no entendía los principios más básicos de la ironía y el sarcasmo, dónde una cosa significa su opuesto y no aquello que se dice en sentido literal?

¿Era demasiado complejo para su limitada comprensión?

Félix no estaba seguro. Literalmente no lo estaba.

Cada día que pasaba y conocía más de cerca a los adultos, entendía que podían ser igual de limitados que un niño, o más.

Intentó explicar su posición hablando despacio, como para que incluso hasta alguien tan obtuso como Marilé pudiera entenderlo.

Félix sabía que, para defender su posición de manera efectiva, debía evitar el sarcasmo, la ironía y la abstracción de cualquier tipo.

Y comenzó su defensa diciendo: "Señora, déjeme con todo respeto plantearle la razón por la cual la acusación hacia mí es inválida. Verá usted, mis compañeros ofendidos no se encontraban teniendo un diálogo directo con mi persona cuando escucharon que yo hice esos comentarios falsamente ofensivos".

Marilé lo interrumpió: "¿Falsamente ofensivos? Fueron absolutamente ofensivos, porque ellos se ofendieron".

Félix en un ejercicio de paciencia inusitada prosiguió: "No, señora, y déjeme explicarle por qué. Si alguien escucha algo por detrás, sin ser parte directa de una conversación, ¿entonces qué le falta?".

Félix pensaba que la directora estaba entendiendo, pero no era el caso. "¿Qué falta, Félix? ¿Qué decís que les falta?", insistió Marilé.

Félix respiró hondo notoriamente afectado, como quien intenta razonar con una piedra, y continuó: "Lo que les falta es contexto, el contexto es la situación en la cual la expresión fue dicha, y si yo estaba hablando en un contexto humorístico, utilizando la ironía, el significado real de mis dichos entonces era el opuesto".

Y con una mano en la última pieza y listo para el movimiento que le otorgaría el jaque mate, sentenció:

"Ergo, ante la falta de contexto y el hecho de que estaba utilizando la ironía y el sarcasmo, puedo concluir que mis compañeros ofendidos no entendieron lo que yo estaba queriendo decir. Dejémoslo acá, no hay necesidad de que pase a mayores, simplemente no entendieron".

Y en ese momento, en una absoluta incomprensión de la lógica dialéctica más básica, y como quien expone un póker de ases en una partida de dominó, Marilé dijo: "O quizás entendieron demasiado bien".

Félix se agarró la cabeza, como quien, frustrado en un ejercicio de templanza, decide que ha hecho todo lo posible para ser educado, pero la soberana idiotez que tuviera de contrapunto en el otro lado de la mesa no le dejara alternativa.

Se disponía a disciplinar a la directora con una clase de lógica e ironía tan contundente, que la pobre mujer no sabría ni qué tren la pasó por encima.

Félix se sonó los dedos, y arrancó:

"O quizás entendieron demasiado-demasiado mal. ¿Se da cuenta de que agregar la palabra demasiado en una oración no agrega ningún valor argumental?

Si quiere podemos seguir agregando la palabra demasiado una y otra vez hasta que alguno de los dos se canse.

No sé cómo se llamará ese juego, pero debate lógico seguro que no.

Le doy un ejemplo simple: ¿dos más dos es cuatro o es demasiado tres? ¿Cuatro más cuatro es ocho o es demasiado cinco?

Es muy complejo cuando de un lado uno se esfuerza por encontrar los mejores argumentos lógicos, y del otro lado únicamente usan una palabra como si mágicamente transformara los hechos en otros.

Mis argumentos están basados en datos fríos, en cuestiones que no son debatibles. Agregar la palabra demasiado no tiene un efecto transformativo, más bien es tautológico.

¿El sol sale por el este o demasiado por el oeste?

Entiendo que quizás necesite un poco más de tiempo, no me tiene que contestar ahora. Tómese su tiempo y cuando haya pensado un argumento lógico me avisa.

Si quiere, transformamos este debate en un intercambio epistolar.

Lo único que le voy a pedir por favor, es que elija una de dos: o me da la razón, cosa que no entiendo por qué no hace cuando claramente la tengo, o se toma el trabajo de no menospreciar mi capacidad utilizando un recurso tan pobre".

Marilé estaba pálida.

"Retírese ya mismo de acá, usted es un irrespetuoso", ordenó.

"¿Sería tan amable de citar textualmente mi falta de respeto?", retrucó Félix.

"Retírese de inmediato. Y no tenga dudas de que voy a hablar con sus padres", finalizó.

Félix volvió a su casa e informó a Cacho y Ema respecto a esta situación. No sentía el más mínimo remordimiento y estaba dispuesto a morir en su defensa.

Sus padres no encontraron demasiadas razones como para reprocharlo, más allá de: "Te parece hablarle así, es la directora".

A lo cual Félix contestaba: "¿Hablarle cómo? Ni siquiera la tuteé. Le hablé con el respeto con el que se le habla a un magistrado".

Félix era tal maestro en el arte del debate, que sabía perfectamente que le iban a atacar las formas a falta de argumentos válidos sobre el contenido, y es por eso que se tomó especial cuidado a la hora de preservar las formas, de manera que su posición fuera indestructible.

A los dos días Cacho y Ema estaban frente al escritorio de Marilé.

"Me imagino que sabrán por qué están acá", inició diciendo la directora con algo de soberbia.

"Félix nos reprodujo con lujo de detalle el diálogo que tuvieron", dijo Ema.

"Incluso lo del intercambio epistolar", agregó Cacho, provocando una risita y un leve codazo por parte de su esposa.

Marilé inició un monólogo basado en el respeto a su investidura, y a los mayores, a la república y a otras cuestiones que estaban más cercanas al delirio que a la realidad.

Ema, intentando poner paños fríos a la situación, le dijo que se disculpaban por él, y que nada de esto volvería a suceder.

Marilé acordó zanjar el asunto, pero siempre y cuando fuera Félix quien se disculpara.

Cuando salieron, Cacho respiró aliviado y expresó: "La sacó barata, yo cuando iba a la escuela, si le hablaba así a un profesor, me pegaba un castañazo que me bajaba todos los dientes".

Ema, no tan conforme, respondió: "Negociamos una tregua y bajamos la tensión, pero Félix tiene razón en todo lo que dijo, y no se va a querer disculpar, así que agarrate".

Cuando llegaron a la casa y le contaron todo a Félix, se sintió absolutamente traicionado y se puso a llorar como pocas veces lo había hecho en su vida.

Simplemente no entendía dónde había fallado. Había ganado la barbarie, "¿Qué mundo era este?", pensaba.

No había forma de consolarlo, y decidieron que al día siguiente no fuera a la escuela, para calmarse un poco.

A la mañana siguiente los tres fueron al consultorio del Dr. Chab, y Ema le pidió a Emilio que hablara con Félix.

Félix estuvo un rato largo hablando con el Doctor, y le contó con lujo de detalles lo que había sucedido.

Ema y Cacho escuchaban el murmullo desde la sala de espera, y de golpe escucharon una contundente carcajada del Dr. Chab.

"Ahí le dijo lo del intercambio epistolar", remarcó Cacho sacándole a Ema una risa contenida.

Siguieron hablando un rato más puertas adentro, y finalmente el Doctor se hizo presente y dijo: "Vengan para adentro, ahora quiero hablar con los tres".

El doctor, cual Rey Salomón, cual juez supremo del consejo de sabios, iba a dar su veredicto.

Es prudente agregar que el Dr. Chab era fanático de las ficciones de abogados, y era una suerte de abogado frustrado. En su biblioteca, resaltando de los textos médicos que lo habían formado, se encontraban tres colecciones completas:

La trilogía "Paxby", de Barnaby Wilhem, en la que Milton Joe Paxby, un abogado humilde de West Virginia, que en absoluta soledad y con sus ropas al borde de la rotura, le ganaba los casos más difíciles a los bufetes más grandes de Manhattan utilizando las tácticas más diversas y creativas.

Los 8 tomos de "La Orden de Los Dragones Eternos", de Chester Oren. Una saga épica medieval repleta de conspiraciones, en la que un niño es abandonado en la puerta de Sir Rowen de Ashford "El caballero de la palabra". Y deben ir juntos entonces, de corte en corte, probando que el niño es descendiente de todas las tres grandes familias de Valyndor, lo que lo haría parte de la Orden de los Dragones Eternos.

Y por último, la colección completa, los 17 tomos del gran escritor argentino Abelardo Chocron. En sus novelas repletas de idas y vueltas, el detective Raymundo "Puño" Fieri recorre los arrabales resolviendo los más variados crímenes, para luego disfrazarse del excelso Dr. Wenceslao Lavalle Hamilton, abogado defensor, y defender a los culpables.

El Dr. Chab arrancó con un resumen general de los hechos, exponiendo su entendimiento de lo que había sucedido.

"Aquí por lo que vengo escuchando, existe una doble acusación hacía Félix, por parte de una fiscalía tan tosca y desprovista de destreza, que olvida la primera, una vez que acusa de la segunda".

El doctor se sirvió un mate esperando que sus tres oyentes se hubieran percatado de su agudeza, aunque solo lo había hecho Félix.

Prosiguió a detallar: "Félix fue llamado a la dirección para ser acusado de ofensor, esa es la primera.

Pero ante la defensa que el niño hace de sí mismo en pleno derecho, es acusado de irrespetuoso.

¿Se dan cuenta? Ante la falta de mérito en lo que refiere a la acusación principal, inventa una segunda para no tener que ceder".

"¿Hasta acá alguna pregunta?", pausó Emilio mientras abría un nuevo paquete de galletitas, y ante el silencio, continuó:

"La defensa de Félix sobre la primera acusación es impecable. El testigo que carece de contexto no puede tener un entendimiento completo de aquello que está percibiendo.

Es como en Luz de Higuera, de Chocron. Un malhechor envenena a

Evelyn Riestra y cae tendida escupiendo sangre, y cuando su marido el Coronel Urrutia intenta reanimarla, el ama de llaves lo ve junto al cuerpo con las manos llenas de sangre y está convencida de que fue él".

"¿Qué le falta?", preguntó retóricamente.

"¿Qué le falta?", preguntó nuevamente, ahora mirando a Félix.

"Contexto", respondió el niño con una sonrisa.

"Ahora, respecto de esa misma primera defensa, fíjense que está tan bien articulada, que no intenta humillar al oponente, sino que le da una salida honorable. Esto no es casual, es exactamente lo que dice Sun Tzu, y me consta que Félix leyó *The Art of War* porque yo se lo regalé en inglés para su cuarto cumpleaños", dijo el doctor.

"Gracias Doctor, está buenísimo ese libro", agregó Félix, sacándole una sonrisa a Chab, que ya de por sí estaba disfrutando muchísimo todo ese momento.

"Aquí es donde Marilé responde: *O quizás entendieron demasiado bien*, y Félix descarrila.

¿Acaso descarrila porque fue sorprendido por el intelecto de la directora? Lamentablemente no.

Descarrila porque justamente la respuesta fue tan pobre y lejana a poder ser llamada un argumento, que Félix no concibe no disciplinarla".

Félix comenzó a entender finalmente que quizás no había estado del todo bien.

"La metafórica patada en la cabeza que Félix le coloca a la directora cuando desmonta de forma tan elocuente su mediocre respuesta, sí tiene, lamentablemente, la intención de humillar y ahí reside no necesariamente una falta de respeto, sino de cortesía", explicó el Doctor mirando a Félix a los ojos.

A Félix se le llenaron los ojos de lágrimas, y a duras penas pudo exclamar "¿Entonces yo estuve mal?",

El Doctor Chab se levantó de su silla y con su mate en la mano comenzó a dar vueltas alrededor del consultorio, preparando el gran final de su exposición: "Sí y no, Félix".

Félix lo miró intrigado y agudizó su atención. El Doctor miró a Félix y dijo:

"Todos tus argumentos, como de costumbre, fueron impecables, hasta poéticos diría.

Pero en determinado momento perdiste la elegancia, la paciencia, el control.

Eso hizo que arrinconaras a una autoridad, alguien que tiene poder de expulsarte y complicarte la vida.

Y está muy bien lo que hicieron tus papás, porque no tiene sentido ir a pelearse hasta la Corte Suprema por una nimiedad que puede resolverse con un pequeño esfuerzo, por más que no corresponda.

A veces no basta con tener razón, y hay que saber autopreservarse. Hay que pensar qué daño me puede hacer el oponente si me tiene entre ceja y ceja".

Y para dar por terminada su exposición, agarró a Félix de los dos hombros, se agachó para poder estar cara a cara frente él y le dijo:

"Marilé es, si me permiten la terminología científica, una pelotuda. Y su rol de directora, es como una gran navaja con la que te puede cortar. En conclusión: nunca hagas enojar a un pelotudo con una navaja, si no estás dispuesto a bancarte los puntos".

Al día siguiente Félix fue a la escuela y antes de entrar a clase pasó por el kiosco. En el recreo tocó la puerta de la dirección. Nadie respondió.

Abrió la puerta y al notar la oficina vacía, dejó en el escritorio una nota que decía:

"Señora Marilé, mis más sinceras disculpas por haberme portado de forma impertinente. No volverá a suceder. Le dejo para su disfrute un alfajor que compré con mi propio dinero. Félix Amadeo Roth".

13

Le Bazar Noir

La experiencia en Andorra había sido exactamente aquello que Félix había estado buscando. Y cuando cumplió un año de haber salido de Ezeiza pensó en el camino recorrido, como si hubiera nacido de nuevo.

En Madrid, en Barcelona y en París no había nadie de su vieja vida que pudiera molestarlo, pero sintió que las mismas ciudades de alguna manera se personificaban para hacerlo.

En Andorra, por su parte, hacía prácticamente 10 u 11 meses que no experimentaba el concepto de molestia. Sus ejercicios de mente en blanco le trajeron más recuerdos de los que hubiese querido, pero luego de un tiempo aprendió que él estaba en control.

Cada tanto seguían apareciendo, pero ya no le molestaban.

Había, sin embargo, dos nimiedades que le molestaban de Andorra. La falta de conectividad, que básicamente el principado tercerizaba en Barcelona, a donde Félix nunca más volvería a poner un pie, y la calidad del café. No era necesariamente malo, pero Félix no encontraba el café Aurora Roast, que era su favorito.

Sintió que era tiempo de partir y creyó que Luxemburgo era el destino ideal para la segunda parte de su viaje. Era un país pequeño, más grande que Andorra, pero pequeño igual. De hecho, en la lista de países más pequeños de Europa, Andorra está en el sexto puesto y Luxemburgo en el séptimo.

A diferencia de Andorra, Luxemburgo tenía una enorme estación de tren con vastas conexiones a cualquier punto de Europa, y un aeropuerto internacional llegado el caso de que necesitara o deseara utilizarlo.

El día que llegó a la ciudad, consiguió un departamento en la Rue de Hollerich, a metros de la estación. Sin dejar de ser Luxemburgo, no era precisamente donde vivía el Duque, pero no estaba mal.

Félix no buscaba sumergirse en el bullicio cultural ni en la vibrante vida social de Luxemburgo. Venía de un año de gloriosa soledad, un periodo en el que su mayor logro había sido la ausencia de interrupciones humanas, un lujo que valoraba más que cualquier exposición de arte o concierto de música clásica.

Lo que deseaba era un rincón del mundo donde su anonimato fuera sagrado, un lugar donde los turistas, esos perpetuos invasores de la privacidad, fueran una rareza más que una constante.

La Rue de Hollerich, con su aparente encanto y su proximidad a la estación, podría parecer a primera vista un escenario idílico para cualquier alma errante en busca de cultura y conexión. Sin embargo, para Félix, su valor residía en su capacidad para ser recorrida, caminada y explorada sin tener que sumergirse en el mar de trivialidades que a menudo acompañaba a los lugares de interés turístico.

Buscaba la belleza en la discreción, en la posibilidad de desaparecer entre la cotidianeidad sin ser absorbido por ella.

Este barrio, con sus edificios que destilaban historia a través de sus fachadas erosionadas por el tiempo, ofrecía un telón de fondo perfecto para el tipo de invisibilidad que Félix anhelaba.

Las calles, aunque adornadas con la ocasional tienda peculiar o café que prometía conversaciones susurradas en lugar de risas estridentes, mantenían un perfil bajo, digno de ser apreciado, pero no necesariamente celebrado.

La ironía de su situación no se le escapaba: había elegido un lugar conocido por su accesibilidad y su conexión con el resto de Europa, solo para buscar en él un refugio de la interacción humana.

Los turistas, con sus cámaras siempre listas y su constante asombro ante lo mundano, eran para Félix criaturas de un mundo completamente diferente, uno que prefería observar desde la distancia, con una mezcla de curiosidad y leve desdén.

En la Rue de Hollerich, Félix encontró un equilibrio precario entre estar en el mundo y apartarse de él.

Caminaba por sus veredas con la esperanza de que, en este rincón de Luxemburgo, pudiera mantenerse a flote en un mar de anonimato, apreciando la belleza de lo cotidiano sin tener que sumergirse en las aguas a menudo turbulentas de la socialización forzada.

Una vez aclimatado y conforme con su elección para lo que serían los siguientes meses, decidió que era tiempo de resolver aquel otro asunto.

Se acercó al mercadito de la esquina y luego de una primera infructuosa inspección, preguntó a la señorita de la caja en perfecto francés: "Excusez-moi, ¿vendez-vous ici le café 'Aurora Roast'?".

Y no, no vendían allí el café Aurora Roast.

"Solo fue el primer intento, no nos volvamos locos", se dijo Félix a sí mismo, llamativamente en plural.

Dos semanas después, en la penumbra de su obsesión, Félix se había convertido en un espectro que vagaba por las calles de Luxemburgo, en un alma atormentada por la búsqueda incesante del café "Aurora Roast".

Cada supermercado, cada mercadito, se transformaba en un altar ante el cual ofrecía su esperanza, solo para que esta fuera sacrificada una y otra vez en el altar de la decepción.

La ciudad, con su aparente abundancia de opciones, se burlaba de él, escondiendo celosamente el elixir que anhelaba su ser.

La desesperación lo llevó más allá de los límites de Luxemburgo ciudad, impulsándolo a tomar el tren hacia Esch-sur-Alzette, como un adicto en busca de su dosis, cada estación un espejismo más en su desierto personal.

Esch-sur-Alzette, con sus calles que resonaban con su propia desesperanza, no ofreció refugio ni solución a su tormento. Los estantes de sus tiendas, aunque llenos, parecían burlarse de su necesidad, ostentando cada producto imaginable excepto el único que podía saciar su sed.

No satisfecho, y con la obstinación de quien se niega a ser derrotado, extendió su búsqueda a Metz y Trier, ciudades que prometían nuevos horizontes y, con suerte, el preciado "Aurora Roast". Pero como un cruel giro del destino, su búsqueda fue en vano.

Metz, con su belleza histórica, y Trier, con su antigüedad, se convirtieron en meros decorados de su tragedia personal, escenarios de una obra en la que él era el protagonista condenado.

Cada negativa, cada mirada de desconcierto de los empleados ante su pregunta, era una aguja que perforaba el ya desgastado tejido de su paciencia.

Félix comenzó a sentirse como un fantasma, invisible para el mundo, un alma en pena condenada a buscar eternamente algo que parecía no existir más allá de su propia obsesión.

Las noches se volvieron interminables, pobladas por sueños en los que "Aurora Roast" aparecía ante él, sólo para desvanecerse en el momento en que estaba a punto de alcanzarlo.

En el barcito que estaba literalmente al lado de su edificio, en el cual todos los días desayunaba planeando los parámetros de su búsqueda para ese día, probó un sorbo del café que le trajo el mozo, y como regodeándose en su propia frustración exclamó en voz alta y casi gritando: "¡Qué café de mierda por favor!".

El dueño del bar, sentado en la otra punta revisando unos libros contables, largó una carcajada y le preguntó: "¿Vos sos argentino?".

Félix, muerto de vergüenza, le dijo: "Sabrá disculparme, estoy atravesando otras frustraciones que nada tienen que ver con su café".

El dueño del bar, sonriente y dispuesto a no hablar del incidente, se acercó a Félix para presentarse, "Mario Nissen, mucho gusto", le dijo.

"Félix Roth, encantado", respondió Félix.

Mario Nissen, con sus poco más de sesenta años, destilaba una elegancia innata que iba más allá de su indumentaria italiana impecablemente seleccionada.

Su porte, digno de las calles de Milán, se complementaba con un aire de sofisticación que no necesitaba de palabras para ser comprendido.

La ropa, cortada a medida, parecía haber sido diseñada con él en mente, resaltando una figura que el tiempo había tratado con una generosidad inusual.

Cada pieza, desde sus zapatos de cuero pulido hasta la camperita de lana fina, hablaba de un hombre que valoraba la calidad y la estética por encima de la cantidad.

Al acercarse, Mario irradiaba una calidez que contrastaba con la frialdad que a menudo se asociaba con los individuos de su refinamiento. Su sonrisa, franca y desprovista de cualquier pretensión, invitaba a la confianza.

Al presentarse, su voz llevaba el matiz de alguien acostumbrado a la conversación significativa, a los intercambios que van más allá de lo superficial.

Reveló a Félix, con un tono de voz que sugería una mezcla de orgullo y humildad, que era psicólogo y que impartía clases en la Sorbona cada dos semanas.

Sin embargo, confesó preferir la tranquilidad de su vida actual lejos de París, encontrando en el bar un refugio, un lugar para "pasar los días" entre sus compromisos académicos.

Esta elección de vida, lejos del bullicio parisino, reflejaba un deseo de autenticidad y conexión humana que los salones de clases y conferencias no podían satisfacer completamente.

Su esposa Silvina, también argentina, compartía su vida y sus días, tejiendo junto a él una existencia que equilibraba la pasión por su trabajo con el placer de los momentos simples.

La mención de Silvina iluminaba aún más su semblante, revelando la profundidad de un vínculo forjado en el amor, la mutua admiración y el respeto.

"¿Conocés a Hoffman?", le preguntó Félix.

"No, la verdad que no, ¿quién es?", preguntó Mario.

Félix empezó a hacer cuentas y en medio de una risa incipiente terminó por decir: "Ahora que lo pienso, un tipo que debe estar muerto hace cuarenta años". Ambos rieron en voz alta.

"¿Y a Elena Navarro Gottig?", insistió Félix.

"Sí, por supuesto, fue profesora mía y tutora de tesis", respondió Mario con orgullo y luego repreguntó: "¿Vos la conocés?".

"No personalmente, pero sí su obra y debo decir que la amo", aseguró Félix.

"Es lesbiana y tiene 107 años. Si lográs que te de bola, sos un campeón", respondió Mario y ambos volvieron a reír.

Durante las siguientes semanas hablaron por horas en el horario de desayuno, y de hecho Félix comenzó a desayunar más temprano para alargar esas charlas amenas.

Una vez que entró en confianza, le contó sobre su búsqueda.

Mario tomó una lapicera y anotó una dirección en un papel. Le dijo: "Ya sé que no te gusta, pero tenés que ir a París. En este lugar hay absolutamente todo, de todo el mundo. Te aviso desde ya que no es lindo, pero no tengo dudas de que ahí vas a encontrar tu café".

"¿Vos decís?", preguntó Félix sorprendido.

"No tengo ningún tipo de duda. Son las 9.32, tomate el tren de las 9.37 y andá hoy", respondió Mario con confianza.

Félix salió casi corriendo y se despidió con un "después te cuento cómo me fue".

Y en una tarde de bruma parisina, Félix encontró su camino hacia "Le Bazar Noir", un mercado escondido en las entrañas de un barrio que la luz del día parecía olvidar.

Las calles, serpenteantes y estrechas, susurraban historias de clandestinidad, guiándolo hacia el corazón de un mundo que yacía en la penumbra de París, un lugar donde los secretos y los órganos humanos se vendían al mejor postor.

Con cada paso que daba hacia el mercado, el pulso de Félix se aceleraba, mezclando miedo con una curiosidad insaciable. "Le Bazar Noir" se reveló ante él como un laberinto de tentaciones y peligros.

Al cruzar el umbral, Félix se sumergió en un mundo donde la legalidad se desvanecía en las sombras. Los pasillos, iluminados por lámparas colgantes, estaban flanqueados por puestos de todo tipo: desde alimentos exóticos con orígenes dudosos, hasta ropa y géneros que contaban historias de miles de kilómetros recorridos en la oscuridad.

El aire estaba cargado con el aroma de especias desconocidas, tabaco y el dulce perfume del peligro.

A medida que Félix avanzaba, los vendedores lo observaban desde sus puestos con ojos que medían, calculaban y, en algunos casos, desafiaban.

Aquí, en las profundidades de "Le Bazar Noir", se comerciaba con lo prohibido.

Contrabando, objetos robados y mercancías que nunca verían la luz del día se intercambiaban con susurros y miradas furtivas.

De repente y por gracia del azar, al tomar la curva correcta el camino lo llevó a una sección absolutamente dedicada al café. Estaba repleta de contenedores de madera con los más estrambóticos cafés, que llenaban el ambiente de un aroma intoxicante.

Uno de los vendedores se acercó a Félix y le preguntó en un francés bastante roto si buscaba algo en particular. Félix únicamente respondió: "Café de marca, envasado, ¿tienen?".

El mercader asintió con una risa cuasi malévola y le mostró el depósito de al lado, en el cual tenía cientos, quizás miles, de cajas con café envasado de las más diversas marcas.

"Es ahora o nunca", pensó Félix, y mientras revisaba vio unos colores familiares a lo lejos. Se acercó, y en una caja enorme que estaba marcada como "déchets et poison" encontró el santo grial, una cantidad industrial de Aurora Roast que le serviría hasta el fin de sus días.

La caja entera le costó 280 francos.

A la mañana siguiente, Félix entró al bar de Mario mostrando un paquete de Aurora Roast como si fuera la copa del mundo, y ambos se abrazaron como si estuvieran festejando un gol.

"¡Felicitaciones! Bueno, vamos a probarlo, ¿no?", dijo Mario con entusiasmo.

Mario abrió el paquete y usando la maquinaria del lugar preparó dos tazas. Las llevó a la mesa y antes de tomarlo propuso un brindis: "Por los logros", dijo, y ambos chocaron las tacitas para brindar.

Mario probó el café e inmediatamente tuvo que buscar una servilleta para escupirlo. "Félix no podés tomar esta porquería, ¡es alquitrán!", dijo sorprendido.

Félix tomó su sorbo y fue cubierto por un manto de paz, tocado por un ángel.

Se le llenaron los ojos de lágrimas y por primera vez siendo adulto lloró delante de otro hombre.

"¿O será que es arte?", preguntó con notoria felicidad.

14

La Música

Cuando Félix tenía 12 años, ya se consideraba un genio de la comedia. Pero había tenido dos problemas insoslayables. El primero era que el humor le había traído más inconvenientes que reconocimientos, y el segundo era la ausencia absoluta de mujeres.

Comenzaba a aparecer aquel proceso de disociación entre el llamado "Conocimiento Académico" y la evidencia empírica. "El que la hace reír, gana", se repetía Félix a sí mismo de modo burlón. "Sí, gana una puñalada de una pelotuda con navaja", pensaba rematando su propio chiste y muriéndose de risa solo en su habitación.

Era hora de pasar al siguiente ítem en la lista: el deporte.

Curiosamente y para sorpresa de muchos, ya que de los 100 primeros adjetivos para describir a Félix, "atlético" nunca iba a estar entre ellos, Félix jugaba bien al fútbol.

En los recreos los chicos jugaban, y Félix jugaba. Y era hábil, preciso, con un toque poético y una pegada prodigiosa.

Si se lo proponía, con cero esfuerzo, Félix podría convertirse en el mejor jugador del grado.

A lo largo de séptimo grado, Félix jugó muchísimos partidos, hizo jugadas y goles memorables.

En su adultez, en determinado momento tuvo el pensamiento de que toda persona debería al menos vivir la experiencia de hacer un gol.

Pero la parte de las mujeres nunca llegó por ese lado. Parecía que había una instrucción faltante en el manual de procedimientos que la sociedad dictaba como válido.

Uno se hace el mejor del grado en fútbol, ¿y después qué? Teóricamente eso era suficiente, pero empíricamente no estaba sucediendo.

Félix creía que el mundo estaba conspirando para retenerle información, como una especie de vieja cocinera que intencionalmente no revela la totalidad de sus secretos y se los lleva a la tumba para que las generaciones por venir sigan diciendo: "Ah no, ravioles como los de la Nonna Clotilde nunca más pude probar", ante la furia de madres y esposas.

Y así es como Félix terminó la escuela primaria, en medio de frustraciones, algunos amigos y promesas de reencuentros que serían menos respetadas que un semáforo en un barrio feo.

La escuela secundaria sería otra cosa. Cacho y Ema tenían una dosis renovada de nervios y nadie sabía con certeza qué iba a suceder.

La elección de la escuela corrió por parte de Ema. Se trataba de una escuela privada, pero más grande que la primaria.

También "de avanzada", y también "de elite".

Ema ya no pensaba en que alguien pudiera guiar o contener a Félix, sino que tal como había sugerido Chab en su momento, focalizaba sus prioridades en las alternativas universitarias que esta escuela podría brindar.

Era un set casi completamente nuevo de compañeros para Félix, excepto por Keyla, aquella chica linda inmune a sus goles, que a Félix no le daba ni la hora.

Durante la primera clase de historia, un profesor de aire académico se presentó como Aquiles Jáuregui. Repartió un texto breve y pidió a los alumnos que lo leyeran. Luego hizo una pregunta a la clase: "¿Por qué los primeros pueblos que practicaron la agricultura identificaban a la tierra con la mujer?".

Para Félix la respuesta era obvia, pero cuando se disponía a decirla en voz alta, el profesor pidió que cada alumno escribiera su respuesta y luego le hicieran entrega de aquel escrito.

Absolutamente todos los alumnos menos Félix respondieron lo mismo:

"Porque las tareas del campo en aquel tiempo eran hechas mayormente por mujeres".

Félix, por su parte, dio en el clavo por un contundente: "La tierra, como la mujer, es creadora de vida, no por nada comparten a estos fines el término de fertilidad".

El profesor comprendió que Félix era distinto, pero al resto de la clase le dio igual.

No habían pasado ni dos semanas de clases cuando Félix decidió dejar el fútbol para siempre.

Sucede que mucho realmente no le gustaba, lo jugaba porque era bueno, y por la promesa de atención femenina. Pero cuando lo pusieron a jugar en la secundaria se hizo evidente que no tendría ni la más mínima chance de ser el mejor.

Los más grandes eran caballos y lo pasaban por arriba en todo sentido. Se sentía literalmente como un hombre en silla de ruedas compitiendo contra un equipo de Polo.

Y fue entonces que comprendió que le quedaba solo una alternativa: las artes, y particularmente la música, ya que seguía odiando ensuciarse las manos, al igual que durante su primera niñez.

Con la comedia seguía, pero no tan intensamente. Se cuidaba bastante con su humor en este ambiente nuevo, ya que no conocía mucho a la gente y consideraba que había tenido suficientes problemas.

Félix había experimentado con la música en el pasado, pero no había logrado entusiasmarlo. En aquella niñez, lógicamente los incentivos no estaban alineados igual que ahora, y es por esto que esta vez sí se lo tomaría mucho más en serio.

Una tarde, mientras Félix leía tranquilo el primer tomo de Paxby con la radio prendida, un debate entre los locutores captó su atención. Se disponían a analizar la pregunta "Quién gana más: ¿el guitarrista o el cantante?".

Y cuando segundos después se dio cuenta de que no estaban hablando precisamente de dinero, largó el libro y se puso a escuchar con atención. No se pusieron de acuerdo, con lo cual Félix tomó la decisión más lógica:

aprender a cantar y a tocar la guitarra.

Cacho y Ema le regalaron a Félix una guitarra criolla de Antigua Casa Núñez para su cumpleaños, y con eso arrancaría una nueva etapa de descubrimiento de potencial.

Se la dieron de sorpresa en el Aeropuerto de Ezeiza, a donde a Félix le encantaba ir a celebrar. No era una opción tradicional, pero a él le parecía que era el mejor lugar del mundo. Estaba fascinado con la aviación y con todo lo relacionado a la internacionalidad.

Félix ingresó al Espigón Internacional con Ema, y Cacho se hizo el que tenía que revisar un ruidito del auto para poder quedarse solo. Ahí fue cuando sacó la guitarra del baúl e hizo su entrada triunfal.

Félix estallaba de felicidad. Luego de comer en uno de los barcitos del aeropuerto, se sacaron una foto para inmortalizar ese recuerdo.

A la hora de buscarle tutores o profesores particulares, debían ser precavidos. No servía cualquiera que dejara un volante pegado en un poste de luz. Debían ser los mejores, o Félix se los comería crudos.

Y luego de buscar mucho durante un tiempo breve, encontraron a Silvestre Novak para la guitarra, y a Judith Tarabur para el canto.

Silvestre Novak era una figura inconfundible en el mundo de la música, un virtuoso de las cuerdas cuya pasión trascendía géneros y fronteras. Con treinta y ocho años a sus espaldas, había recorrido el mundo mil veces, llevando consigo el alma del *jazz*, el folclore y la música popular.

Su talento lo había unido en giras memorables con figuras como Tico Suarez y Bernardo Terranova, tejiendo con cada nota una historia que resonaba en el corazón de quienes tenían el privilegio de escucharlo.

A pesar de su estatura en el mundo de la música, Silvestre llevaba su fama con una humildad desarmante. Su apariencia, marcada por una pelada incipiente que aceptaba con gracia y buen humor, era solo un reflejo de su personalidad genuina y accesible.

Silvestre encontraba en su pequeño departamento del barrio de Flores no solo un hogar, sino también un espacio de creación y enseñanza. Allí, entre paredes adornadas con guitarras y recuerdos de viajes, impartía clases, compartiendo su conocimiento y pasión con estudiantes afortunados que buscaban aprender del maestro.

No obstante, había una constante en la vida de Silvestre tan presente como su guitarra: su adicción al café. Durante las clases, era común verlo con una taza en mano. Dos o tres cafés por clase era la norma, una oferta que extendía generosamente a sus estudiantes.

Félix, por ejemplo, declinaba amablemente cada vez, ya que no tomaba café, una elección que Silvestre respetaba con una sonrisa, consciente de que la música, después de todo, era el verdadero elixir que compartían.

A los tres meses de clases de guitarra, Félix no era un virtuoso, pero sí era capaz de tocar la mayoría de las canciones de la música popular que sabía que sus compañeras escuchaban. Ahora faltaba cantarlas.

Judith Tarabur, la profesora de canto de Félix era una figura enigmática y alegre en su vida. Más joven que su madre por unos años, Judith poseía una edad que parecía desafiar cualquier intento de precisión.

Su imponente cabellera pelirroja no era solo un rasgo distintivo de su apariencia, sino también un reflejo de su personalidad ardiente y apasionada. Judith vivía en un constante fluir de energía, lo que se manifestaba en su peculiar inquietud por reorganizar los muebles y objetos de su casa, buscando siempre el equilibrio perfecto que permitiera a la energía vital moverse libremente.

La risa de Judith era otra de sus señas de identidad, estruendosa y contagiosa. Se convertía, sin esfuerzo, en el público ideal para cualquier comentario, celebrando cada broma o chiste con una genuina diversión que hacía sentir a todos como verdaderos comediantes.

Y Félix sentía que cada vez que le festejaba los chistes, de alguna manera era reconocido como genio de la comedia, lo cual lo motivaba a hacer más y mejores chistes.

En lo que respectaba a la voz de Félix, el trabajo de Judith fue transformador. Aunque Félix siempre había tenido una voz agradable, bajo la tutela de Judith, su canto alcanzó nuevas alturas, adquiriendo una riqueza y una expresividad que pocos cantantes logran en toda su carrera.

Era evidente, y tal vez un poco incómodo, que Félix era el alumno favorito de Judith. Esta preferencia, aunque nunca expresada en palabras, se hacía patente en su entusiasmo, en la dedicación con la que abordaba cada lección, y en la orgullosa mirada que le dedicaba cuando Félix lograba un nuevo avance vocal.

Y ahora que Félix tocaba y cantaba como los dioses, sumado al hecho de que ya era todo un adolescente, era momento de que las cosas pasaran, pero no pasaban.

Félix terminó el primer año obteniendo el mejor promedio de la escuela sin haber dedicado más de cinco minutos al estudio.

En la escuela, y en las clases grupales de canto, Félix cantaba y las chicas miraban. Feliz era gracioso y las chicas reían. Faltaba un último ajuste. ¿Pero cuál?

"Por el amor de dios, ¿cuál?", se preguntaba Félix.

15

Facu y Delfi Lynch

Las cuatro estaciones pasaron dos veces volando para Félix en su nueva vida luxemburguesa. Caminaba todo el día en soledad, respiraba hondo, se sentía en una extrema paz. Por las mañanas desayunaba en el bar de Mario y charlaban de la vida.

Mario incluso le había pedido a Félix que dejara algo de stock de Aurora Roast, para hacérselo únicamente a él.

Félix notó que la tarjeta del Whitebridge estaba por vencer, y se comunicó con ellos para que le enviaran una nueva. Para su sorpresa, cuando llegó el sobre, notó que le habían emitido una *Black Rhodium*.

Nunca había tenido tanta plata en esa cuenta o la había usado con tanta frecuencia. Se sintió importante por un minuto, pero luego al leer los beneficios incluidos en el hermoso catálogo que también venía en el sobre, se dio cuenta de que jamás usaría ninguno.

Entre los meses 10 y 12 de su segundo año, dos noticias aparecieron para alterar su rutinaria paz. La primera de ellas tuvo que ver con Mario. Finalmente le habían ofrecido una clase diaria en La Sorbona, y debía instalarse de manera definitiva en París.

En pocas semanas su vida diaria se vería afectada y esa disrupción a Félix le causaba cierto malestar.

Con las valijas llenas y listo para ir a la estación, Mario le hizo señas a Félix para que bajara a saludarlo.

"¿Te parece si ponemos un horario fijo semanal y continuamos nuestras charlas por teléfono?", le propuso Mario a Félix.

"¿La propuesta es real, o es como cuando termina la escuela que se dicen estas cosas para hacer más fácil la separación?", respondió Félix.

Mario se detuvo a pensar un segundo y dijo en tono irónico: "Es absolutamente falsa la propuesta, justamente se la hago a una persona que no sabe olvidar, con la esperanza de que la olvide, porque soy medio boludo". Ambos rieron en voz alta.

"Me parece una gran idea entonces", dijo Félix y luego concluyó: "Por lo menos de mi lado, voy a estar siempre en punto a la hora pactada".

"No esperaba menos", dijo Mario, mientras comenzaba la breve caminata hasta la estación que se veía cercana en la vereda de enfrente.

La segunda noticia la recibió en forma de llamada telefónica en su propio departamento. El solo hecho de que sonara el teléfono lo alteró por completo, ya que era la primera vez que lo oía sonar desde que había llegado.

Félix levantó el tubo de manera precavida y no emitió sonido alguno.

"Guten Morgen. Spreche ich mit Félix Roth?", dijo una voz del otro lado.

"Genau, ich bin Félix Roth. Wie kann ich Ihnen helfen?", respondió Félix casi sin notar que se encontraba dialogando en alemán.

Quien estaba hablando con Félix era Werner Kuhn, abogado de Tato Lynch, para informarle que lamentablemente su cliente había fallecido, pero él había sido nombrado en el testamento, con lo cual solicitaba confirmación de que podría hacerse presente para su lectura, a ser llevada a cabo quince días después, en el último domicilio de Tato, en Vaduz.

Acongojado por la situación y a su vez con cierta curiosidad, confirmó su asistencia.

Y a medida de que en sus últimos paseos por Luxemburgo ya sentía el aire como de otra época, entendió que había que hacer las valijas y partir. Tenía dos semanas antes de la lectura del testamento, así que aprovechó para recorrer un poco.

Estuvo tres días en Frankfurt, cuatro en Stuttgart, y luego una semana en Zúrich.

Fue desde esta última ciudad que, luego de un combo entre tren y bus, llegaría a Vaduz, que por cierto se pronuncia "Fadútz", a las 3 en punto de la tarde el día de la cita.

La casa de Tato Lynch era un hermoso chalé alpino. Era una manifestación de elegancia y modernidad, entrelazada con la esencia tradicional del país.

Ubicada en una calle serena que regalaba vistas majestuosas de montaña, esta morada destacaba por su diseño arquitectónico refinado y su cohesión con la belleza natural que la rodeaba.

Al aproximarse, lo primero que capturaba la mirada era su fachada, construida con piedra autóctona y madera. Estos materiales, emblemáticos de las prácticas constructivas de Liechtenstein, se fusionaban con una estética vanguardista.

La entrada principal se abría a un vestíbulo espacioso, cuyos suelos de madera brillaban bajo la luz que se filtraba desde el exterior. Una pieza de arte moderno dominaba este espacio.

Desde este punto, se desplegaba el resto de la casa, invitando a los visitantes a descubrir sus múltiples encantos.

Cuando Félix tocó el timbre, fue recibido muy afectuosamente por los hijos de Tato, a quienes había visto en múltiples ocasiones, pero nunca en su plena adultez.

Los mellizos Facu y Delfi, debían tener unos treinta y pico, y trataban a Félix como si fuera una especie de noble, lo cual daba cuenta de la altísima estima que Tato le tenía.

En el living había servidas algunas cosas para comer, y una camarera se encargaba de servir y reponer la comida. Félix se dispuso a recorrer la cocina y notó que había preparadas cosas dulces para más tarde.

Le indicó a la camarera que, si tenía pensado servir café, debía hacerlo en el mismo exacto momento que las cosas dulces. Ni antes, ni después. Y le dejó un poco de Aurora Roast para ser servido únicamente a él.

Facu y Delfi estaban algo confundidos con tantas indicaciones y Félix lo notó en sus rostros. "Si se pueden hacer las cosas bien, ¿por qué las vamos a hacer mal?", les dijo y todos rieron.

Junto con los mellizos estaba Mechi, su madre y esposa de Tato, pero con un Alzheimer avanzado y totalmente imposibilitada de interactuar.

Todavía no había llegado Werner, y los tres se pusieron a conversar en uno de los sillones. Los hijos de Tato estaban notoriamente nerviosos.

"¿Hay algo que yo no sepa? Los noto inquietos", les dijo Félix antes de morder un sándwich.

Delfi respondió: "Papá nunca tuvo muy buen trato con nosotros, qué sé yo".

Facu agregó: "¿Vos sabés cómo murió? ¿Sabés algo del último tiempo de papá?".

Félix, algo sorprendido, les dijo que no tenía idea respecto de las circunstancias de la muerte de Tato, pero quería saber.

Delfi entonces arrancó el relato: "Le dijimos mil veces a papá que no fuera a esquiar, que estaba grande, que sus reflejos ya no eran los mismos. A él estas advertencias le entraban por un oído y le salían por el otro. Se fue a Zermatt y ya el segundo día se hizo pelota. Lo trajeron en helicóptero y estuvo en el hospital, acá a tres cuadras, 43 días hasta que falleció".

Facu entonces finalizó la historia: "Papá sabía desde el momento en el que se la dio, que los huesos no iban a soldar, que se iba a infectar y se iba a morir. Y gran parte de esos 43 días estuvo totalmente lúcido y escribiendo el testamento. No es un testamento viejo, lo hizo ahora papá. Y no estábamos en el mejor momento con él, estamos nerviosos".

Félix seguía comiendo y escuchando el relato. Se sentía un poco ajeno a los dramas familiares, y como para bajarle la intensidad al momento tuvo la idea de decir: "Y bueno, cada familia es un mundo".

Facu, entonces, como quien intenta articular mejor su idea anterior, esbozó: "Concretamente, Félix, tenemos miedo de que te haya dejado todo a vos".

Félix soltó una carcajada en la que algunas traidoras migas de sándwich salieron volando, e instantáneamente procedió a tranquilizar a los hermanos: "Ah, pero chicos, despreocúpense por completo. Si su viejo fue tan hijo de puta para hacer eso, yo les doy a ustedes cada peso. Yo juré no tocar nunca más plata ajena y no lo voy a hacer. Tengo todo lo que necesito. Ni un peso menos, ni un peso más".

Los mellizos rieron aliviados.

En ese preciso momento es que llegó Werner, y con la precisión de un suizo que no vino a Vaduz a hacer sociales, organizó sus papeles frente a una mesa y les pidió a los presentes que se ubicaran a su alrededor.

Luego de anunciar las formalidades propias del evento en cuestión, procedió a leer el testamento, el cual estaba escrito en español. Ante tamaña dificultad para el pobre hombre, que entendía español pero le costaba mucho hablarlo, Félix le propuso relevarlo en la tarea y él aceptó.

Agarró los papeles y comenzó a leer: "Facu y Delfi, Delfi y Facu, qué decir de ustedes. Sé que lo están intentando, pero no es suficiente. Las cosas son muy distintas de cuando yo era chico, incluso de cuando ustedes eran chicos. Voy a necesitar todo de ustedes, y los números actuales no son alentadores. Sé los digo por ustedes. DEN MÁS. Menos joda y más laburo. Habiendo dicho esto y con la única condición de que cuiden a su madre como a una reina hasta que se venga conmigo, les digo que no los voy a privar de lo que es de ustedes. Les dejo en partes iguales la totalidad del paquete accionario de la BVI, el campo de Mercedes, la finca de Mendoza, la casa de Manantiales, y el departamento de Quintana.

Félix, querido, a vos te dejo un sobre cerrado que tiene el cara de verga de Werner. Y creeme que sé que leíste esto en voz alta y de solo pensar en este momento me rio y me duelen todos los huesos. Hasta siempre".

Félix estaba conteniendo la risa, Werner buscando cosas en su maletín y Facu y Delfi, absolutamente furiosos.

Félix se acercó a ellos y les dijo: "Chicos, ¿están bien? Les dejó todo a ustedes. ¿Vieron que no había nada de qué preocuparse?".

Facu respondió: "Vos te das cuenta de lo hijo de puta que es, ¿no? ¿Viste todo lo que nos dijo? Nosotros hace 5 años que nos rompemos el alma con la heladería, ¿de qué joda habla?".

La heladería era nada más y nada menos que la niña bonita del helado porteño. Stonehenge Helados, una marca absolutamente *premium* que ya contaba con 5 sucursales, estaba en pleno crecimiento, y sus fundadores eran Facu y Delfi.

Delfi, con bronca, expresó: "De cero la armamos, eh. De cero. Y hoy tenemos los locales llenos. Y le vendemos a todos los caterings. De los servicios *premium*, a todos. Nos compra Isis Del Solar, Shulman, Bevaqua, todos. Pero nos cuesta escalar y nos cuestan los márgenes porque el producto es hiper *premium*".

Facu continuó: "Para que te des una idea, nosotros acá en Liechtenstein compramos las grosellas para la crema del príncipe. No las tiene nadie. La competencia no sabe ni cómo hacemos para ser tanto más buenos. Y este viejo hijo de puta nos dice que no alcanza y las cosas están difíciles, ¿se cree que no lo sabemos?".

Félix estaba realmente sorprendido de las tensiones que existían entre Tato y sus hijos, y no entendía del todo a qué se estaban refiriendo con "cosas difíciles". Al fin y al cabo los mellizos estaban heredando valores por un número cercano a los cinco millones de dólares y tenían una empresa funcionando que, aun con dificultades, algo de ganancia les daba.

"Bueno, igual por lo que veo que se están llevando quedan muy bien parados", dijo Félix con la idea de alentarlos.

"Más o menos", dijo Facu, y luego prosiguió: "Yo tengo dos nenas, Delfi tiene dos varones. En dos generaciones, si nosotros no la pegamos con algo, vamos a quedar como los Lynch".

"¿No son ustedes los Lynch?", preguntó Félix confundido.

Facu y Delfi se miraron dilucidando cómo era que iban a pasar a explicar algo de apariencia compleja.

Finalmente, Delfi tomó la iniciativa y expresó: "Papá heredó de joven, entonces de alguna manera siempre creyó que era suya, que él la había ganado. La realidad es que heredó un 90% de la abuela, o sea de su mamá, y 10% del abuelo, es decir su papá".

Facu entonces completó la explicación: "Nosotros somos Lynch Santamarina, no Lynch. Los Lynch hoy por hoy tienen chirolas".

Y Delfi añadió: "Los Santamarina son los que mejor andan. Los Lynch Santamarina ahi andamos, que somos nosotros, y los Lynch poco y nada".

Félix estaba armando el mapa mental, y únicamente por curiosidad y para completar el esquema, preguntó por la única opción faltante: "¿Y los Santamarina Lynch?".

Facu y Delfi estallaron de la risa en simultáneo como si alguien hubiese contado un chiste escrito por Dios.

Delfi dijo: "Tremendos pelagatos", y Facu agregó: "Si te cruzás con uno, rajá; te va a pedir plata". Delfi luego aportó: "O sea, ni están en la guía social porque deben como 3 años, con esto te digo todo", y finalmente Facu sentenció: "Me dijo Charly del Jockey que les sacaron la vitalicia por deudas de consumo, o sea imaginate, ni para el café".

Félix también comenzó a reír por lo ridículo de la situación y por su clase acelerada sobre la dilución de activos de las familias de alta alcurnia, cuando fue interrumpido por Werner.

Dentro de su maletín había encontrado el sobre cerrado que Tato le había dejado. Pero le advirtió que debía leerlo en voz alta, ya que así lo indicaba el protocolo al tratarse de una sucesión testamentaria.

Félix tuvo algo de miedo ya que no tenía idea de lo que podría llegar a decir la carta, pero sin más demora comenzó a leer a viva voz:

"Félix, querido, a vos no te voy a dejar plata, sino algo mejor: buena información. Tomalo como una devolución de gentilezas. Gracias a tu advertencia cuando me dijiste que se me venía la noche, es que pude actuar preventivamente y conseguir laburo en el Whitebridge. Me trajeron acá a Liechtenstein a dirigir la operación local, y para cuando me rajaron en Buenos Aires ya tenía una pata afuera.

Lo que me reí cuando me enteré de que te habías ido sin dejar rastro.

¿Y no querés saber cómo te encontré? A esta altura Sherlock Roth seguro ya lo sabe, pero lo cuento igual. Conseguí tu dirección acá en el banco cuando pediste la tarjeta nueva. Espero que estés gozando de los beneficios de la Black Rhodium.

Me dijo Carlitos Cronwell que liquidaste todo hace unos años. Lo bien que hiciste, hermano. La empresa está en picada otra vez, despidieron a medio mundo, Chadwick está muy comprometido a nivel penal por las boludeces que firmó, y la acción está por el piso. Te cuento porque estoy seguro que ni sabías, pero es justicia poética, Félix.

¿Te gusta la casita que me armé? Es de un primo mío, Horacio Santamarina, los chicos lo conocen. El alquiler se lo pagué *cash* por adelantado, y está pagada por dos años más. Si estás yirando por Europa, usala, es tuya hasta el día de la devolución.

Y si volvés a Buenos Aires, quiero que vayas a Stonehenge Helados. Es la heladería de los melli. Vos no sabés lo que es ese helado. Es el mejor helado de la ciudad por lejos, y la armaron de cero. Yo apenas les di 300 lucas y me las devolvieron al año. Van a llegar lejos.

Hasta siempre".

Facu con la mirada vidriosa y Delfi llorando desconsoladamente, se abrazaron con Félix en un homenaje a Tato Lynch.

"Bueno, che, arriba ese ánimo que no es la muerte de nadie", dijo Félix sabiendo que una pizca de humor negro iba ser bien recibida, y todos volvieron a reír.

16

Eric Macher

La casona de Belgrano de Gerardo Levy esperaría a los Roth el sábado siguiente para un festejo a todo trapo. No solo Gerardo cumplía años, lo cual era de por sí una suerte de Mardi Gras para la comunidad timbera, sino que esta vez tenían otra razón aún más grande para festejar.

Luego de numerosas frustraciones, Miriam había finalmente dado a luz a Gaspar, el primer hijo de la pareja y "heredero del imperio", como a Gerardo le gustaba llamarlo.

Félix tenía un traje que usaba de vez en cuando, pero el cuerpo en constante transformación de un adolescente hacía que el calce fuera al menos peculiar.

El plan sería el siguiente tal como Ema le había instruido: "Entramos los tres impecables, sonreímos, nos sacamos la foto en la entrada. Acto seguido te sacás el saco y lo dejás en el guardarropas. La camisa te queda bárbaro, podés estar así perfectamente toda la noche. No es que no te quiera comprar un saco, Félix, cuando dejes de crecer te compro el más lindo, pero ahora qué sé yo hasta dónde vas a llegar, ya casi que sos más alto que tu padre".

Al llegar a la casona, que por cierto era una monumental mansión en O'Higgins y Virrey del Pino, Gerardo y Miriam, con Gaspar en brazos, estaban en la puerta y saludaban personalmente a todos los invitados. Les agradecían por haber venido con un abrazo sincero. Rebosaban de felicidad. Ema enloqueció brevemente con el bebé, como sucede con toda madre.

Félix le agarró la manito al pequeño Gaspar y sintió un poco de ternura, pero hasta ahí llegaba su sensibilidad adolescente. Una vez adentrados en la casa, una fotógrafa tomó su fotografía, la cual sería enviada a la casa de cada invitado en la semana junto con otra nota de agradecimiento por haber concurrido.

"Ahora, Félix…", susurró Ema, y Félix comprendió que era momento de abandonar el maltrecho saco en el saloncito junto a la escalera que hacía las veces de guardarropas.

Una vez liberado de su misión, Félix se introdujo en el corazón de la fiesta para buscar a sus padres.

La atmósfera era de una elegancia sutil, donde cada detalle, desde la iluminación suave hasta los arreglos florales meticulosamente seleccionados, contribuía a crear un ambiente de sofisticación y calidez.

La música, un delicado hilo de melodías clásicas y contemporáneas, se entrelazaba a través de las conversaciones animadas, permitiendo que los invitados se deslizaran entre el diálogo y el disfrute auditivo.

El servicio de catering, a cargo del renombrado Eleazar Shulman, era en sí mismo un espectáculo. Las mesas, dispuestas con una precisión casi quirúrgica, presentaban un despliegue de delicias que capturaban tanto el ojo como el paladar.

Desde canapés artísticamente elaborados hasta platos principales que combinaban la alta cocina con toques de innovación, cada bocado era una revelación.

Los invitados, entre los que se encontraban personalidades de diversos ámbitos, se congregaban alrededor de las estaciones de comida, admirando y degustando las creaciones de Shulman, cuya fama de perfección gastronómica no era en absoluto exagerada.

En un rincón, un pequeño bar ofrecía cócteles clásicos y creaciones originales, cada uno preparado con una precisión y un cuidado que rivalizaban con los platos servidos.

Los *bartenders*, maestros en su arte, mezclaban y agitaban con una destreza que mantenía a los invitados fascinados y deseosos de probar cada nueva bebida propuesta. Ellos, lógicamente, conocían la casa como ningún otro invitado, ya que sus servicios eran requeridos cada viernes cuando la casa cumplía otro propósito.

Sin embargo, la casona de Gerardo Levy, con sus amplios salones y su decoración exquisita, se prestaba perfectamente para este tipo de reunión familiar y elegante. Cada habitación, abierta para la ocasión, invitaba a la exploración y ofrecía un nuevo espacio para el deleite y la conversación.

Las obras de arte que adornaban las paredes, seleccionadas con un ojo experto, proporcionaban puntos de interés y discusión, enriqueciendo aún más la experiencia de los invitados.

A medida que la noche avanzaba, la fiesta se desplegaba en capas de disfrute y descubrimiento. Ema, con una servilleta de recuerdo discretamente guardada, se movía entre los grupos con una gracia que reflejaba su felicidad por estar allí.

Félix, por su parte, observaba todo con una mezcla de asombro y una pizca de distancia, aún procesando la magnitud y el esplendor de lo que Gerardo y Miriam habían logrado crear.

Una vez que vio a sus padres desde lejos, comprendió que estaban haciendo una de sus actividades favoritas. Cacho y Ema tenían un gusto fascinante por el chusmerío. Podían pasarse horas contándose lo que se habían enterado. Que tal persona había hecho tal cosa, y que tal otra no lo sabía.

En este contexto, básicamente poniéndole cara a cada protagonista de los cientos de chismes contados, estaban el mismísimo edén.

Félix sintió una pesada mano en el hombro, y se dio vuelta para ver quién lo estaba queriendo saludar. Era nada menos que el Doctor Chab, esta vez con su esposa Clarita, su hijo Ramiro y sus hijas Ethel y Sabrina, que eran apenas mayores que Félix y que él miraba como un guepardo hambriento a una tierna gacela.

"¡Félix!", le volvió a decir el Doctor para sacarlo del lapsus, y luego: "Dale, llevame con tus viejos que todavía no los vi".

Una vez todos juntos, rieron y contaron anécdotas durante un rato largo.

En determinado momento el Dr. Chab le murmuró en el oído a Ema, como quien dice un secreto: "Más tarde va a venir el hermano de Clarita.

No se le puede preguntar de qué trabaja ni qué hace en el trabajo, pero es de los nuestros", le dijo mientras le guiñaba un ojo.

Ema no entendió una palabra, pero tampoco le pareció que fuera el lugar indicado para pedir mayores explicaciones.

Sin embargo, pocos minutos después, se hizo presente el hermano de Clarita y procedió a saludar muy educadamente a todos quienes eran parte de esa charla, incluido a Félix.

Eric Macher emergía en cualquier habitación con la presencia imponente de un hombre que había vivido más de una vida en la suya. Más grande que Félix, pero no por tanto, su figura fornida hablaba de desafíos que exigían tanto fuerza como astucia.

Vestido con una camisa de lino que parecía resaltar su piel blanca con tintes rojizos, cinturón y zapatos de cuero que resonaban con cada paso, Eric encarnaba la esencia de un hombre fronterizo, un ente que habitaba en la intersección entre un gaucho o un *cowboy* y James Bond.

Fumaba un cigarrillo detrás del otro, casi compulsivamente, como si su medida fueran tres cigarrillos seguidos cada vez que deseara uno.

Su mirada segura y su porte, que rozaba lo militar, no eran meras fachadas. Eran el resultado de años de disciplina y experiencias que habían templado su carácter, forjando en él una presencia que inspiraba tanto respeto como una sutil inquietud.

Eric era un observador nato, alguien cuyos ojos parecían registrar cada detalle, cada movimiento, almacenándolos en las profundidades de una mente que había visto más de lo que su tranquila expresión revelaba.

Detrás de esa fachada de hombre de mundo, de aventurero y seductor, se escondía un pasado inquietante, historias que Eric llevaba consigo como cicatrices invisibles, marcas de un camino que pocos se atreverían a recorrer.

Su agenda, tan desconocida como su historia, era un enigma que añadía capas a su ya compleja personalidad.

Eric Macher no era un hombre fácil de olvidar. Su presencia dejaba una impresión duradera, un eco de misterio y una promesa de historias no contadas. En él, la línea entre la realidad y el mito se difuminaba, creando un personaje que, aunque firmemente arraigado en el presente, parecía pertenecer también a un tiempo y lugar donde las leyendas nacen.

Eric y Félix hablaron toda la noche de diversas cuestiones relacionadas a la geopolítica, los conflictos, la tecnología y las aeronaves más modernas. Félix no podía dejar de notar que había cierto conocimiento que tenía Eric sobre estos temas, que no era parte de ninguna publicación, revista o texto conocido.

Cuando hablaron de radares, por ejemplo, y particularmente sobre los Argus Tech 2500-K, Eric se refirió a puntos "amarillos" sobre las pantallas. Y Félix siempre había asumido que los puntos eran verdes, ya que en ningún lado existía referencia alguna que pudiera contradecirlo.

Más tarde y respecto de los submarinos Nébula clase 7, Eric dijo que en los camarotes y en los catres apilados, existía una cortina de privacidad "naranja por dentro", y Félix volvió a quedar estático puesto que eso no constaba en ningún registro.

Eric, por su parte, notaba que la agudeza de los enunciados de Félix decrecía en tanto y en cuanto el perfume de alguna de las hijas de Chab estuviera dentro del campo olfativo.

En determinado momento preguntó a Félix si tenía novia, y ante su negativa exclamó: "Te falta buena intel al respecto ¿no?", y Félix respondió: "Afirmativo".

"Sabés qué, venime a ver al bar de Córdoba y Agüero el lunes a las 5 de la tarde. Ahí podemos charlar bien sobre esto", le dijo, y acordaron con un apretón de manos.

Volvieron a integrarse al resto del grupo y Eric dijo a Ema: "Félix es un chico fascinante, en dónde yo trabajo podría llegar lejos".

Ema respondió casi instintivamente: "Mirá que con el gobierno no queremos saber nada nosotros, eh".

Y rápidamente el Dr. Chab se acercó nuevamente a su oído para decirle: "Ema, Eric no es del gobierno, o sea, no es de ESTE gobierno, no sé si me explico…".

Ema puso cara de que entendía, pero siguió sin entender.

De golpe fueron interrumpidos por Levy, que con un micrófono en la mano anunció: "Queridos amigos, a modo de sincero agradecimiento por haber venido, queremos darles una sorpresa. ¡Hemos traído a esta casa para que nos deleite con su arte, al mismísimo Bernardo Terranova!".

La gente absolutamente sorprendida comenzó a aplaudir en estado de máxima excitación. Y luego Bernardo dio un show inolvidable.

El miércoles siguiente en su clase de guitarra, Félix le contaría esto a Silvestre, el cual sentenciaría: "Así es Berny, por plata hace cualquier cosa".

Dos días antes, sin embargo, el lunes a las 5 en punto, ahí estaba Félix en la puerta del bar, y antes de ingresar miró desde afuera para ver si Eric ya estaba sentado en alguna de las mesas. Eric llegó 10 segundos después, se saludaron y luego dijo: "Vamos mejor al bar de acá a la vuelta que es más lindo".

Una vez sentados, Félix pidió un submarino y Eric un café negro. "¿Un Nébula clase 7 te pediste?", bromeó Eric, haciéndole notar a Félix que recordaba perfectamente su charla del sábado anterior.

Llegó el pedido, Eric prendió el primer cigarrillo, y fue directo al grano: "Bueno, estamos acá para hablar de minas, así que contame todo lo que sepas y todo lo que hayas hecho hasta ahora para conseguirlas".

Félix respiró hondo, y arrancó. Le contó del fútbol, del humor, de cómo casi lo expulsan por un chiste. Cuando llegó la parte del intercambio epistolar, Eric se pegó tal carcajada que miraron de absolutamente todas las mesas.

Luego de sus clases de música y de cómo sentía que estaba ya casi ahí pero no entendía qué le faltaba.

"Es que estás haciendo todo mal, Félix", le dijo Eric.

"Mirá a tu alrededor, mirá a la gente por la calle, andá a la cancha y mirá a todos los presentes".

Félix no terminaba de entender el punto, y entonces Eric prosiguió: "Todos ellos garchan y vos no. Y vos sos Félix Roth, el mejor".

A Félix le explotó la cabeza. No podía creer que nunca lo había pensado así. "Obvio que nunca lo pensaste así", le dijo Eric. "Cuando se trata de mujeres, la mente se nubla".

Félix comenzó a repensar todas sus antiguas estrategias, y cuando se disponía a seguir la charla con Eric, notó que su cara había cambiado.

Eric estaba mirando las paredes del bar a toda velocidad, y Félix se asustó. "¿Qué pasa?", preguntó.

"Unos tipos ahí afuera. Ya es la tercera vez que pasan por la puerta, vamos, nos tenemos que ir", dijo apurado.

Pero antes de que llegara a levantarse, un grupo de 20 personas nada amigables irrumpió en el bar.

Sucede que aquel establecimiento era propiedad del presidente del Club Esportivo San Vittorio, tal como lo atestiguaban las banderas y camisetas que Eric estaba notando en sus paredes.

Y los 20 hombres ingresantes tenían indumentaria de su archirrival, el Club Atlético Ferroviarios de Cristo.

Todos los clientes del bar comenzaron a inquietarse, puesto que estaban ante una inminente batalla campal dentro de la cual era de esperarse que al menos la mitad poseyera armas blancas y al menos 4 o 5 armas de fuego.

Eric se paró inmediatamente, prendió un cigarrillo y caminó hacia el frente del bar quedando cara a cara con quien se presumía era el líder de la barra de Ferroviarios.

"Señores, se van a tener que retirar", les ordenó Eric con una cara de piedra que hubiese inquietado a cualquiera.

"Mirá vos, así que nos tenemos que retirar", repitió irónicamente el barrabrava.

Y luego dijo: "Nosotros vamos a prender fuego este lugar, ¿me entendés? Y vos, con tus zapatitos de cuero, te vas a quemar, ¿me entendés?".

Eric, sin que se le moviera un pelo, lo miró a los ojos y le dijo: "A vos, que te tengo a menos de un metro, te voy a matar primero. A los dos que tenés al lado los voy a dejar discapacitados. Al de la derecha, ciego y al de la izquierda, rengo. Y recién ahí voy a sacar el arma que tengo, y a cada uno que se me venga encima le voy a poner una bala entre medio de los ojos".

Y luego para culminar esta espectacular amenaza cinematográfica, le exhaló todo el humo del pucho en la cara y finalizó con: "¿Me entendés?".

El barrabrava estaba notoriamente contrariado, nunca había recibido este tipo de resistencia, pero era un viejo lobo de mar, y no se intimidaba fácil.

"¿Sabés qué creo yo? Que no tenés ningún arma, eso creo yo", retrucó.

A lo que Eric respondió: "Entonces da medio paso adelante y enterate. Por favor, te lo pido, da medio paso adelante y enterate de lo que te va a pasar".

El barrabrava repitió envalentonado: "No tenés nada, y sos vos solo y nosotros somos 20".

En eso se paró un viejo pelado en el fondo y comenzó a caminar de frente hacia donde estaba el barrabrava.

El bar entero empezó a murmurar.

Los barrabravas invasores empezaron a dar pequeños pasos hacia atrás a medida que él avanzaba.

Y cuando llegó a ponerse al lado de Eric, le dijo al barra líder: "El pibe no está solo, y para hacer lío acá te me vas a tener que animar a mí, ¿está claro?", y luego dijo nuevamente: "¿Te animás?".

El líder de la barra, como quien sabe que soldado que huye sirve para otra guerra, sólo llegó a decir: "Nos vamos", se dio vuelta y todos lo siguieron.

El bar se sumió en un enorme aplauso.

Félix se paró y salió corriendo para saludar al viejito, que apenas lo vio le dio un gran abrazo.

"¡Félix querido! Estás enorme", le dijo.

Eric no entendía nada de lo que estaba pasando. Dijo: "¿Ustedes se conocen?", y acto seguido miró al viejo de cerca y le dijo: "No lo puedo creer. ¿Es usted el mismísimo Yunque Cataldi?".

Félix y Eric invitaron al Yunque a la mesa y siguieron charlando entre los tres de lo que acababa de suceder. El Yunque insistía: "Yo no hice nada, de hecho apenas vi cómo estaba parado este pibe- refiriéndose a Eric- y cómo estaba plantado, supe que si quería se morfaba a los 20 malvivientes esos".

"Bueno, cuestión que Félix necesita saber cómo hacer con las minas", redireccionó Eric.

"¿Para que te dejen en paz?", respondió el Yunque en tono de broma mirando a Félix.

"No precisamente", respondió Félix.

Eric miró a los ojos a Félix y le dijo: "Imaginate a la mina que quieras, a la más linda. ¿Ya te la imaginaste?".

"Ya me la imaginé", respondió Félix.

"Yo también", respondió el Yunque y los tres rieron brevemente, para luego seguir concentrados en el ejercicio.

"Ahora imaginate al millón de minas más lindas del mundo. Qué digo al millón, digo a todas las minas más lindas del mundo".

"Me las estoy imaginando", dijo Félix, "No sé bien cómo, pero me las estoy imaginando".

Y ahí es donde Eric preparando el gran final de su ejercicio preguntó: "Y a todas esas, ¿sabés quién se las cogió?".

"No, ¿quién?", preguntó Félix.

Y con la sonrisa de quien tiene un boleto ganador de lotería o la última pieza del rompecabezas, respondió: "Uno que se las encaró".

La respuesta parecía simple, pero a Félix se le dilataron las pupilas, como si estuviera consumiendo la droga más grande en la historia del conocimiento.

El razonamiento no era nada simple, sino que era absolutamente brillante. Sin confundir causa con correlación, Félix comprendió que no todo el que encara coge, pero todo el que coge es por haber encarado.

Que el punto en común entre los mejores, y toda la cancha repleta, y la calle llena de gente, era que para coger encaran y es lo único que importaba, era la única constante.

Y, por supuesto que cada tanto alguna mina se le regalaba a alguien, pero eso sería la excepción a la regla y no valía la pena ni mencionarlo.

"Encarar", dijo Félix como quien descubre la fusión fría.

"Encarar sin ningún tipo de vergüenza", recalcó Eric. "Encarar con una seguridad tal que aun si fueras el tipo más feo del mundo, la mina sienta curiosidad".

"Pero ¿qué le digo? Dame un ejemplo bien concreto", pidió Félix.

"A ver, decime cuál es la que más te gusta", preguntó Eric con afán de dar una demostración.

"Keyla", respondió Félix.

"A ver, Yunque, ¿vos podés ser Keyla un minutito?", dijo Eric y los tres largaron una carcajada en simultáneo. El Yunque asintió.

"Keyla, te quiero invitar al cine, ¿querés ir este fin de semana?", esbozó Eric con voz de seductor, demostrando que la clave es ir directo, al grano y con total seguridad.

"Y si me lo pedís así", dijo el Yunque y todos rieron de nuevo.

Félix sintió que estaba presenciando una clase magistral en la mejor universidad del planeta Tierra y galaxias cercanas. Pero todavía tenía preguntas.

"¿Pero cómo sé que me va a decir que sí?, inquirió Félix necesitando certezas.

Y ahí fue cuando Eric terminó por finalizar su explicación: "No lo sabés. De hecho, te van a decir que no mil veces, pero cada tanto te van a decir que sí.

Y si te dicen que no, le respondés como un absoluto caballero, diciendo que lamentás su respuesta, y que tu oferta sigue en pie por si cambia de opinión.

Y muchas van a volver luego preguntando si la oferta sigue en pie.

Esto es un juego para valientes. El rechazo es parte del juego, pero nadie es rechazado por siempre".

La emoción de Félix se hacía notar. Quería preguntar más. Se sentía frente a alguna especie de oráculo.

"Y si me dice que sí y vamos al cine, ¿qué hago?", pidió detalles.

E inmediatamente el Yunque le dio una cachetada amistosa, de esas que acomodan las ideas, pero viniendo del Yunque casi lo saca de su silla, y le dijo: "Si aparece en la cita es que ya quiere estar con vos, hermano, buscá el momento y tirale la boca como un campeón".

"No lo podría haber dicho mejor", dijo Eric, para luego finalizar con: "Pero se hace despacio. Como un caballero. Muy despacio. Dale tiempo de que se arrepienta o de que prefiera declinar. Y si así lo hiciera, misma historia que antes. Retrocedés como un caballero, y le decís que la oferta sigue en pie".

Félix asintió habiendo entendido perfectamente. Luego atinó a decir: "Y en algún momento me voy a enamorar…".

El Yunque y Eric procedieron a pararse, como quien comienza una despedida, y Eric dijo: "Consejo de amor es otro precio, Félix, pero vas a tener tiempo para eso, ahora perfeccionate en este arte, ¿no?".

Los tres salieron a la calle, ya de noche. El Yunque se despidió primero y luego se perdió a lo lejos.

Eric antes de despedirse le dijo a Félix: "A esta altura debés tener una idea de qué es lo que yo hago. Si en cualquier momento de tu vida querés hablar conmigo, llamá al número de esta tarjeta, decile estos números a la operadora, y yo me voy a comunicar con vos. Si vos llamás, yo voy a responder. Pero soy una persona muy ocupada. Tenelo en cuenta".

Félix guardó la tarjeta en su billetera y le dio un firme apretón de manos a Eric.

Antes de despedirse, Félix preguntó: "¿Realmente tenías el arma o no?".

Eric miró hacia ambos lados, y cuando verificó que nadie estaba viendo, se abrió el saco dejando entrever un arma de fuego en su respectiva funda adosada a su cinturón de cuero.

"¿Y por qué no la mostraste?", buscó saber Félix con máxima curiosidad.

Y Eric respondió: "La policía utiliza el arma para intimidar. Nosotros no. Si saco el arma, es porque disparo".

17

La Angustia

Luego de la lectura del testamento, Félix volvió a Zúrich con la llave de la casa de Vaduz en el bolsillo. Fue él quien cerró la puerta, y sería él quien debería entregarla a su dueño dos años después.

El pequeño hotel en el cual se estaba quedando, realmente no tenía muchos argumentos como para retenerlo por más tiempo.

No destacaba particularmente por su belleza o por ofrecer una experiencia lujosa. Era un lugar modesto, con un número limitado de habitaciones, que no prometía desayunos matinales ni ofrecía *amenities* de ningún tipo.

Resaltaba de este establecimiento, como en casi toda Europa, la ausencia de ascensor, una peculiaridad que podría considerarse parte del encanto o una incomodidad, dependiendo de a quién se le preguntara.

A pesar de sus limitaciones, el hotel mantenía una característica que Félix no podía pasar por alto: la limpieza. Era evidente que, aunque el hotel carecía de muchos aspectos que podrían considerarse básicos o esenciales en la industria hotelera moderna, la limpieza no era uno de ellos.

Las habitaciones, aunque simples y desprovistas de cualquier lujo, brillaban por su pulcritud. Era un punto a favor, considerando la falta de otros atractivos.

La decisión de Félix de permanecer en dicho hotel se centraba en esta única virtud. Reflexionaba si la limpieza era suficiente argumento para compensar la ausencia de comodidades adicionales. En su mente, pesaba la importancia de un entorno limpio contra la carencia de servicios que en otros lugares se darían por sentado.

¿Era suficiente estar en un lugar limpio si eso significaba renunciar a comodidades como un desayuno incluido, acceso a amenidades, o la comodidad de un ascensor?

Una semana después, Félix se retiraba con todas sus pertenencias y emprendía el viaje de tren y autobús a Vaduz, donde haría el experimento de permanecer algunas semanas.

Una vez adentro, procedió a instalarse en la habitación principal y a desarmar su valija. Como era su costumbre desde hacía décadas, dispuso su ropa en los estantes ordenada de acuerdo con su gama tonal.

Acostado en la cama y mirando el techo, sintió una pequeña incomodidad. Algo que se siente al estar acostado en la cama de otra persona. Le pareció curioso puesto que hacía ya años que no dormía en su propia cama, pero al menos en el resto de sus circunstanciales camas, él había pagado por ellas.

Creyó oportuno entonces llamar al dueño de casa. Sería una llamada breve, únicamente para avisarle que la estaba usando, y que se sintiera libre de pedir por algún favor o asistencia si llegase a necesitarlo.

Horacio Santamarina vivía en Buenos Aires, y su teléfono estaba anotado en una pequeña agenda ubicada junto a un velador.

"Hola, ¿Horacio?", comenzó Félix el diálogo.

"Depende, ¿quién habla?", respondió Horacio con tono de sospecha.

"Félix Roth, no sé si sabés quien soy. Estoy ahora en tu casa de Vaduz", explicó Félix.

"Ahh sí, Félix Roth, me comentaron los melli que estuviste con ellos hace poco y que Tato te había dejado la casa hasta el final del contrato. Mirá, dejame ser claro con esto, si querés la plata que me dio por adelantado por el alquiler, ya te digo que no la tengo. Además, justamente le salió dos mangos por pagar por adelantado. Yo esa casa la tengo hace 10 años ¿sabés? Yo fui Head de Agronegocios de Infinity Green allá en el principado, estuve 6 meses nada más, pero el primer día ya me daban crédito estos locos. Compré la casa al 1%, o sea gratis, y apenas la usé ".

Félix, algo sorprendido por la respuesta de Horacio, procedió a llevarle calma.

"Horacio, yo solo te llamaba para avisarte que por ahora estoy acá, y que a modo de gentileza, si necesitás algo con la casa, me avisaras".

Horacio, mucho más relajado, respondió: "Ahh qué bueno. Genial, entonces. Te pido si podés hablar con Franziska, que es la vecina. La de la casa gris. Ella a veces me paga algunas boletas. ¿Se las podrás cancelar?".

"Es lo mínimo que puedo hacer", aseguró Félix, y luego se despidieron amigablemente.

La charla con Horacio fue bastante reveladora para Félix, puesto que esperaba a un hombre que denotara algo más de solvencia.

Pero uniendo cabos, Félix comprendió que los Santamarina estaban apalancados hasta la médula.

Partiendo de algunas propiedades que realmente tenían, las habían hipotecado o colateralizado para la adquisición de nuevas propiedades.

Cada crédito que podían obtener en cualquier parte del mundo, lo agarraban hasta el máximo monto posible. Y así es que proyectaban la imagen de tener un imperio inmobiliario mucho más grande del que realmente tenían.

Cada dólar que les ingresaba debía rápidamente ser alocado en la cuota más urgente para no desencadenar una catástrofe financiera.

El dinero que había pagado Tato por el alquiler se había esfumado entonces segundos después.

Horacio vivía al límite, y Félix no entendía cómo alguien podía ser funcional con esos niveles de estrés.

Al día siguiente Félix tuvo su llamada semanal con Mario, y ambos terminaron concluyendo que era prudente que viviera en esa casa. Que no estaba agarrando el dinero de nadie, ya que tal dinero no existía realmente. Y que con pagar alguna que otra boleta incluso estaría haciendo un favor al permanecer allí.

Café ya tenía, y la falta de conectividad que alguna vez le hubiera perturbado de Andorra ya no le afectaba en lo más mínimo. No sólo a esta altura prefería evitar traslados innecesarios, sino que Europa le parecía "absolutamente toda igual". Muy linda, pero muy igual.

Y así es como decidió quedarse hasta la entrega de la llave.

En la tranquilidad de Vaduz, vivía sumergido en una rutina que lo mantenía, como era costumbre, a distancia de las interacciones sociales. Cada día, recorría las calles de la ciudad con una serenidad que solo se veía interrumpida por el eco de sus propios pasos.

Su destino frecuente era la universidad local, no por razones académicas convencionales, sino por ser un gran lugar para leer, y por su aprecio por las vistas panorámicas que ofrecían sus ventanas.

Este espacio se había convertido en su refugio, un lugar donde podía sumergirse en lecturas sin fin y contemplar la belleza natural que lo rodeaba, todo en solitario.

En una de estas jornadas, Félix descubrió a Hans, el pequeño proveedor local de grosellas de Stonehenge Helados. Ofrecía también una variedad de delicias como pastelería y chocolates hechos en casa. Este descubrimiento se convirtió en un punto de inflexión en su rutina diaria.

Aunque seguía evitando el contacto directo con las personas, empezó a comprar estas delicias con regularidad, lo que junto con una buena dosis de Aurora Roast, añadía un nuevo matiz de placer sensorial a sus días.

Los sabores intensos y las texturas suaves de los chocolates y pasteles se convirtieron en pequeños lujos que anticipaba con alegría, aportando destellos de dulzura a su existencia reservada, y lógicamente también contribuyendo a su huella volumétrica.

Y pasaron meses.

Félix se despertó una mañana sintiéndose extraño. Su pecho apretado y dolorido, el aire parecía faltarle y una sensación de caos lo rodeaba.

Todo comenzó a ir mal de inmediato: tropezaba con los muebles, los platos se le escapaban de las manos estrellándose contra el suelo, creando un ruido que solo intensificaba su ya acelerado ritmo cardíaco.

Su mente no se quedaba quieta, saltando de un pensamiento a otro sin pausa ni orden.

En medio de este torbellino, Félix se dio cuenta de que estaba teniendo un ataque de pánico. Era extraño, pensó, considerando lo tranquila que era su vida.

No había razones aparentes para este desorden interno, esta tempestad que lo había tomado por sorpresa. Decidió que tenía que calmar la tormenta por sí mismo.

Comenzó a hacer ejercicios de relajación, intentando poner en práctica técnicas que había leído o escuchado en algún lugar. Respiró hondo, tratando de llenar sus pulmones con el aire que antes parecía esquivo.

Una inhalación profunda seguida de una exhalación lenta. Repitió el proceso, concentrándose en cada respiración, intentando hacer a un lado el caos que lo había invadido.

Poco a poco, el ritmo frenético de su corazón comenzó a disminuir. Los pensamientos acelerados empezaron a perder velocidad, permitiéndole finalmente captar algunos momentos de claridad entre la neblina de su ansiedad.

Félix continuó respirando con intención, cada vez más calmado, sintiendo cómo el peso en su pecho se aliviaba y el aire ya no le faltaba.

Aunque los platos rotos seguían en el suelo, testimonio del caos inicial, ya no parecían tan importantes. Lo que importaba era que había logrado atravesar la tormenta por sí mismo, encontrando un remanso de paz en medio de la turbulencia.

Félix se dio cuenta de que, aunque su vida era generalmente tranquila, algo había sucedido. Un catalizador en un estado de conciencia profundo se había activado sin que él se hubiese dado cuenta.

Sin dudas, este tema fue objeto de la llamada semanal que tuvo con Mario al día siguiente. Y si bien Mario no estaba al tanto de la totalidad del plan de Félix respecto de cómo pasaría el resto de sus días, le dio herramientas para que se diera cuenta por sí mismo de que algo había cambiado en el espectro temporal.

Félix comprendió que se encontraba en la mitad del camino. Que, por lo tanto, se encontraba más cerca del final que del principio. Y no había factorizado el impacto psicológico de la cuenta regresiva en lo que serían sus 10 años de pleno disfrute.

Faltando dos semanas para devolver la llave, abandonó su rutina exterior, y permaneció en la casa sumido en la más intensa reflexión.

Fue a su habitación, agarró de un cajón un cuaderno enorme que había comprado recientemente, y la caja de lapiceras de JJ-Evans que todavía conservaba.

Se hizo varios termos de café, y dispuso todo en la mesa del comedor. Volvió a escribir, a diagramar, a calcular.

Le resultó imposible no recordar el "Café del Mañana", donde había hecho esto mismo cinco años atrás.

Y concluyó que necesitaba más tiempo. Que no tenía la madurez necesaria como para contemplar el hecho de su propia despedida en tan poco tiempo. Que se sentía joven y con energía.

Que podría resignar sus recursos de tal forma que pudiera volver al inicio siempre y cuando estuviera dispuesto a vivir una vida más austera.

En la cuenta del Whitebridge quedaban poco más de cinco mil dólares. Y en Buenos Aires, de acuerdo con sus cálculos, todavía quedaba el bolso con otros 245.420 dólares.

Con lo del banco sería suficiente como para finalizar la aventura europea. No había viajado tanto, pero había vivido muchísimo.

Sentía que Europa era un lindo lugar, pero también una suerte de escenografía sin alma.

Estaba listo para continuar con su plan en Buenos Aires, donde con su nuevo salario de 2045 dólares al mes podría tener una vida más que cómoda durante unos nuevos diez años, para luego esta vez sí, proceder a su retiro definitivo.

18

Las Mujeres

Félix ingresó a la escuela con la confianza de una estrella de cine. Su figura se recortaba majestuosamente contra el umbral de un edificio que, aunque no muy grande, destilaba historia y modernidad en partes iguales.

Antes una fábrica, el lugar había sido reciclado con una maestría que fusionaba su pasado industrial con un presente vibrante y juvenil.

El patio central, bajo el vasto techo de un antiguo tinglado cuyo propósito original se perdía en el tiempo, ahora servía como corazón de este espacio educativo, un lugar donde el bullicio estudiantil llenaba el aire con promesas de futuro.

La estética del recinto era el resultado de una intervención artística continua por parte de los alumnos. Las paredes, alguna vez grises y monótonas, ahora estaban adornadas con pintura naranja y murales coloridos, expresiones de creatividad y libertad que transformaban cada rincón en una galería de arte en constante evolución.

Incluso las consignas sociales o políticas, pintadas con letras audaces sobre el lienzo de ladrillo y concreto, aunque poco controvertidas para la época, hablaban de un espíritu de cambio y esperanza, de una juventud que no temía mirar hacia adelante.

En este escenario, Félix no era un alumno más.

Su estatura a los 18 años, ya comparable a la de un adulto promedio, lo hacía destacar entre la multitud, aunque su figura no se ajustaba al ideal atlético que algunos podrían esperar.

Llevaba consigo al menos diez kilos de más, una característica que, lejos de disminuir su presencia, parecía añadir un aire de distinción a su persona.

No era su físico, sin embargo, lo que le confería esa aura de invencibilidad, sino el secreto aprendido de Eric, unido a su innata capacidad para analizar cualquier situación.

Félix se sabía diferente, especial; estaba armado con un entendimiento profundo de la psique humana que lo hacía sentirse indestructible.

Su *look*, peculiar y meticulosamente elegido, era un reflejo de su personalidad única. Vestía de manera que desafiaba las convenciones, mezclando estilos y épocas con una audacia que pocos de su edad se atreverían a emular.

Cada prenda, cada accesorio, había sido seleccionado no solo por su estética, sino por la historia que contaba, por el mensaje que enviaba. Félix no seguía modas; las creaba.

Al cruzar el patio, sus pasos resonaban con determinación. Observaba todo a su alrededor, no solo viendo, sino comprendiendo. Veía más allá de las apariencias, identificaba las inseguridades y los sueños ocultos detrás de las miradas furtivas de sus compañeros.

Su mente, aguda y siempre alerta, tejía planes y estrategias, no con malicia, sino con la curiosidad de quien se sabe capaz de alterar el curso de su propia historia.

La seducción, para Félix, era el último juego que le faltaba ganar. Su confianza no residía en la arrogancia, sino en la certeza de su valor propio, en la convicción de que tenía algo único que ofrecer y de que comprendía la naturaleza estadística del éxito.

A medida que avanzaba por los corredores de la escuela, Félix no podía evitar sentir que estaba al borde de algo grande. Cada conversación, cada encuentro, era una oportunidad para poner a prueba su carisma, para refinar su arte.

Estaba listo para desafiar expectativas, para dejar su marca en aquel mundo que, aunque nuevo para él, ya comenzaba a sentir como suyo.

Félix no era popular, ni tenía muchos amigos. No tenía un elenco estable de personas alrededor, ni era miembro de uno de esos grupitos mixtos en los que indefectiblemente se formarían parejitas.

Tampoco es que pasaba desapercibido, pero no cuestionaba las estructuras de poder ni las jerarquías naturales que se habían dado en el aula. Jugaba su propio juego.

Y lo más curioso es que ni siquiera era un muy buen alumno. Todos estaban al tanto de su inteligencia, pero los despliegues realmente grandes los hacía fuera del ámbito escolar, concentrado en sus propios intereses.

Fue de hecho Aquiles Jáuregui, a quien volvió a tener como profesor de historia en el último año, quien le dijo: "¿Qué pasó que dejaste de ser el alumno sobresaliente que eras en primer año?".

Félix respondió con un gesto. Pero para Aquiles, la realidad debió ser obvia, tal como lo fue para Félix su primera consigna varios años atrás. Quien había fallado en captar la atención de un alumno brillante había sido la escuela.

Luego de unos días de análisis, todo estaba listo para dar comienzo a la acción. Si bien ir por Keyla hubiese sido el paso natural, Félix consideraba que llegaría a ella a su debido tiempo y no debía acercársele demasiado rápido, ni en una etapa meramente formativa de su arte de seducción, sino que debía hacerlo más adelante.

Cuando llegó el momento de actuar, Félix estaba desbordando de nervios y de adrenalina, pero sabía que nada se daría por sí mismo a menos que él hiciera mover los engranajes.

Y en un recreo, cuando Valeria Solís completaba sola una tarea encomendada para entregar en la hora siguiente, Félix se le acercó.

"¿Querés que te vaya dictando? Me sé de memoria las respuestas", le dijo Félix en tono amistoso y colaborador.

"¿Me estás hablando a mí?", respondió Valeria en tono desafiante.

"Sí, no es que te quiera sacar el placer de escribir estresada a toda velocidad en un recreo, pero se me ocurrió que si te ayudo, quizás hasta te quede tiempo libre como para ir a comprarte algo al kiosco y todo", le dijo Félix en tono de broma.

"Bueno está bien, dale, dictame", exclamó Valeria con una sonrisa que Félix interpretó como seductora.

Y así es que Félix procedió a ayudarla a finalizar la tarea, para luego decirle con total seguridad, pero a la vez temblando: "¿Cine? ¿Sábado? ¿Qué te parece?".

Valeria se tomó un minuto para responder y fue bastante categórica: "No. Pero porque estoy saliendo con un chico. Sos divertido".

Félix, entonces, procedió de acuerdo con el plan, y finalizó diciéndole: "En ese caso por supuesto que no, pero si desgraciadamente esa historia no llegase a prosperar, mi oferta sigue en pie". Y luego se retiró mientras Valeria se sonrojaba desbordante de femineidad.

¿Fracaso? En absoluto. El primer intento de Félix había sido todo un éxito, porque nunca había estado tan cerca. Había comprobado que el método de Eric funcionaba y estaba absolutamente seguro, con la totalidad de las certezas, de que seguir encarando iba a resultar en éxitos.

Al día siguiente, en el primer recreo se acercó a Sofía Duprat, que leía "Espadas Rotas", de Chester Oren, un libro previo a "La Orden de los Dragones Eternos" que no había tenido tanto éxito en su momento, pero que ahora estaba puesto en valor por el éxito rotundo de la saga.

"Imaginate ser un escritor famoso como Chester", le dijo.

Sofía cerró el libro dándose oficial pero juguetonamente por perturbada, miró a Félix a los ojos y respondió: "La verdad, no me molestaría mucho que digamos".

Félix, que desde que los enormes ojos celestes de Sofía se habían posado sobre los suyos, estaba teniendo una serie de infartos consecutivos, pudo hilvanar una serie de palabras coherentes para responder: "Digo, porque se van a fijar en cualquier cosa que hayas escrito en tu vida y lo van a publicar esperando vendérselo a algún incauto, como hicieron con este libro que estás leyendo".

Sofía estalló de la risa y rápidamente le dijo: "¡Es verdad! ¿Leíste este libro? ¡No puedo creer lo malo que es!".

Y Félix ya un poco más tranquilo, le siguió el juego diciendo: "Desgraciadamente lo leí, y debo decir que es tan malo, que incluso es bueno. El arte es como un reloj. Puede ser bueno o malo. Pero cada tanto hay algo tan malo que da toda la vuelta de lo malo que es, y entonces pasa a ser bueno".

Sofía, totalmente interesada en esta charla y con una actitud permeable y amistosa, agregó: "Siempre había pensado algo así, ¡pero esto de ponerlo en forma de reloj me parece una forma muy buena de conceptualizarlo!".

Y ahí es cuando Félix sintió que era el momento, y le dijo: "Qué te parece si lo discutimos el sábado a la tarde, con un helado".

"Me encantaría", respondió Sofía, y Félix supo en ese instante que debía pasar por la librería a la salida del colegio para comprar ese libro, del que jamás había escuchado.

Sofía Duprat fue una chica de una intensidad tan extrema que en apenas seis u ocho semanas le dio a Félix un doctorado acelerado en absolutamente todo.

Se besaron, tuvieron sexo, fueron juntos a fiestas, al cine, se pelearon, se amigaron, ella lloró, le prometió amor, lo manipuló, le mintió, lo engañó, lo dejó y siguió su camino con Adam Larson, un estudiante de intercambio noruego con quien haría exactamente lo mismo.

¿Todas las mujeres serían así?, Félix se preguntaba. Y se respondía que probablemente, pero que igual valía la pena.

Cacho y Ema que habían sido testigos del porcentaje mínimo de la historia que Félix les había permitido conocer, le preguntaban si estaba bien, si estaba triste o qué.

Félix estaba más que bien. Había salido de esa montaña rusa absolutamente reconfortado y listo para volver a empezar.

Y así es que rara vez volvió a estar sin compañía. Y durante los siguientes meses, por su casa pasaron Melina, Ivana, Valeria (una vez que dejó a ese chico), Brenda, Cecilia, Florencia, Lucía, Lorena, Tamara, Marina y Samanta.

Cacho y Ema fueron testigos de todas ellas, y rápidamente comprendieron que a Félix había que darle libertad total para invitar a quien quisiera a la casa.

Era mejor que supieran dónde estaba, que dejarlo en el medio de la ciudad a cualquier hora de la noche.

Y si bien Félix sabía perfectamente los nombres de cada una de ellas, fueron justamente sus padres los que tuvieron que recurrir a apodos como

"Linda" o "Tesoro" porque les resultaban imposibles de recordar.

Ellos además estaban absolutamente muertos de miedo de que Félix pudiera dejar embarazada a alguna de estas chicas.

Pero no tuvieron alternativa más que confiar en el hecho de que su hijo, a quien literalmente a veces llamaba el Dr. Chab, ahora director de la Academia Nacional de Medicina, para hacerle consultas, sabía cómo funcionaba el cuerpo humano.

Para el momento en el cual Félix terminó la secundaria, creía que tenía un entendimiento superior respecto de las mujeres.

Pero la realidad es que nunca había experimentado el amor, con lo cual más temprano que tarde concluiría que en esta instancia de su vida, no sabía del tema absolutamente nada.

19

La Imprenta

Félix se instaló en un pequeño departamento en Maure y Migueletes. Una suerte de monoambiente con ventanas al frente y al contrafrente, que con una pequeña división bien podría pasar por un dos ambientes.

El mobiliario y la decoración era por un lado moderna, pero con bastantes muebles que probablemente hayan sido de una abuela y el dueño del departamento no haya encontrado dónde más meter.

El barrio le era absolutamente familiar, las calles se sentían como una extensión de aquel departamento, después de tantos años vividos recorriéndolas.

El aspecto jurisdiccional del barrio era complejo de describir. Si bien el barrio era culturalmente Belgrano, era geográfica y técnicamente Palermo.

Y si bien toda esta zona ya comenzaba a ser conocida bajo el nombre de "Las Cañitas", el sub-barrio de Félix era llamado "La Imprenta".

Este departamento era notoriamente más pequeño y austero que su departamento anterior. Si bien quedaban a pocas cuadras, el departamento de Maure y 3 de Febrero tenía un componente de enormidad señorial que este no tenía.

Y Félix tampoco sentía que necesitaba nada de eso. Él quería un pequeño espacio para continuar con aquello que había comenzado. Y no tenía nada que ver con viajar. De hecho, ya estaba harto de viajar.

Tenía que ver con armarse de una vida en la cual las interacciones humanas estuvieran restringidas, y nadie lo molestara. Crear un espacio de absoluta tranquilidad donde únicamente estuviera expuesto a estímulos positivos.

Félix caminaba por las calles de La Imprenta, y un aire de libertad y posibilidad resonaba profundamente en cada esquina. Las calles tranquilas aún conservaban el encanto de una época pasada, pero que estaba en pleno proceso de transformación, convirtiéndose en un punto de encuentro para jóvenes y familias en busca de una vida vibrante y cosmopolita.

A Félix le encantaba cómo el barrio mezclaba lo antiguo con lo nuevo. Los tradicionales bares y cafés, donde el aroma de las medialunas coexistía con los nuevos restaurantes y *boutiques* que empezaban a abrir sus puertas, ofreciendo una diversidad que él encontraba refrescante.

Para Félix, Argentina, y en particular Buenos Aires, tenía un encanto único que Europa no podía igualar.

Estaba cansado de la narrativa de que en Europa "todo funciona".

Haciendo eco de las enseñanzas de su padre mecánico, Félix veía a Europa como un auto automático: eficiente y predecible hasta cierto punto, pero carente de alma y fuerza.

En Europa todo funcionaba en "automático", pero únicamente hasta el 70%.

Argentina, por otro lado, era como un auto manual: requería comprensión, entendimiento, entrenamiento, paciencia y, a veces, esfuerzo para navegar sus complejidades, pero ofrecía recompensas incomparables para aquellos dispuestos a comprometerse con ella.

En Argentina, nada funcionaba en "automático", pero si uno sabía qué "pedales y palancas mover", podía alcanzar el 100% de funcionamiento con poco esfuerzo, descubriendo oportunidades y bellezas ocultas en el proceso.

Desde su nuevo departamento, el local de Cabildo donde guardaba sus tesoros quedaba a una caminata de unas 15 cuadras, muy agradables y repletas de árboles centenarios. Al local lo encontró exactamente como lo había dejado, pero con un poco más de polvo. Nadie en la galería había notado su ausencia, y nadie había intentado penetrar su santuario.

El bolso con el dinero estaba intacto, y Félix decidió dejarlo ahí, de manera que pudiera ir sacando mes a mes lo que había calculado.

Compró un trapo en un supermercado y destinó una tarde a dejar impecable su escritorio, sus herramientas y sus relojes.

En su departamento, con su ropa debidamente ordenada de acuerdo con su gama tonal, y su pequeña valija metida debajo de la cama, hizo un pequeño inventario de lo que tenía como para evaluar qué iba a necesitar en el corto plazo.

Tenía suministro de Aurora Roast para aproximadamente un mes. Lógicamente en Argentina era imposible de conseguir por la vía tradicional, pero conociendo al Levy indicado, las aduanas eran meras sugerencias.

"Volviste, Félix, ¡tanto tiempo, che!", le dijo Gaspar Levy, muy alegre de escucharlo apenas recibió el llamado.

"Volví nomás. Quería reactivar el pedido de café, ¿te acordas de la marca y las cantidades todavía?", respondió Félix.

"Por supuesto, dame dos semanas para la primera entrega. ¿Necesitás algo más? Tengo muy buenas zapatillas, cámaras de fotos, huevaditas electrónicas, chicas tipo ejecutiva de escote pronunciado, vos pedí", insistió Levy.

Félix soltó una risa en voz alta y respondió que por ahora no necesitaba nada más, pero que lógicamente le haría saber en caso de necesitar algo. También le pidió, si no era mucha molestia, que no divulgara que había vuelto, ya que prefería evitar encuentros desagradables con gente que consideraba de otra vida.

"¿Cuándo te fallé?", preguntó Gaspar antes de cortar el teléfono.

Félix estaba absolutamente enamorado del "Café de La Imprenta", un establecimiento cafetero de máxima tradición y servicio, ubicado apenas a metros de su nuevo hogar.

Comenzó a ir todos los días para hacerse notar e identificar a los dueños y mozos de mayor influencia, con la esperanza de que pudiera dejarles Aurora Roast y lo prepararan especialmente para él.

En un mes lo había logrado, y ahí sí, respiró en paz y se sintió finalmente en casa.

20

Keyla Withney

Félix seguía siendo muy unido a sus padres a pesar de sus circunstanciales noviecitas, y con ambos mantenía tradiciones inquebrantables. Con Ema, desayunaba religiosamente todos los días y charlaban de la vida. Cacho abría el taller bastante más temprano, generalmente para poder asistir a taxis entre cambios de turnos.

Y con Cacho iban los domingos al cine, a ver películas de tiros, sangre y acción que Ema no podía tolerar.

Sus favoritas eran las de Maxton Wilde, particularmente la saga de "Blaze of Vengeance" y "Skyline Escape" 1 y 2, pero no la 3.

Cacho y Félix se sabían las líneas de memoria, con la particularidad de que Félix las sabía en inglés y Cacho en castellano, ya que leía los subtítulos. A Félix siempre le causaba gracia e indignación cómo los subtituladores traducían algunos chistes o juegos de palabras de difícil traducción.

Por ejemplo, en Blaze of Vengeance, el personaje de Maxton Wilde se llama Connor Blake, y es un militar reclutado para una fuerza que opera en absoluto secreto y sin reparo por la ley. Y cada vez que Connor mata a alguien, dice una frase distinta que deviene en el aplauso y la locura de la sala.

Más o menos a mitad de Blaze 1, Connor mata al magnate Sebastian York mientras come un yogurt, y le dice "You just hit your expiration date", sin embargo, en el subtítulo pusieron "Se te terminó el tiempo". Félix se indignaba por estas cosas y pensaba que debía ser subtitulador de películas para terminar con esta injusticia.

Un domingo del mes de junio, cuando Félix estaba a 6 meses de terminar la escuela, ambos volvían del cine una noche con una lluvia tremenda.

En eso pasando por una plaza vacía, Félix notó un Veloxia Motors G25 subido al cordón.

"Es el auto de Keyla, ¡frená que seguro necesita ayuda mecánica!", le dijo Félix a Cacho con tono urgente.

"¿Keyla tiene un Veloxia?", respondió Cacho entre sorpresa y consternación.

"Sí, lo reconozco por la chapa, es el de ella", insistió Félix.

El Veloxia Motors G25 era una maravilla mecánica, un vehículo que encapsulaba la esencia de la ingeniería automotriz de elite y el diseño vanguardista.

Para Cacho no era simplemente un auto; era una obra de arte sobre ruedas, concebido para aquellos con un aprecio profundo por la perfección mecánica y estética. Este vehículo no era el tipo de regalo que uno haría a una adolescente, no por falta de *glamour,* sino porque su valor y complejidad solo podían ser verdaderamente apreciados por coleccionistas serios y conocedores del mundo automotriz.

A pesar de su exclusividad y sofisticación, el Veloxia Motors había encontrado un lugar inesperado en la cultura popular gracias a Grace Donovan, la protagonista de "Thunder Run".

La elección del Veloxia como su vehículo personal no solo añadió al misticismo del auto, sino que también lo catapultó al estatus de ícono entre una audiencia más joven.

Las chicas lo amaban no solo por su asociación con Donovan, sino también por lo que representaba: velocidad, estilo y una audacia inigualable.

Cacho y Félix salieron del auto en medio de la lluvia. Cacho agarró una linterna y le hizo dos toques en la ventanilla del conductor.

"Nena, ¿se te quedó el auto? ¿Necesitás ayuda?", le dijo Cacho.

Keyla abrió la puerta intempestivamente, despeinada, llorando, y corrió directo a los brazos de Félix en busca de contención.

Keyla Withney era el tipo de belleza que parecía haberse deslizado directamente desde la pantalla grande, una encarnación viviente de las divas del cine con un toque moderno que la hacía absolutamente irresistible. Era la mezcla perfecta entre Genevieve Astor y Margot Sterling.

Su presencia era magnética, una fusión perfecta de gracia y carisma que capturaba la atención de todos en cualquier habitación, pero era Félix quien sentía desde siempre una fascinación total por ella.

Lo primero que uno notaba de Keyla era su acento, una melodía suave y cautivadora que sugería orígenes foráneos o una infancia pasada entre diferentes culturas. Hablaba con una cadencia que recordaba a las grandes estrellas de cine, cada palabra cuidadosamente pronunciada, como si estuviera recitando líneas de un guión escrito solo para ella.

Su voz tenía el poder de tranquilizar y excitar al mismo tiempo, un efecto hipnótico que dejaba a Félix colgado de cada palabra.

Si bien la fascinación de Félix era total, lógicamente para un muchacho de su edad, ésta era un 80% sexual y un 20% todo lo demás.

Pero ese "todo lo demás" no dejaba de ser interesante.

Keyla se había mudado con su familia hacía unos cuantos años. Su padre era el número 2 o 3 de la embajada americana, y de acuerdo con la duración de los mandatos diplomáticos, esto significaba que permanecería en Argentina al menos hasta terminar la escuela.

Pero lo fascinante no era esto, sino que Keyla era lo que Félix denominaba una "Cheta Laburante".

Sucede que, en Nueva York, hubiera alcanzado las máximas jerarquías sociales escolares únicamente por portación de apellido.

Pero , "Whitney", que quizás en el Upper East Side significara sinónimo de aristocracia y legado familiar, en Buenos Aires no significaba absolutamente nada.

Keyla en Buenos Aires era inmensamente popular, pero hecha desde abajo.

Félix abrazaba a Keyla que no parecía tranquilizarse y con Cacho intentaban dilucidar qué había sucedido. El auto no estaba chocado y parecía en buenas condiciones.

Y apenas segundos después, abrió la puerta del acompañante y bajó del auto un chico que Félix reconoció. No sabía el nombre, pero sabía que le decían "Mármol", y que había egresado de la escuela hacía ya unos cuantos años.

Mármol medía dos metros de alto y dos de ancho. Mientras estaba en la escuela, era ampliamente festejado por sus giras deportivas a Sudáfrica, Francia y Australia con el seleccionado juvenil de Rugby.

Lo que claramente parecía un contratiempo mecánico, pasó a tener una forma mucho más oscura, y se hizo instantáneamente evidente qué es lo que estaba sucediendo.

Cacho lo miró a los ojos.

Mármol se acercó amenazante, y logró esbozar un: "Acá está todo bien, por qué mejor no se van de acá si no quieren qué…".

Y antes de que pudiera terminar la frase y en una secuencia cuasi fílmica que Félix jamás había experimentado, Cacho, cual poseído por una energía divina, con un movimiento de cintura que hubiese hecho sonrojar al mismísimo Yunque Cataldi, lo sentó de un cachetazo a mano abierta.

Mármol, en el suelo, bajo la lluvia, sentado en el piso con la espalda contra el auto y con el rostro lleno de lágrimas, rompió en llanto y no esbozó defensa alguna.

"Chicos, suban que nos vamos en nuestro auto", dijo Cacho a Félix y Keyla que estaban estupefactos ante los sucesos presenciados.

Keyla no emitió palabra en todo el viaje, y cuando llegaron a su casa corrió a la puerta e ingresó lo más rápido que pudo.

Al día siguiente, Félix esperaba tener algún tipo de contacto con ella, o al menos ser el héroe de la escuela, pero nada de eso sucedió.

Keyla nunca contó nada, ni volvió a hablarle a Félix en lo que restó del año escolar.

Pero esa misma tarde, el padre de Keyla, Don Withney, se hizo presente en el taller.

Cacho y Ema le ofrecieron su máxima hospitalidad y Withney les hizo saber su eterno agradecimiento. Don Withney sabía de Félix y pidió hablar con él.

Le preguntó sobre su futuro, y de sus planes al terminar la secundaria.

Félix le dijo que tenía la recomendación del Dr. Chab, y con eso intentaría ingresar a la universidad que terminara por elegir, pero que todavía no se había puesto a pensar seriamente en el tema.

Withney fue directo al grano: "Félix, yo actualmente formo parte del directorio de Montclair, quiero ofrecerte no solo el ingreso, sino una beca completa para que hagas absolutamente lo que quieras. Nosotros estamos constantemente buscando gente como vos. Y no me refiero a lo vulgarmente conocido como genios, sino que me refiero a genios con una cualidad humana sobresaliente y buenos valores, lo cual quedó totalmente demostrado que tenés".

Cacho y Ema apenas podían contener la emoción.

Félix sabía que la oportunidad era demasiado grande como para dejarla pasar, así que no se hizo el difícil.

"Le agradezco mucho y acepto la propuesta", le dijo.

Se dieron la mano y se abrazaron.

El trámite de la visa fue naturalmente sencillo, y en pocos meses Félix estaría en Nueva York estudiando en una universidad de la Ivy League.

Félix estaba notablemente emocionado y no podía esperar al día de su partida.

Don Whitney, por su parte, invitó a Cacho a comer el jueves siguiente. "Todos los jueves hacemos un asado, con amigos que me fui haciendo desde que llegué a Argentina, creo que serías una excelente adición al grupo", le dijo.

Cacho tenía algo de miedo de no encajar en este grupo de gente, que sería probablemente de la alta sociedad, pero cuando se hizo presente el jueves siguiente, Don Withney lo presentó como a un héroe: "Amigos, este es Cacho Roth, el hombre que más sabe de boxeo y de autos en Argentina".

Cacho siguió yendo religiosamente todos los jueves, y con el grupo se hicieron inseparables.

Respecto de Mármol, nadie supo más nada, y únicamente se especula con lo que Don Withney pudo haber dispuesto para él.

21

Ramiro Chab

Durante los primeros meses de su nueva estancia en Buenos Aires, Félix estuvo extasiado de poder pasar todo el tiempo que quisiera en su taller. Si bien hacía bastante que no reparaba un reloj, pasar de únicamente hacerlo los fines de semana a todos los días, hizo que se volviera una luz.

En muy poco tiempo había reparado todos los relojes rotos que tenía, y se dispuso a donarlos, menos el Citizen Titanium que llevaba puesto, a una entidad benéfica con el objetivo de que pudieran venderlos. Había algunos de relativo valor.

A falta de nuevos relojes para reparar, Félix se puso a revisar el contenido de cajas viejas repletas de polvo que había debajo de su escritorio, y encontró todo tipo de reliquias oftalmológicas. Para su propio beneficio, ninguna de ellas estaba en buen estado de conservación ni funcionamiento.

Y es por esto que pudo pasar varias semanas entretenido hasta que cada pieza quedó como recién salida de su caja original. La colección completa ocupaba muchísimo lugar, así que se puso a reflexionar qué podría hacer con tales aparatos.

Al Dr. Chab le había perdido el rastro hacía muchísimos años, pero sin dudas estaría muerto a esta altura.

Quien probablemente viviera y quizás apreciaría estas reliquias, pensó, sería su hijo.

Esa misma noche de vuelta en su departamento, le dio una revisada a una versión actualizada de la guía telefónica, y pudo corroborar que el viejo consultorio de la calle Las Heras todavía seguía funcionando, pero esta vez bajo el nombre del Dr. Ramiro Chab, también oftalmólogo.

Al día siguiente puso todos los aparatos muy prolijamente en una enorme caja, y a su vez repleta de dispositivos para evitar roturas.

Las llevó al correo y las envió al consultorio con una nota que decía: "Dr. Chab, aquí tiene sus aparatos en perfecto estado de funcionamiento. Disculpe la tardanza, Félix".

Más allá de reírse solo por el chiste que había hecho, liberar espacio le servía a Félix para poder embarcarse en nuevos proyectos, a pesar de que en ese momento no tenía ni la menor idea de cuáles podrían ser.

Ya no tenía relojes ni reliquias oftalmológicas para reparar, pero tenía tiempo y un lugar cada vez más amplio.

Pocos días después, Félix recibió una carta en su departamento. Procedió a abrirla, para luego leer:

"Querido Félix, qué alegría saber que estás bien y todavía recordás a mi viejo. En mi familia siempre fuiste una persona central, y todos tenemos enorme aprecio por vos. ¿Te acordás de que la debilidad de mi viejo eran las galletitas? Bueno, la mía son las pastas. Te invito cuando quieras a cenar a Fiorello. Llamame al número que te indico abajo. ¡Quedo a la espera! Con cariño, Dr. Ramiro Chab".

A Félix le sorprendió tal amistoso mensaje, pero aceptó la propuesta. Las pastas de Fiorello eran razón suficiente, pero también quería de alguna forma saber qué había sido de mucha gente que hubiese sido central en sus años formativos.

Y así fue como el sábado siguiente, a las 8.30 de la noche, esperaría la llegada de Ramiro en la puerta de Fiorello.

Ramiro llegó unos minutos tarde y se disculpó por no haber encontrado dónde estacionar. Era la viva imagen de su padre, lo cual a Félix lo dejó casi en estado de shock.

Ramiro le contó a Félix que su padre había ejercido la profesión hasta el último día de su vida. Y de hecho se había muerto luego de su último turno. "¿Entendés lo que era el tipo, Félix?", insistió Ramiro, "Esperó para morirse hasta que ya no tuviera ningún paciente, una cosa de locos".

Procedió luego a comentar con orgullo respecto de todos los diplomas, placas y reconocimientos que había llegado a tener. "Vos no sabés lo que es mi casa, tengo fotos del viejo con Julian Sorel, Helina Gavrik, Alexander Bellamy, el que quieras".

Y ya bajando a la tierra y un poco más entrado en confianza, terminó por confesar: "Yo no soy así, Félix. Yo soy un laburante de la medicina. Hace décadas que me rompo el lomo y para serte totalmente sincero, me quiero jubilar y descansar".

Félix, agravando la voz y procediendo a una imitación casi perfecta del viejo Dr. Chab dijo: "Si me permitís el término médico, te querés rascar la chota todo el día".

Ramiro explotó de risa, escupió el vino que estaba tomando, y estuvo como cinco minutos hasta que logró recuperarse, y con los ojos llenos de lágrimas y una risa que todavía no se iba del todo respondió: "Exactamente, papá, vos sí que me entendés".

La charla siguió de forma muy amena hasta que el restaurante quedó vacío. Cuando salieron, Ramiro le preguntó a Félix si tenía auto, y ante su negativa se ofreció a llevarlo de vuelta a su casa.

Cuando Félix vio el auto de Ramiro, quedó helado. Tenía nada más y nada menos que un Veloxia G50.

"Lindo, ¿no?", exclamó Ramiro, y luego prosiguió: "Laburante sí, pero no boludo. Yo me especialicé en cirugías, que es donde está la plata. A papá no le gustaba mucho y prefería la investigación. Se quedó con todo el prestigio, pero se terminó muriendo manejando un ViaVista".

Una vez en la puerta del departamento de Félix, Ramiro le dijo: "La semana que viene lo voy a ver al viejo al cementerio. ¿Por qué no venís y de paso ves a tus viejos?".

"¿Tablada?", preguntó Félix.

"Efectivamente", aseguró Ramiro.

"Me interesa, vamos", finalizó Félix, para luego proceder a despedirse e irse a dormir con la panza llena luego de un tremendo festín.

Pocos días después, ahí estaba Ramiro, esperando con la baliza puesta que bajara Félix para ir de visita al cementerio. Esta vez, había venido manejando un ViaVista.

"¿Qué pasó? ¿Era alquilado el Veloxia?", dijo Félix en tono de broma mientras se introducía al auto.

"No, este es el auto del viejo, le hago un homenaje si lo voy a visitar con este. Además, el barrio del cementerio no es muy lindo que digamos", respondió Ramiro.

El ViaVista era un auto que no destacaba por su lujo o prestaciones avanzadas. Diseñado para ser accesible y funcional, este vehículo se había ganado un lugar en el mercado como una opción sólida y confiable para aquellos que valoraban la practicidad sobre el prestigio.

Sin embargo, el ViaVista de Ramiro era una excepción notable a cualquier preconcepción.

A pesar de su naturaleza modesta, Ramiro había transformado su ViaVista en una joya de la restauración automotriz.

La carrocería, originalmente de un tono azul pálido que tendía a desvanecerse bajo el sol inclemente, ahora lucía un azul profundo y vibrante, casi oceánico, que capturaba la luz y la atención de cualquiera que pasara cerca.

Esta elección de color no solo revitalizaba su aspecto, sino que también resaltaba las líneas simples pero elegantes del diseño, demostrando que incluso un auto económico podía tener su propia clase.

Los detalles exteriores habían sido cuidados con una meticulosidad obsesiva. Los faros, antes opacos por el paso del tiempo, ahora brillaban con claridad, asegurando una visibilidad óptima y dándole al ViaVista una mirada más viva.

Las llantas, que en su modelo estándar eran bastante básicas, habían sido reemplazadas por unas de aleación ligera con un acabado pulido, añadiendo un toque de sofisticación inesperada a su conjunto.

En el interior, Ramiro había mantenido la esencia de simplicidad y funcionalidad del Via Vista, pero con mejoras significativas en la comodidad y el estilo. Los asientos en un tejido resistente pero elegante, ofrecían un confort superior sin sacrificar la durabilidad.

El tablero, limpio y bien organizado, había sido equipado con un sistema de sonido moderno, permitiendo a Ramiro disfrutar de su música preferida con una calidad de audio que el modelo original nunca podría haber proporcionado.

Y, por sobre todo, el andar era de una suavidad que daba ganas de dormir una siesta.

"¿Te puedo hacer una pregunta personal?", preguntó Ramiro, cuando todavía faltaba un buen rato para llegar.

"Pregunte nomás, Doctor", respondió Félix.

"¿Cuál es tu situación amorosa?", indagó Ramiro con sincero interés.

"Soy viudo, ¿y la tuya?", respondió y luego repreguntó Félix.

"Yo con Estela estoy separado hace mil años. Divorciado se podría decir, pero sin papeles todavía. No me digas que viudo, me rompés el corazón. ¿Fue la chica que yo conocí?", insistió Ramiro.

"Sí, esa misma", dijo Félix en una forma seca, como quien no quiere entrar en demasiados detalles.

Ambos estuvieron durante varios minutos en silencio contemplando el nada destacable paisaje del camino al cementerio de Tablada, hasta que Ramiro volvió sobre el tema:

"Perdoname el atrevimiento, pero ¿nunca pensaste en rehacer tu vida?".

Félix se puso pensativo, se llevó una mano a la pera y finalmente concluyó de manera categórica:

"Yo rehice mi vida por completo, al menos dos veces. La primera vez fue para mal, cuando empecé a trabajar en Lockhorn, y la segunda vez fue para bien, cuando desaparecí sin dejar rastro de JJ-Evans.

La vida que estoy viviendo ahora es una versión absolutamente rehecha y mejorada de mi vida inmediatamente anterior. Ahora, si lo que estás preguntando es por formar nuevas parejas, en ese caso la respuesta es no".

Ramiro escuchaba interesado y asentía mientras miraba el camino al manejar, y luego de unos segundos repreguntó: "¿Nunca volviste a conocer a nadie que te interesara?".

Félix entendía que este tema no era uno en el cual hubiera un consenso

general, con lo cual cuidaba sus palabras para evitar ofender innecesaria-
mente a su interlocutor, y finalmente expresó:

"No es eso, Ramiro. El tema es que yo no considero que una pareja se
rompa por la muerte de uno de sus miembros.

No juzgo a nadie que piense lo contrario, pero no es lo que yo creo.

Yo creo que, si uno siente amor real, es por definición eterno y permanente,
con lo cual se sobrepone a circunstancias mundanas como la vida y la
muerte.

Yo sigo en pareja, pero lamentablemente y por cuestiones ajenas a mi
control, yo estoy en un plano y ella en otro. La pareja sigue igualmente
intacta. Es difícil de comprender, ya sé".

Ramiro se mostraba intrigado por las conclusiones de Félix, y luego de
procesarlas por un momento le dijo: "Estás muy en sintonía con lo que dice
el pakistaní este, el que fue nominado al Nobel".

"¿Zain Lestari?", preguntó Félix.

"Ese mismo, vi un documental el otro día. Lo tenés que ver", respondió
Ramiro mientras estacionaba ya en el estacionamiento de Tablada.

"Es malayo, y mirá que lo trato de leer, pero no le entiendo una palabra",
aseguró Félix mientras salía del auto.

Ambos ingresaron al cementerio, agarraron un buen puñado de piedras,
y se dispersaron. Félix en voz baja les contó a sus padres sobre aquello que
venía planeando desde que salió aquella tarde del Teatro Colón, y luego
procedió a dejar las piedras.

Habiendo vuelto por un camino distinto, hizo una escala en donde estaba
el viejo Chab, y le agradeció por todo. Luego se lavaron las manos y
procedieron a la retirada.

Ya de vuelta en el auto, Félix agradeció a Ramiro por la invitación y le
hizo saber que había sido una experiencia más que grata.

Condujeron todo el camino de vuelta en silencio.

Nuevamente en la puerta del departamento de Félix, Ramiro le dijo: "Te
tengo que pedir un favor. Tengo una paciente joven que tiene un hijo de tu
edad cuando yo te conocí. El nene es igual a vos, Félix, las cosas que dice,
que hace, es un genio. La mamá está totalmente perdida y superada con

la situación. ¿Te puedo pedir que la llames? Necesita una mano urgente y nadie mejor que vos para esto, ya que literalmente estuviste en el lugar de este chico".

Félix lo pensó unos segundos y respondió: "Si me lo pedís así, la llamo, pero sinceramente no sé cuánto la pueda ayudar. ¿Sabés el tiempo que hace desde que no soy un chico?".

Ramiro sonrió y concluyó: "Sos exactamente el mismo chico".

22

Amber Erin Stern

Amber Erin Stern, o simplemente "Bambi", como todo el mundo la conocía, era nativa de Long Island.

Con 18 años, había logrado ingresar a Montclair a costa de su inquebrantable trabajo y fuerza de voluntad. Para ella, el sueño universitario era un tema central en su vida desde que podía recordar, y la famosa carta de aplicación había sido la lente en la cual se habían reflejado todas sus decisiones.

Era extremadamente disciplinada y estudiosa, y era poseedora de una cualidad única en la cual convivían una certera agudeza y una adorable inocencia.

Bambi Stern era una aparición etérea en cualquier habitación en la que se encontrara, una figura de menudas dimensiones que, sin embargo, poseía una presencia magnética.

Su belleza no era de este mundo; era surreal, como si hubiera sido esculpida con pinceladas de luz y sombra por un artista empeñado en capturar la esencia de lo etéreo.

Pelirroja, con el cabello corto que enmarcaba su rostro delicadamente, cada hebra parecía jugar con los destellos del sol, creando aureolas doradas que la rodeaban con un halo de calidez.

Sus ojos, de un celeste profundo y claro, eran ventanas a un alma gentil y curiosa, capaces de reflejar la alegría más pura o la melancolía más sutil con la misma intensidad.

Detrás de unos anteojos grandes, que le conferían un aire de intelectualidad moderna, se escondía una mirada penetrante, capaz de leer entre líneas del libro más complejo o de captar la esencia de las películas más inocentes y libres de maldad, de las cuales era aficionada.

El estilo de Bambi era impecablemente pulcro y moderno, una fusión de elegancia casual con toques de vanguardia que reflejaban su personalidad única. Cada prenda, cada accesorio estaba elegido con un cuidado meticuloso, asegurando que su apariencia siempre comunicara su esencia sin palabras.

Los tejidos suaves y los cortes precisos complementaban su figura delicada.

La piel de Bambi era de una suavidad que invitaba al tacto, cuidada con una dedicación que hablaba de su amor propio y su aprecio por los pequeños rituales de cuidado personal.

Su risa, contagiosa y luminosa, tenía el poder de iluminar los rincones más sombríos, una melodía alegre que resonaba con la facilidad de lo genuino y lo sincero.

Entre sus tesoros más preciados, Bambi llevaba siempre consigo un collar de oro, delicado y sutil, del cual colgaban dos pequeñas caras que representaban a quienes habían sido sus amados compañeros de cuatro patas: una caniche llamada Reese y un bulldog inglés llamado Bisquit.

Este collar era mucho más que un simple adorno; era un santuario de recuerdos, un homenaje a la lealtad y el amor incondicional que había compartido con sus mascotas. Cada vez que Bambi tocaba suavemente las pequeñas caras de oro, era como si pudiera sentir el calor y el afecto de Reese y Bisquit, recordándole que, aunque ya no estaban físicamente, sus almas la acompañaban siempre.

Bambi era una amalgama de contrastes armoniosos: su apariencia frágil escondía una fortaleza interior y una profundidad emocional que sorprendía a quienes tenían el privilegio de conocerla.

Amante de las lecturas intrincadas y las narrativas puras, encontraba en la literatura y el cine refugios para su alma inquisitiva, espacios donde podía explorar sin límites la complejidad del ser humano y la simplicidad de la bondad.

En Bambi, la belleza y la inteligencia no competían, sino que danzaban juntas, creando una sinfonía de luz que iluminaba todo a su paso.

Félix estaba absolutamente encantado con Nueva York desde el día en que llegó, aproximadamente un mes antes de que empezaran las clases. Su beca incluía una cama en un dormitorio privado dentro de un albergue para estudiantes, lo cual era considerado un lujo a pesar de tener que compartir el baño con otras decenas de estudiantes.

Las posesiones materiales de Félix en ese entonces consistían en un bolso deportivo lleno de ropa, la cual tiraba al suelo hecha puñados, o apilaba en una silla luego de usarla.

Cacho y Ema le habían dado 500 dólares en efectivo, lo cual en esa época y para alguien de esa edad, era una pequeña fortuna.

"Libros, materiales y comidas vas a tener cubiertos, pero con esta plata comprate lo que quieras. Quizá ropa linda si vas a ir a lugares elegantes", le dijo Ema en Ezeiza minutos antes de que tomara el vuelo.

Nadie sabía con certeza cómo sería la vida de Félix en Estados Unidos, pero la familia estaba sumida en una mezcla de emociones entre las que destacaban la ansiedad, la incertidumbre y el orgullo.

Félix se había armado de una rutina desde el primer día. Había notado que los gringos eran super tempraneros, pero se acostaban ridículamente temprano, con lo cual durante la mañana los baños estaban en hora pico. Se bañaba entonces de noche y durante el día procedía a desayunar en el comedor apenas segundos después de haberse levantado.

La comida americana le parecía pintoresca, aunque no particularmente deliciosa. Sin embargo, comía como una bestia en cada oportunidad que se le presentaba.

Más o menos a las 8.30 de la mañana ya estaba dispuesto a comenzar eternas caminatas por la ciudad, que terminaban a las 7 de la tarde, horario en el que todavía podía ingresar al salón comedor para agarrar la cena.

No había itinerario, no había destino predeterminado; solo el deseo de conocer la ciudad en su cruda autenticidad, de perderse entre sus multitudes y encontrarse en sus rincones olvidados.

Manhattan se desplegaba ante él como un libro de infinitas historias. Caminaba por Greenwich Village, donde la contracultura resonaba en cada bar y librería, y cada nota de música *folk* que se escapaba de los bares era un llamado a la libertad de expresión, a la revolución de ideas.

Se dejaba llevar por las multitudes en Times Square, un mar de rostros de todos los rincones del mundo, reflejo de la diversidad y el dinamismo que hacían de Nueva York un microcosmos de la humanidad.

A medida que el sol ascendía, Félix se aventuraba hacia barrios más lejanos, cada uno con su propia identidad y sus propias promesas. Cruzaba puentes, literal y metafóricamente, hacia Brooklyn, donde las comunidades de inmigrantes forjaban su propio sueño americano.

Al caer la tarde, con los pies cansados pero el espíritu incansable, Félix encontraba su camino de regreso al campus. Cada jornada era una odisea personal que lo dejaba exhausto, pero profundamente satisfecho.

La ciudad le enseñaba sobre la complejidad del mundo. Era una educación que no se encontraba en las aulas, pero que era esencial para el joven que se estaba formando.

Félix estaba anotado en un set bastante aleatorio de materias, ya que no sabía exactamente hacia dónde quería orientarse o especializarse.

Unos días antes del comienzo oficial de las clases, decidió que era momento de sumergirse en una lectura ligera, un breve respiro antes de que la vorágine académica lo absorbiera por completo.

Con este propósito, se dirigió a la biblioteca de la Universidad. No buscaba nada en particular, solo algo que capturara su atención, un escape momentáneo de la realidad. Deambulando por los pasillos sin siquiera saber en qué sección se encontraba, el color del lomo de un libro le llamó la atención por los tonos amarillentos, distintos al resto.

Lo retiró de la estantería y procedió a leer el título: "El ciclo de apareamiento de las nutrias".

Y al girar en una esquina, se encontró frente a frente con Bambi.

En ese instante, su mundo se detuvo, o más bien, se expandió explosivamente. Fue como si un cortocircuito cósmico hubiera reconfigurado la esencia misma de su ser, dejándolo simultáneamente ciego y dotado con una visión de águila.

Bambi estaba allí, perdida, y su figura etérea era iluminada por la luz tamizada que se filtraba a través de las ventanas altas.

La visión de ella provocó en Félix una conmoción interna profunda, un torbellino de emociones y sensaciones que no podía explicar ni comprender. Era como si todas las conexiones neuronales se hubieran reorganizado en un intento de asimilar la magnitud de lo que sus ojos veían.

Félix se sintió paralizado, incapaz de moverse o desviar la mirada. Era como si hubiera sido hechizado, atrapado en un encantamiento del que no deseaba escapar. La presencia de Bambi llenaba el espacio, formando alrededor de él una red de fascinación y deseo de conocerla, de descubrir qué pensamientos habitaban detrás de esos ojos que parecían ver más allá de lo evidente.

Y a pesar de todo lo descrito, y de que el fenómeno experimentado por Félix era absolutamente real, lo cierto es que Bambi nunca había causado ese efecto en otro hombre.

A Félix lo notó tímido, simpático, y le sonrió queriendo ser cordial.

"Te dejo con tus nutrias", le dijo Bambi abriéndose camino, como pidiendo permiso.

"Tengo miedo de abrir el libro e interrumpirlas", dijo Félix. "La próxima generación de nutrias podría ser afectada por mi imprudencia", reforzó.

Bambi soltó una risa leve, y a modo de premio para Félix por haber sido rápido e ingenioso, procedió a saludarlo. "Bambi Stern, mucho gusto".

"Félix Roth, a su servicio", contestó Félix haciendo una suerte de reverencia, ya más relajado y con cierta confianza como para hacerse el gracioso.

Bambi cruzó la puerta como quien finalmente ha encontrado un rumbo en la biblioteca luego de no saber para dónde ir. Félix respiró hondo y supo inmediatamente que su vida había cobrado un nuevo sentido.

Caminó lentamente tras los pasos de Bambi, y pudo verla a lo lejos agarrando dos o tres libros de la sección de Economía.

"Economía", pensó Félix, "Es social, es filosofía, es historia, es geografía, es matemática de baja intensidad. Puedo con ella".

Y acto seguido corrió al Departamento de Alumnos para anotarse y desanotarse. Se anotó en absolutamente todo lo que era compatible con la economía. Y se desanotó de todo lo que no lo era.

Ahora sería cuestión de tiempo, de empezar la cursada y de coincidir con ella en alguna de estas clases, concluyó.

Durante el lunes y el martes las clases transcurrieron una detrás de la otra, sin señales de Bambi.

Sin intención de hacerlo, Félix comenzaba a hacerse notar. Respondía las preguntas que nadie quería responder en clase, e incluso había ganado algún que otro debate en piloto automático y sin siquiera un mínimo de esfuerzo.

No podía evitar notar que ya había sido objeto de miradas sugestivas y seductoras por parte de algunas de sus compañeras, y no podía creer que no estuviera en lo más mínimo interesado.

Lo hacía igualmente sentir un poco más seguro y optimista. Evidentemente en esta suerte de templo del saber, se valoraba la inteligencia como un atributo de atractivo sexual, pensaba.

Antes del miércoles, Félix ya había tenido algunas clases de cálculo, que lo tenían algo asustado. No resultaron ser tan complejas, pero comprendió que iban a requerir algo de esfuerzo.

Y el miércoles a última hora, en la clase de "Sistemas Económicos", finalmente sucedió. Bambi ingresó al recinto junto a tres amigos, y el mundo nuevamente se detuvo.

Félix prefirió pasar esta clase en silencio y dedicarse a escuchar. El profesor incitaba bastante al intercambio, y los jóvenes llamativamente politizados se lanzaban en acalorados debates cuyos argumentos eran ridículamente sencillos de desmantelar para ambos lados. El nivel de vehemencia era, sin embargo, un espectáculo en sí mismo.

Félix, en un diálogo interno, describió el espectáculo como "Un circo romano de chihuahuas", y sonrió al encontrar fascinante su propio chiste.

A los fines políticos se consideraba agnóstico, incrédulo. Sabía que no era comunista, pero tampoco veía una utopía en un mundo de corporaciones. Si alguien le preguntaba, decía que era un capitalista moderado.

Pero Félix no iba a participar. No sin antes saber qué opinaba Bambi de las distintas cuestiones que se debatían. Con el objetivo de impresionarla, hubiera podido hacer una defensa demoledora del más acérrimo comunismo o del más salvaje capitalismo.

La clase terminó, y cada uno se fue por su lado. No se vieron ni el jueves, ni el viernes.

Durante la semana, las clases corrieron su curso habitual. Pero en sus ratos libres, Félix concurrió a una imprenta local para hacer algunas impresiones especiales.

Llegado el miércoles, Félix puso su libro de Sistemas Económicos en el escritorio correspondiente al asiento que Bambi había ocupado la semana anterior.

En ciertos aspectos, la psicología humana es tan predecible y dependiente de buscar anclas y patrones, que sabía que Bambi y sus amigos instintivamente buscarían sentarse en los mismos lugares.

Y efectivamente cuando Bambi fue a ocupar ese asiento y vio el libro, preguntó en voz alta de quién era y si el asiento estaba ocupado.

Félix inmediatamente respondió: "Es mío, pero te podés sentar ahí. Yo me siento al lado, no hay problema".

"Félix", respondió Bambi, y el solo hecho de que recordara su nombre le produjo a Félix un pequeño ACV.

"Bambi", dijo Félix mientras notaba que los tres amigos estaban tentados de risa atestiguando el inicio de un amor.

"Pensé que estabas más interesado en las nutrias que en la economía", dijo Bambi en tono bromista.

Félix sonrió y sacó un libro de su mochila. Lo puso en las manos de Bambi y le dijo: "Ambos temas por igual".

Bambi miró la tapa del libro, que tenía una nutria con anteojos y el título "Sistemas Económicos explicados con nutrias". Lanzó una carcajada que hizo voltearse al resto de los estudiantes y luego dijo: "¿Mandaste a imprimir este libro especialmente?".

"No confirmo ni desmiento", dijo Félix. Y luego continuó: "Pero si me dejás invitarte a cenar te cuento todos los detalles".

"No acepto ni declino", respondió Bambi justo cuando el profesor comenzó a hablar y a dar por comenzada la clase.

Media hora después, mientras el profesor hablaba del colapso de Wall Street de 1929, Bambi escribió una pequeña nota en un papel, y se la pasó a Félix.

"¿Qué opina la nutria economista sobre la crisis del 29?", decía la nota.

Félix se tomó unos segundos, y luego escribió: "Los mercados se hunden, pero yo siempre floto".

Bambi volvió a reír, y sin mover la cabeza, regaló a Félix una mirada de reojo, en la que él se perdió para siempre.

23

Rosita Bocokis

Rosita Bocokis, su marido Fabián y sus dos hijos eran pacientes de toda la vida de Ramiro Chab. Ella agradeció profundamente la llamada de Félix, y ambos quedaron en encontrarse en Class, un café que sin pena ni gloria era parte de la avenida Cabildo, en el barrio de Belgrano.

Rosita emergía en el mundo de la arquitectura como una figura inconfundible. Su aura minimalista reflejada no solo en sus diseños sino también en su vestimenta, predominantemente gris, que hablaba de su enfoque y filosofía de vida.

Su presencia, aunque rígida y vehemente en el ámbito profesional, contrastaba con la vulnerabilidad y la ternura que desprendía en su rol de madre.

Rosita, de treinta y pico, portaba una madurez forjada en el crisol de su carrera, donde cada logro había sido un peldaño ascendido con determinación y esfuerzo. Sin embargo, todavía no podía evitar creer a veces que era una niña disfrazada de adulta en un mundo que todavía no se había dado cuenta.

Su talento era indiscutible, una trayectoria impecable repleta de éxitos y reconocimientos, cada proyecto un testimonio de su habilidad para conjugar funcionalidad y estética.

Sin embargo, en el ámbito doméstico, se enfrentaba a un desafío que desbordaba su capacidad de diseño y planificación: su hijo mayor, León, de siete años.

León, un reflejo casi perturbador de Félix a su edad, poseía una inteligencia y unas capacidades que sobrepasaban lo ordinario. Su curiosidad insaciable y su energía parecían poner el mundo familiar patas arriba, dejando a Rosita a menudo en un estado de perplejidad y asombro.

La familia, aunque orgullosa, se encontraba frecuentemente en un torbellino de emociones y desafíos, intentando canalizar y acompañar adecuadamente el potencial de León sin coartar su espíritu libre.

Tobías, el pequeño de la familia, aún no definía su camino con claridad, pero ya destellaban en él chispas de esa misma luz brillante y desafiante.

Era demasiado pronto para saber si seguiría los pasos de su hermano o si encontraría un ritmo propio, pero las señales estaban allí, prometedoras y al mismo tiempo intimidantes para una madre que ya se sentía navegando en aguas turbulentas.

Rosita se encontraba en una encrucijada vital. Su vida profesional, aunque exigente, le ofrecía un terreno conocido, reglas claras y objetivos medibles.

La maternidad, por otro lado, era un viaje sin mapa, especialmente con hijos cuyo potencial parecía no conocer límites. La arquitecta, acostumbrada a controlar cada detalle de sus proyectos, se veía desafiada por la imprevisibilidad de la crianza, por la necesidad de adaptarse a cada nueva revelación de sus hijos, por el temor a no estar a la altura de sus necesidades.

Sentía que a veces no sabía si tenía la energía para ser a la vez madre de sus hijos, y de la niña que secretamente ella pensaba que era.

En este contexto, Rosita se esforzaba por encontrar un equilibrio, por ser la madre que León y Tobías necesitaban mientras seguía construyendo su carrera.

Era un acto de malabarismo constante, donde cada día traía consigo nuevos retos y aprendizajes.

La joven arquitecta, que había aprendido a dominar el concreto y el acero, ahora se enfrentaba al desafío más complejo y gratificante de su vida: moldear no sólo espacios, sino futuros, no sólo edificios, sino personalidades.

Félix llegó a la esquina pactada 15 minutos antes de la hora acordada, y aproximadamente 2 segundos después lo hizo Rosita.

"Pero ¡qué puntual!", dijo Félix, al presentarse, en una maniobra torpe que terminó con un saludo en forma de palmadas en el hombro.

"Por supuesto, quince minutos antes es puntual, y en punto es tarde", dijo Rosita muy segura de sus palabras.

Cuando se disponían a entrar al bar, Félix mirando a sus alrededores notó que justo en la vereda de enfrente, había una sucursal muy bonita de Stonehenge Helados.

"¿Te molesta si vamos a la heladería de enfrente? Hace rato que quiero probar ese helado", dijo Félix con sincera curiosidad.

"¿Nunca probaste Stonehenge Helados? Todo el mundo compra ahí, la tenés que probar", respondió Rosita.

Cruzaron la calle y procedieron a ingresar a la heladería. Luego de comprar unos vasitos, la empleada le preguntó a Félix de qué sabores querría el suyo. "Vainilla y chocolate", respondió Félix.

"Mirá que acá los gustos son super elaborados, yo por ejemplo quiero Crema del Príncipe y Fruta del Dragón", le dijo Rosita.

"Sabés qué pasa, si no hacen bien la vainilla y el chocolate ¿qué puedo esperar del resto que son meros derivados?", respondió Félix ante la cara de shock de Rosita.

"Es exactamente lo que dice León, no lo puedo creer", expresó.

Ambos tomaron sus helados y fueron a ocupar una mesa junto a la ventana. Félix probó su helado y dijo "la verdad es que está bastante bueno, eh".

Rosita probó el suyo e inmediatamente respondió: "¿Viste? No es Due, pero está muy bien".

Félix quedó enormemente sorprendido por la referencia de Due, una heladería que quedaba en Santa Fe y Canning y a la que iba muy seguido con sus padres durante su infancia.

"¿Conocés Due? ¿Sos del barrio?", quiso saber Félix con genuino interés.

Rosita soltó una risa leve y aclaró: "Claro que conozco Due, fue mi segundo hogar, quedaba justo al lado del local de mi mamá".

A Félix se le heló la sangre y le dio un escalofrío. "¿Vos sos la hija de Berta?", preguntó sorprendido.

Rosita quedó pálida. "¿Cómo conocés vos a mi mamá?", preguntó alertada.

Félix procedió a contarle la historia de cómo una vez lo habían llevado a sacarse una foto con quién ahora sabía, era su abuelo, y todo había terminado al borde de una batalla campal.

Rosita procedió a reír y luego expresó: "Nunca llegué a conocer a mi abuelo… Me dicen que era un cabrón de aquellos. Pero muy talentoso".

"Qué pequeño es el mundo, ¿y en qué anda tu vieja? Me acuerdo de ella, era buena", preguntó Félix.

"No sabría ni por dónde empezar. Hace de todo", sentenció.

Ahora que estaban mucho más en confianza, Rosita comenzó a contarle a Félix sobre los problemas de León. Problemas con los que Félix estaba absolutamente familiarizado.

Habían pasado décadas, pero el sistema educativo apenas había evolucionado.

A León le decían que era un contreras, que tenía problemas con la autoridad, que terminaba primero y no sabía qué hacer. Además, a él no le entraba en la cabeza que el resto de los chicos no conociera 10 alfabetos.

Rosita le comentó que en su escuela le habían dicho que estaban acostumbrados a lidiar con niños de altas capacidades, y que básicamente por eso los había elegido, pero a la hora de la verdad no sabían absolutamente nada del tema y lo único que hacían era intentar promediarlo para abajo.

Félix le dijo que lo mejor que podía hacer era dejarlo seguir sus propias curiosidades. Que la escuela era un mero trámite que había que pasar. Pero que se quedara tranquila, que no existía el tema de promediar para abajo.

"Intentar adormecer la inteligencia suprema de León es algo que jamás podría hacer alguien de inteligencia ultra limitada, como sus maestras", le dijo Félix. "A lo sumo le darán alguna actividad boluda para hacer y él cumplirá, y luego explorará cosas de su interés en su propia mente. Quizá no está de más darle libros para que se lleve y lea cuando no tenga nada que hacer", continúo Félix mientras Rosita asentía tranquilizada.

"Por ejemplo, dijo Félix, ¿qué están leyendo ahora en la escuela con el resto de sus compañeros?".

Rosita respondió: "Ahora en el grado están leyendo la saga de Los Amigos de Queeny, pero León está obsesionado con los libros del indio este, ¿sabés cuál te digo?".

"Sí, Zain Lestari, es malayo", respondió Félix. "¿Y los entiende?", preguntó a continuación.

"Claro que los entiende, los subraya y todo", aseguró Rosita.

"Lo voy a tener que llamar para que me los explique entonces", dijo Félix.

"Cuando quieras, me encantaría que hablara con vos", le respondió Rosita.

"Por casualidad, ¿habla húngaro León? Yo lo aprendí hace mucho y nunca tuve nadie para poder charlar", indagó Félix.

"No, ¿por qué va a hablar húngaro?", retrucó Rosita.

Félix, sorprendido, exclamó: "¿Tu mamá nunca le enseñó?".

"Mi mamá no habla húngaro", aseveró Rosita.

"Tu mamá habla perfecto húngaro", insistió Félix.

"Es muy loco esto que me decís, no tengo idea de lo que me estás contando", sentenció Rosita a medida que se levantaba de la mesa.

Ya en la puerta y previo a la despedida, Félix reconfortó a Rosita al decirle que no tenía nada que temer. Que León estaba bien y que iba a poder superar cada problema que enfrentara. Que tenía padres trabajadores y que eso era importante, porque la cultura del trabajo no se intelectualiza, se copia.

Mientras reflexionaban, miraban cómo un taxista en la puerta de la heladería estaba limpiando su auto con mucha dedicación, y en determinado momento, comenzó a poner alcohol en una franela y a limpiar el volante dando fuertes movimientos circulares.

"El alcohol al volante mata", dijo Rosita para hacer más amena la despedida y ambos rieron en voz alta.

Para finalizar, Félix le dijo: "Todavía León es muy chico, pero si en plena adolescencia lo notás medio frustrado o perdido, llamá a este número. Cuando te atiendan, tenés que decir el código que aparece acá atrás, y luego vas a poder grabar un mensaje en el cual tenés que dar tu número y decir que llamás de parte de Félix Roth".

"¿Quién es Eric Macher?", preguntó Rosita leyendo la tarjeta.

"Un héroe", respondió Félix.

24

Arte

Bambi y Félix habían creado un universo paralelo solo para ellos, un espacio donde el tiempo y la realidad se doblaban a su voluntad, creando un idilio que desafiaba cualquier lógica convencional.

Desde el momento en que sus caminos se cruzaron, la conexión fue instantánea, profunda, como si sus almas hubieran estado a la espera de ese encuentro a través de los siglos.

En las pocas semanas desde que comenzaron a salir, habían acumulado una colección de 20 apodos únicos el uno para el otro, cada uno con su propia historia y significado, destilando momentos y secretos compartidos en una o dos palabras cargadas de intimidad.

Habían creado un idioma propio, una amalgama de sonidos y símbolos que solo ellos podían entender, convirtiendo cada conversación en un acto de complicidad que excluía al resto del mundo.

Su creatividad desbordante también los había llevado a componer al menos un repertorio de 10 canciones, cada una diseñada para ambientar distintas circunstancias de su vida cotidiana. Desde melodías para esperar un autobús juntos hasta himnos para los días de lluvia, cada canción era un pilar más en el templo de su relación, un testimonio de su sinergia y entendimiento mutuo.

A pesar de esta conexión casi mística, Bambi y Félix vivían en realidades físicas separadas. Félix residía en un albergue notablemente más acogedor y estéticamente agradable, un pequeño santuario personal que reflejaba su alma creativa y desordenada.

Bambi, por otro lado, compartía su espacio con dos compañeras en un albergue que, aunque carecía del encanto del de Félix, era su hogar, un lugar lleno de recuerdos y risas compartidas.

Aunque el impulso de estar juntos todo el tiempo era fuerte, ambos entendían la importancia de mantener sus propios espacios, de cultivar su individualidad incluso en medio de una unión tan intensa.

Esta decisión los llevó a compartir académicamente únicamente la clase de los miércoles, un oasis semanal donde sus mundos se entrelazaban públicamente, un recordatorio de su conexión especial en medio de la rutina universitaria.

Esta dinámica les permitía crecer individualmente sin perderse el uno al otro, fortaleciendo su relación a través del respeto mutuo por la independencia y el espacio personal.

Bambi estaba aprendiendo español casi a la velocidad de la luz, y Félix aprendía de ella no tanto inglés sino cultura y códigos locales.

En este equilibrio delicado, Bambi y Félix encontraban la libertad de ser ellos mismos, tanto juntos como separados, navegando por las complejidades del amor joven con una madurez que muchos tardan años en desarrollar.

Una tarde, en uno de los ratos libres que abundaban entre clase y clase, Bambi invitó a Félix a conocer su habitación.

A sus compañeras, Isha y Celia, las conocía únicamente de vista, pero se saludaron como viejos amigos. En la modesta habitación, Bambi había preparado una mesa con refrigerios para que todos pudieran compartir una merienda juntos.

El único electrodoméstico que había en la habitación era una cafetera tan vieja que parecía preceder al edificio.

Bambi, en su rol de anfitriona, preguntó a cada uno qué deseaba para tomar. Celia pidió un té, Isha un café, y Félix dijo que estaba bien, que no quería nada para tomar.

"¿No querés un café?", preguntó Bambi.

"No tomo café", respondió Félix.

"Me parece que tenés que probar este que compré. Ya sé que no es lo que se dice gourmet, y de hecho es el más barato que venden en el mercadito de acá a la vuelta. Pero tiene algo especial, a mí me gusta mucho", insistió Bambi.

"Bueno, si me lo pedís así, entonces voy a probar el café", dijo Félix.

Y así es que Bambi tomó su paquete de Aurora Roast, y puso tres cafés en la mesa.

"Bambi, ¡esto es veneno!", gritó Isha mientras lo escupía en una servilleta.

Pero Félix probó el suyo mirando a los ojos de Bambi, y fue cubierto por un manto de paz, tocado por un ángel.

"Es una maravilla, ¿cómo no había probado esto antes?", se preguntó Félix.

"¿Viste que está buenísimo?", confirmó Bambi.

Días más tarde, Félix ya tenía un buen cargamento de Aurora Roast en su habitación para tomar todos los días. Cuando Bambi conoció la habitación de Félix, quedó absolutamente sorprendida. No podía creer que tuviera semejante palacio para él solo.

Aquella privacidad, lógicamente favoreció el hecho de que pudieran intimar tranquilos, y así es que pasaron mucho más tiempo en la habitación de Félix que en la de Bambi.

"No puedo creer que te hayan dado esto en la beca, ¿vos sabés cuántos estudiantes becados recibieron una habitación de este estilo?", preguntó Bambi sorprendida, y ante la ausencia de respuesta continuó diciendo "Dos, únicamente dos. No sé qué hiciste para recibir este trato".

Bambi iba descubriendo de a poco la inteligencia de Félix, ya que él no quería abrumarla con su historia ni con su mote de "genio".

Una noche de intimidad, Bambi le confesó a Félix que su sueño en realidad era ser curadora de arte. Que finalmente había optado por la economía porque sus padres no consideraban que ser curadora de arte fuera un trabajo real.

Félix intentó defender a los padres de Bambi alegando que la universidad costaba muchísimo dinero, y que no estaba mal optar por campos de estudio algo más conservadores.

"No entendés, Félix. Tengo un superpoder", dijo ella.

Félix intrigado se incorporó un poco más en la cama, como para escuchar mejor. "Contame todo", le dijo.

Bambi aclaró la garganta y comenzó a decir: "No sé cómo ni por qué, y no tengo control sobre esto. Pero cuando estoy frente a una pieza de arte superior, lagrimeo. Es algo que me pasa desde siempre. De chica me mostraban el dibujo de un primo y nada, me mostraban un Miró, que a los fines prácticos era igual, y me ponía a llorar. De grande, lo mismo".

Félix estaba escuchando con muchísima atención, y dijo: "quiero ponerlo en práctica".

"Cuando quieras", dijo ella.

Félix comenzó a emocionarse por la magnitud del experimento que podrían tener entre manos, y le dijo: "Ayer en una clase, el profesor dijo que más de la mitad de las piezas expuestas en el Met son copias. Que las originales las tienen bajo siete llaves por miedo a robos o vandalismo. Qué te parece si vamos mañana, e intentamos usar tu poder para dilucidar cuáles son copias y cuáles son verdaderas".

Bambi aceptó encantada.

Al día siguiente, Félix y Bambi se encontraron en las imponentes escalinatas del Metropolitan Museum of Art, el Met. La idea de Félix había prendido en Bambi una chispa de curiosidad y emoción. No solo sería un día de exploración artística, sino también una prueba empírica de su inusual don.

Una vez adentro, se dirigieron primero hacia las galerías de arte europeo, donde las paredes estaban adornadas con obras que abarcaban siglos de historia y creatividad.

Bambi, con una mezcla de anticipación y nerviosismo, se acercó a una pintura de Monet, su mirada se fijó en los delicados trazos de luz y color.

Félix observaba atentamente, esperando alguna señal. Pasaron unos segundos, y entonces, una lágrima solitaria se deslizó por la mejilla de Bambi. "Es real", susurró, casi para sí misma.

Animados por este primer éxito, continuaron su recorrido. Frente a una escultura renacentista, Bambi permaneció inmutable. "Esta no me mueve nada", dijo con confianza. "Debe ser una copia".

Félix, maravillado, tomaba notas en su cuaderno, marcando las reacciones de Bambi junto a cada obra.

La verdadera prueba llegó cuando se pararon frente a lo que se suponía era un Van Gogh. Bambi se acercó, contempló la obra durante un minuto y luego, con una calma sorprendente, se giró hacia Félix. "Es hermoso, pero... no es real".

Félix, asombrado, no podía creer la precisión con la que el poder de Bambi funcionaba.

Decidieron entonces buscar una obra que fuera indiscutiblemente auténtica, algo que el museo jamás se atrevería a reemplazar por una copia. Se dirigieron hacia la sala donde se exhibía una de las pocas piezas de arte egipcio conocidas por ser genuinas.

Ante la majestuosidad del artefacto, Bambi no pudo contenerse; las lágrimas brotaron libremente, confirmando sin lugar a duda la autenticidad de la pieza.

Con cada obra que visitaban, el poder de Bambi se manifestaba con una claridad asombrosa. Félix, completamente absorto en la experiencia, comenzó a ver el arte de una manera completamente nueva, a través de los ojos y las emociones de Bambi.

Caminando por el Central Park, y respecto de distintos puestos de arte callejero, ninguno logró hacer llorar a Bambi. "No es que estos no sean verdaderos, no es un tema de autenticidad, es un tema de tratarse o no de arte superior", explicó.

25

Entropía

El taller de Félix en el local de la galería estaba a esta altura tan limpio que al mismo Félix le aburría entrar. Había reparado absolutamente todos los relojes, todas las reliquias oftalmológicas y todo lo que formaba parte del mobiliario. Había ajustado los escritorios y mesas de trabajo, lustrado y afilado sus herramientas, y cambiado la instalación eléctrica.

En este oasis de orden y precisión que Félix había creado, el silencio y la pulcritud reinaban con una autoridad casi tangible.

Cada superficie brillaba bajo la luz tenue que se filtraba a través de las ventanas empolvadas. Las herramientas, cada una en su lugar designado, reflejaban el resplandor de un cuidado y respeto que rozaba lo ceremonial.

La ausencia de proyectos pendientes, de objetos que demandaran su atención y habilidad, le dejaba un vacío inesperado, una sensación de inmovilidad que contrastaba fuertemente con el constante fluir de creatividad y desafíos que solía caracterizar su día a día.

Así es que Félix comenzó a pasar sus días con uno o varios libros en una simpática mesita de Stonehenge Helados. De la extensa producción de Abelardo Chocron, había leído cosas sueltas y por primera vez se dispuso terminarla de principio a fin.

En unos seis meses no solo lo había hecho, sino que ya había probado la totalidad de sabores de la heladería, y había hecho un ranking por escrito de cuáles le gustaban más, y qué nuevas combinaciones le gustarían ver en la marquesina.

A veces se quedaba todo el día en la heladería, desde la primera mañana a la hora del cierre. Leyendo y metiéndose en otros mundos, consumía entre tres cuartos y un kilo de helado. Hasta para sus propios estándares era una barbaridad, y sabía que debía dejar de hacerlo. A veces se le nublaba la vista, y a veces hasta sentía que dormía despierto o tenía alucinaciones leves.

Cuando terminó el último libro de la colección, el número 17, luego de leer las últimas palabras, cerrarlo y apoyarlo en la mesa, vio a Bambi sentada en la silla de enfrente. Ella le dijo: "Amo esta colección, y ver a una persona terminar el último tomo es un evento histórico".

Félix no emitió palabra alguna, Bambi sonrió, y se desvaneció entre la multitud. "Termino el ranking y no vengo más, el azúcar me está volviendo loco", pensó mientras abrió su cuaderno dispuesto a finalizarlo.

Y mientras se debatía respecto de si la Crema del Príncipe se ubicaba en el puesto 8 o 10 del ranking, notó que otra persona se sentaba en su mesa.

Se trataba de Delfi Lynch (Santamarina) a quien Félix saludó afectuosamente como a una cercana sobrina.

"¡Viniste!", le dijo Delfi con un tono alegre.

"Sí, y no es la primera vez", respondió Félix queriendo dar cuenta de su aprobación por el producto, pero sin aclarar el hecho de que había ido todos los días durante los últimos seis meses. De hecho, le pareció raro que tanto ella como su hermano rara vez concurrieran.

Delfi luego pasó a comentarle que a esta altura tenían 20 sucursales por todo el país, una en Punta del Este, y una en Miami que se llevaba la mitad de la facturación.

"Yo estoy instalada ahí directamente", le comentó.

Al preguntar por Facu, Delfi le contó a Félix que se estaba ocupando de todo el resto de las sucursales, y de un proyecto nuevo con el que ambos estaban experimentando un poco.

Delfi no pudo evitar notar que Félix tenía una pequeña lista con gustos de helado y observaciones.

"Si me querés hacer sugerencias, esta es tu oportunidad", le dijo en forma contundente.

Félix pensó durante unos segundos y le dijo: "Tres cosas. Primero, el de café con dulce de leche, el ratio está un poco descompensado. Hacé 22% de café nada más. Segundo, me gustaría que existiera lavanda con nuez. Y tercero, y perdoname que te lo diga así tan de frente, pero en la Crema del Príncipe, estas no son las grosellas de Hans".

Delfi lo miró sorprendida, como si la estuviese tomando por sorpresa el nivel de conocimiento que Félix tenía de su helado, pero al mismo tiempo se sintió halagada por estar frente a una crítica tan pensada.

Le dijo: "El ratio actual de café es 26%, me sorprende la precisión con la cual me estás pidiendo bajarlo, pero creeme que lo vamos a testear. Lavanda con nuez, me volaste la cabeza. Lo vamos a testear en 3 sucursales a modo de piloto y si funciona, lo hacemos para todas. Y Hans a duras penas nos cumplía cuando teníamos cinco sucursales, no era compatible con el crecimiento de la empresa. Una lástima, pero chau, Hans…".

Félix la miró conforme, y antes de despedirse le preguntó por aquel nuevo proyecto que tenía a Facu bastante entretenido.

Delfi se puso algo incómoda pero finalmente le dijo: "Mira, te soy sincera, no sé si es una genialidad o es un delirio. Es un concepto que vimos en Asia, y estamos viendo si es replicable. Básicamente es un lugar donde vos entras con un bate de béisbol y podés romper todo. Se paga por hora, te damos unos protectores y nada. Facu dice que es terapéutico y está fascinado. A mí no me produce nada".

Félix, curioso, le preguntó si no tendría una tarjetita del lugar como para darle. "Obvio, tomá", respondió ella al darle la tarjeta de "Entropía, bar de catarsis".

Actualmente tenían una sucursal en el centro, la cual era muy lejana, y otra a pocas cuadras, en Palermo. Félix comenzó a caminar hacia aquel lugar inmediatamente después de irse de la heladería, y aproximadamente media hora después, estaba en la puerta.

Al ingresar, notó que era un café como cualquier otro, con unas pocas personas sentadas en mesas haciendo actividades de café, y lo que ellos llamaban el "Cuarto de destrucción", al que se pagaba especialmente para entrar.

Facu estaba sentado en una de las mesas más retiradas, con dos pilas enormes de papeles que daban cuenta de la administración de un negocio cuya rentabilidad era un misterio. Félix se acercó a él y se saludaron con el mismo afecto que con Delfi minutos antes.

Hablaron de la heladería, de la lavanda con nuez, de la vida, y finalmente Facu invitó a Félix a conocer el cuarto de destrucción.

Al ingresar, los visitantes eran recibidos por paredes adornadas con grafitis, cada trazo y color clamando por la liberación y la ruptura de cadenas invisibles.

El aire vibraba con una energía cruda, cargada de anticipación y la promesa de alivio. Se les proporcionaba a los participantes un atuendo de seguridad: cascos, guantes gruesos y gafas protectoras, preparándolos para la experiencia transformadora que les esperaba.

El cuarto en sí era un espacio amplio, con paredes reforzadas y suelos de concreto desnudo, diseñado para contener la furia desatada de sus visitantes.

En su interior, se disponían objetos de todo tipo: desde electrodomésticos en desuso hasta muebles que habían conocido tiempos mejores, todos esperando ser el blanco de las emociones reprimidas de los participantes.

Botellas de vidrio, platos de cerámica y una variedad de artefactos inservibles se alineaban, como si fueran ofrendas a la catarsis que estaba por venir.

Armados con bates de béisbol, los individuos se lanzaban a la tarea con una mezcla de fervor y liberación.

El sonido de la destrucción llenaba el espacio: el crujido de la madera al quebrarse, el estallido del vidrio al hacerse añicos, el golpe sordo de los electrodomésticos al ser desmantelados. Cada golpe era un grito silencioso, una liberación de tensiones acumuladas, angustias no expresadas y frustraciones diarias.

Facu decía que la experiencia era profundamente terapéutica. Algunos salían con lágrimas en los ojos, no de tristeza, sino como el resultado de haber soltado un peso que ni siquiera sabían que cargaban.

Otros emergían con una sonrisa, una sensación de ligereza que sólo viene después de haber dejado ir algo significativo.

Todos, sin embargo, compartían un sentimiento de renovación, como si al destruir los objetos físicos frente a ellos, hubieran desmantelado también las barreras internas que los retenían.

"¿Querés hacer mierda algo?", preguntó Facu ofreciéndole a Félix un bate.

"Te agradezco, pero particularmente me interesa más ayudarte con la parte complementaria de este emprendimiento. Te pregunto, ¿de dónde sacás las cosas que van acá adentro?".

Facu le contó que todo lo que es vidrio o porcelana, lo mandaba a hacer a un taller con unos moldes especiales y era tan barato que era más barato que comprarlo como basura. Pero el resto de las cosas, como electrodomésticos, televisores y muebles, los compraba directamente en un basurero. Cuando se destruían, los mandaba a llevar a otro basurero, el cual también le cobraba por retirar aquella basura.

Le explicó también que cuando llegaba el camión de electrodomésticos del basurero, no iban directo al cuarto, sino que tenían otro espacio en el cual todo se lavaba y desinfectaba rigurosamente antes de que pudiera tener contacto con los clientes.

Félix procedió a decirle: "Mirá Facu, a mí lo que me resulta terapéutico es lo opuesto de esto, es reparar las cosas rotas. Y me parece que podemos complementarnos. ¿Qué te parece si todo lo que es reparable, en lugar de mandarlo al segundo basurero me lo mandás a mí, y yo te lo devuelvo restaurado y listo para volver a usar?".

Facu estuvo encantado con la idea, y mucho más al enterarse de que Félix no le cobraría un centavo por hacer esto. El único costo involucrado sería el costo de fletes, el cual era manejable.

Y así es que el taller de Félix volvió a llenarse de vida y entusiasmo. Cada dos semanas llegaba el flete con cosas nuevas, y se llevaba las cosas listas para reutilizar en este círculo virtuoso de destrucción y reparación que habían creado.

Félix no volvió a pasar largas tardes en Stonehenge Helados por la cantidad de cosas que tenía para hacer en su taller, lo cual lo tenía extasiado de felicidad.

Aproximadamente tres meses después, le estaría tocando el timbre una moto con un pedido. Era una bolsa de Stonehenge con un kilo de helado y una pequeña nota.

"Félix, me cuentan en el local de Cabildo que no te vieron más, pero también me cuenta mi hermano que estás de alguna manera muy metido con su proyecto. Me alegra mucho. Mientras tanto te mando un kilo de Crema Roth, hecha a base de lavanda y nuez. No solo es el gusto más vendido en todas nuestras sucursales, sino que acabamos de ganar con él, el mundial del helado en Italia. Gracias, Delfi".

26

Sterns y Roths

A toda velocidad y repleto de contenido, pasó el primer año de la feliz pareja. Ambos habían decidido que la fecha en la que comenzarían a contabilizar su relación sería el día en el que finalmente Bambi accedió a la invitación de Félix.

No fue una cena, que a Bambi le parecía demasiado formal, sino unos "*drinks*", lo cual sonaba joven y descontracturado.

En una noche impregnada de expectativas y nerviosismo sutil, Bambi y Félix decidieron que su primera cita tendría lugar en un bar de moda que ambos habían escuchado mencionar.

Era el tipo de lugar donde la iluminación tenue y el mobiliario de diseño creaban una atmósfera de exclusividad y sofisticación, perfecta para impresionar o, en su caso, para intentar navegar las aguas de una primera cita con la mayor elegancia posible.

Al sentarse, un camarero se acercó rápidamente, su sonrisa pulida era tan ensayada como el menú que ofrecía.

Sin apenas consultar la carta, y en un intento por proyectar una imagen de mundo, ambos pidieron gin-tonics, la bebida que parecía ser el epítome de lo "cool" y sofisticado. El camarero asintió con aprobación, desapareciendo entre las sombras para preparar sus órdenes.

Mientras esperaban, intercambiaron sonrisas tímidas y conversación ligera, cada uno midiendo sus palabras, intentando revelar lo suficiente para intrigar, pero no tanto como para abrumar.

La música ambiental, una mezcla de jazz suave y folk, proporcionaba un telón de fondo que llenaba los silencios sin llegar a ser invasiva.

Cuando los gin-tonics llegaron, servidos en copas anchas adornadas con rodajas de limón y ramitas de romero, ambos agradecieron al camarero con un asentimiento.

Levantaron sus copas en un brindis no verbal, sus ojos encontrándose sobre el borde de estas. Sin embargo, tras el primer sorbo simulado, las copas volvieron a la mesa, casi intactas.

Félix, cuyo rechazo al alcohol era una mezcla de desagrado personal y una decisión consciente por no someterse a mareos innecesarios, apenas humedeció sus labios con la bebida antes de apartarla discretamente.

Bambi, por su parte, aunque no tenía una aversión tan marcada, sabía por experiencia que su tolerancia al alcohol era lamentablemente baja. Una sola copa podía transformarla de una conversadora coherente a una fuente de risa y delirios inconexos.

La ironía de la situación no tardó en hacerse evidente para ambos. Entre risas compartidas y confesiones sobre sus verdaderas preferencias en bebidas —Félix admitiendo su amor por la chocolatada y Bambi declarando su debilidad por el café—, la tensión inicial se disipó.

El intento fallido de impresionarse mutuamente con gin-tonics abandonados se convirtió en el primer chiste privado, una anécdota que, sin duda, recordarían con cariño.

La cita continuó en un ambiente mucho más relajado, con ambos sintiéndose más cómodos para ser ellos mismos, sin las pretensiones que habían intentado sostener al principio.

Y finalmente quedaron solos en todo el bar, luego de horas de charla ininterrumpida, hasta que el mozo vino a decirles cordialmente que debían retirarse porque estaban cerrando sus puertas.

Un año ya había pasado y no lo podían creer. Pero sabían que habría extensos festejos, los cuales se llevarían a cabo en el receso de verano: Irían juntos primero a Long Island, a conocer a la familia Stern, y luego a Buenos Aires, donde Cacho y Ema los esperaban absolutamente salidos de sus cabales y con una incontenible emoción.

Del dinero que Ema le había dado, Félix todavía conservaba unos 300 dólares, de los cuales había gastado 50 en un saco Mansford Tailors de primera calidad, con el que tenía el objetivo de impresionar a los padres de Bambi, de quienes había oído ya muchas historias de todo tipo.

En el tren, los nervios de Félix comenzaron a ser notorios. Bambi intentaba tranquilizarlo, pero en el fondo ella estaba muchísimo más nerviosa que él.

La llegada a Long Island marcó el inicio de una semana que prometía ser, cuando menos, interesante.

La casa de los Stern se erguía imponente, un monumento a la opulencia y el lujo en medio de un suburbio donde la grandeza arquitectónica parecía ser la norma más que la excepción.

A Félix, la mansión le trajo recuerdos de la casona de Belgrano de Levy, aunque aquí, en este enclave de riqueza, cada residencia competía por ostentar su magnificencia.

Bobby Stern, el patriarca de la familia, era un hombre de constitución robusta, con una calvicie pronunciada y una mirada que parecía divagar lejos de la realidad inmediata.

Su vida había transcurrido en una relativa comodidad económica, heredada de generaciones anteriores, lo que le confería un aire de nobleza desfasada, una especie de impetuosidad que no se justificaba en el esfuerzo personal sino en el legado familiar.

Mirtha, por otro lado, era todo lo que su esposo no era en términos de expresividad. Exagerada en sus gestos y emociones, su amor por Bambi era tan palpable como el perfume que llenaba cada rincón de la casa.

La primera cena transcurrió entre conversaciones variadas, donde Félix demostró una habilidad casi camaleónica para adaptarse a los temas de interés de sus anfitriones.

Desde debates sobre los últimos resultados deportivos hasta discusiones sobre las interpretaciones más recientes del tarot y el esoterismo, Félix navegaba las conversaciones con una facilidad que sorprendía a Bambi.

Aunque su interés en muchos de esos temas era más cortés que genuino, su capacidad para mantenerse a flote en el mar de variados intereses de los Stern era admirable.

Bobby y Mirtha aceptaron a Félix casi de inmediato, impresionados por su elocuencia y su disposición a participar en sus eclécticas charlas.

Para Bambi, era un alivio ver cómo Félix se integraba con tanta naturalidad en el ambiente familiar, aunque no pudiera evitar sentir una ligera divergencia entre el mundo de sus padres y el que ella compartía con Félix.

Los Stern habían preparado habitaciones separadas para que ambos durmieran. Mientras que Bambi pasaría las noches en "su habitación", Félix tenía designado el cuarto de huéspedes.

Y de alguna forma durante toda la visita, convivió una contradicción que los padres de Bambi no pudieron conciliar. Mientras que cada tanto hacían menciones a una eventual boda, insistían en mantener a los novios en habitaciones separadas como si no quisieran asumir que el amor de la pareja estaba ampliamente consumado.

Bambi se escabullía en las noches e iba al cuarto de huéspedes, donde Félix la recibía con cierto miedo de ser interrumpidos, que Bambi estaba descubriendo y le parecía extremadamente estimulante.

La relación entre Bambi y su madre, Mirtha era un tejido complejo de amor materno entrelazado con hilos de incomprensión y expectativas no cumplidas.

Aunque Mirtha proclamaba que cada consejo, cada sugerencia lanzada hacia Bambi brotaba de un corazón maternal que solo deseaba lo mejor para su hija, la realidad era más matizada.

Félix, desde su posición privilegiada como observador y como alguien que había llegado a conocer íntimamente a Bambi, percibía la dinámica con una claridad desgarradora.

Veía cómo cada "sugerencia" de Mirtha no era más que una crítica velada, un intento de moldear a Bambi en la imagen que ella consideraba apropiada, sin tener en cuenta los deseos y aspiraciones reales de su hija.

Era evidente que, para Mirtha, los distintos caminos que Bambi había elegido eran un desvío lamentable de lo que ella consideraba opciones superadoras.

La comunicación entre madre e hija estaba, además, marcada por un silencio selectivo sobre ciertos temas. Era como si existiera un acuerdo tácito de no adentrarse en territorios que pudieran desencadenar conflictos abiertos, aunque este silencio sólo servía para profundizar el abismo entre ellas.

Bambi, por su parte, se sentía cada vez más alienada, percibiendo que su madre no solo desaprobaba sus decisiones de vida, sino que, además, no se esforzaba genuinamente por entenderlas o aceptarlas.

La voz de Mirtha, con su tono quejumbroso y melódicamente perturbador, se había convertido para Félix en un símbolo audible de la tensión subyacente. Félix comenzó a llamarla "La Frecuencia".

Cada frase entonada por Mirtha, independientemente de su contenido, llevaba consigo una frecuencia que a Félix le resultaba casi físicamente dolorosa, desencadenando leves migrañas que servían como recordatorio tangible de la discordia.

Por otro lado, la relación entre Bambi y su padre, Bobby, se había enredado en una maraña de emociones contradictorias y expectativas no cumplidas que, con el tiempo, se había solidificado en un silencio pesado y cargado de significado.

Durante su infancia, Bambi había sido el centro del mundo de Bobby, una pequeña compañera que lo seguía a todas partes, cuyos intereses y alegrías se alineaban perfectamente con los suyos. Aquellos días estaban llenos de risas, juegos y una conexión profunda que parecía inquebrantable.

Sin embargo, a medida que Bambi creció y comenzó a buscar su propia identidad, su camino inevitablemente comenzó a separarse del que su padre había imaginado para ella.

Esta búsqueda de independencia, un rito de paso natural y saludable para cualquier joven, fue interpretada por Bobby no como un signo de crecimiento, sino como una traición personal.

Para él, el proceso de maduración de Bambi se sintió como una violencia, un resentimiento que se acumulaba en su interior, alimentado por la percepción de que su hija había elegido crecer solo para alejarse de él y deshacer el vínculo que una vez habían compartido.

Esta dinámica había llevado a una ruptura comunicativa entre padre e hija, transformando su relación en una sombra de lo que una vez había sido.

Aunque Bobby era un hombre de valores profundos, para quien la familia representaba el pilar más sagrado de su vida, no podía evitar sentir que Bambi, al seguir su propio camino, había violado un acuerdo no escrito, fallando en lo que él consideraba sus deberes filiales.

El silencio entre ellos era perturbador, cargado de palabras no dichas y emociones no expresadas. Bambi, por su parte, se sentía atrapada entre el amor y los recuerdos que naturalmente todavía existían, y la necesidad de vivir su vida según sus propios términos.

Este conflicto interno se manifestaba en una tristeza sutil, una especie de duelo por la relación que había perdido, y la esperanza, quizás ingenua, de que algún día podrían encontrar un camino de regreso el uno al otro.

Para Félix, observar esta dinámica era tanto revelador como desgarrador. Veía el dolor en los ojos de Bambi cada vez que el tema de su padre surgía, y aunque deseaba poder intervenir, sabía que algunas heridas solo podían ser sanadas por aquellos que las llevan.

Sin embargo, se mantuvo firme al lado de Bambi, ofreciéndole un apoyo inquebrantable y un oído comprensivo, esperando el día en que padre e hija pudieran superar el abismo que los separaba y reconstruir su relación sobre nuevos cimientos.

La semana pasó volando y una vez de vuelta en Manhattan, únicamente tendrían cuatro días para prepararse para su siguiente aventura: Una que incluiría un vuelo de infinitas horas, desde JFK hacia Buenos Aires.

Bambi había viajado algunas veces en avión, pero no muchas. Conocía Florida y Georgia, pero nunca había volado por más de tres horas.

Si bien el servicio del vuelo internacional le pareció glamoroso y divertido, había llegado un punto en el cual estaba al borde del colapso nervioso. Vio todas las películas, durmió, despertó, comió, caminó por los pasillos y ya no sabía más que hacer.

En determinado momento inventaron un juego que consistía en que uno de los dos cantara una canción, pero reemplazando todas las sílabas por "Miau", y el otro tenía que adivinar de qué canción se trataba.

El juego fue un éxito y pudieron ver un rato después como otras parejas y familias lo estaban jugando en distintos asientos.

La llegada de Bambi a Buenos Aires fue un enorme shock cultural. Bambi no tenía idea de con qué se encontraría. Le entusiasmaba mucho la idea de conocer Argentina, pero esencialmente por ser la tierra de Félix.

Si bien nunca lo llegó a expresar para evitar ofender, probablemente pensaba en que se encontraría con algún tipo de paraje rural, o playa caribeña o tribu amazónica.

Habiendo vivido toda su vida tan cerca de Nueva York, Bambi creía que no había ciudad capaz de impresionarla, pero quedó absolutamente sorprendida.

Terminó describiendo a Buenos Aires como "Digna capital de un imperio", y sus eternas caminatas por los barrios junto a Félix hicieron en ella una huella imborrable.

A esta altura, Bambi ya hablaba perfecto castellano, con un pequeño acento que no impedía a nadie entender perfectamente lo que ella quería decir.

Cacho y Ema la recibieron como a una reina, y vieron en ella exactamente lo mismo que Félix. Por respeto a la pareja, les prepararon el antiguo cuarto de Félix para ambos, con una cama grande que habían comprado especialmente.

Por la noche y con el dramatismo que la caracterizaba, Ema le decía a Cacho que lo mejor de todo esto era que ya se podía morir tranquila, qué Félix estaba en buenas manos.

Y realmente lo creía. Se había sacado tal peso de encima, que al expresarlo sentía que realmente le estaba comunicando a Dios que ahora sí estaba autorizado a llevarla, que ahora ya podía morirse, pero que antes lamentablemente no iba a poder ser.

Aunque con referencias más sutiles, Cacho y Ema también proyectaban un futuro casamiento y se preguntaban cómo iban a hacer con los nietos. Ema, al borde de las lágrimas, le pidió a Bambi que a sus hijos les enseñaran a hablar en castellano, porque ella ya estaba grande como para aprender inglés.

"Obvio que van a aprender castellano, inglés está en duda", le respondió Bambi con su adorable tono de gringa y posteriormente se abrazaron.

Todos los días se la pasaban recorriendo de aquí para allá. Probando carne, pizza, helado y alfajores. Bambi no comía mucho, pero en Buenos Aires casi que le podía seguir el ritmo a Félix. A ella todo le gustaba, pero los helados de Due fueron los que realmente le hicieron creer que habían marcado un antes y después en su vida.

En las librerías de la calle Corrientes, compró docenas de libros de autores argentinos y se obsesionó con la cultura local, a tal punto que comenzó a enojarse con la suya propia.

"Hay algo que me molesta mucho de Nueva York", comenzó a expresar en determinado momento, para luego explicar en detalle: "El *New Yorker* espera del extranjero una actitud de sumisión. No lo hace por maldad, es aún peor, lo hace por condescendencia. Se cree tal gran cosa, que cree que el resto del mundo le debe algún tipo de obediencia intelectual, ¿se entiende lo que digo?".

Félix asintió algo incómodo, pero le pidió que continuara.

"Esa soberbia del *New Yorker* únicamente lo hace ser más estúpido, ¿entendés? Te doy un ejemplo concreto. Si un *New Yorker* se encuentra con un argentino, va a esperar de él que sea calladito, sumiso y le diga sí señor. Pero no va a suceder, porque el argentino no es sumiso, porque el argentino promedio es 20 veces más inteligente que el *New Yorker* promedio. El *New Yorker* no sabe que Argentina es un imperio, una superpotencia cultural que es capaz de reírse de él. Y no lo sabe, pero se cree abierto e intelectual, y únicamente está encapsulado en una cultura que lo único que hace es darle palmaditas en la espalda y decirle que es el mejor. Me hierve la sangre, Félix".

El viernes por la noche y como broche de oro de lo que había sido una visita absolutamente transformadora y reveladora, Bambi y Félix fueron a la casona de Belgrano.

La mansión, conocida entre los círculos internos de Buenos Aires como el epicentro de la timba ilegal, era un hervidero de actividad cada viernes por la noche, atrayendo a una mezcla ecléctica de figuras de la noche porteña, desde artistas hasta empresarios, todos unidos por el amor al juego y la buena vida.

Félix fue recibido como un aristócrata, y Gerardo se encargó personalmente de que tuviera un trato especial durante toda la velada.

"¿Quién sos, Félix?", le preguntó Bambi absolutamente sorprendida y desbordando de atracción por él.

La música, una fusión de tango y jazz, llenaba cada rincón de la casa, creando una atmósfera cargada de nostalgia y sofisticación.

Los invitados, vestidos de gala, se movían con una elegancia innata, participando en juegos de azar, disfrutando de la música en vivo, o simplemente deleitándose en conversaciones animadas.

Bambi, proveniente de un contexto completamente diferente, se encontró fascinada por la belleza y el carisma de todos. Su asombro no era de atracción romántica, sino de admiración pura, como si hubiera descubierto un mundo nuevo y vibrante que solo existía en las películas o en las páginas de los libros.

La casona misma era una obra de arte arquitectónica, pero lo que realmente capturó la imaginación de Bambi fue el pequeño Gaspar Levy. A pesar de ser apenas un niño, recorría la casa con la confianza y el porte de un adulto, vestido con un traje impoluto.

Su presencia entre los adultos, actuando como si fuera el dueño del lugar, era un espectáculo en sí mismo, añadiendo una capa de surrealismo a la ya de por sí inusual escena.

"Necesito escribir una novela sobre esto", murmuró Bambi, "Nunca había visto algo así".

La experiencia era rica en detalles y personajes, desde el ambiente cargado de la timba hasta la figura casi mítica del joven Gaspar, todo servía como combustible para su creatividad.

Félix, por su parte, observaba con una mezcla de diversión y asombro, tanto el entorno como la reacción de Bambi ante él.

Sabía que momentos como este eran los que a menudo encendían la chispa en Bambi, y estaba emocionado por ver cómo esta experiencia la transformaría.

El sábado lo pasaron descansando en la casa, comiendo facturas y tomando mate. En determinado momento y cuando todos estaban sentados a la mesa, Félix notó a sus padres algo raros e incómodos, como si estuvieran esperando el momento indicado para decirle algo.

Finalmente, Ema tomó las riendas de la charla, y pudo expresar aquello que necesitaba decir: "Chicos, ustedes saben que nosotros estamos grandes. Tomamos una decisión que espero sepan comprender".

"¿Qué pasó?", preguntó Félix entre intrigado y preocupado.

Cacho rápidamente intervino para calmarlo: "Nada malo eh, algo bueno de hecho, pero bueno, esperamos que no sea difícil de comprender".

Ema siguió con su explicación. "Nos vamos a jubilar. Vendimos la casa y el taller. Tenemos 30 días para entregarlo. Y compramos una chacra en General Belvedere".

Cacho tomó las riendas de la historia: "¿Te acordas donde íbamos de vacaciones cuando eras chiquito?", dijo mientras señalaba las fotos enmarcadas que hubieran sido tomadas allí.

"El lugar es un paraíso, y queremos descansar en un lugar tranquilo. Por lo menos hasta que tengamos nietos, y ahí nos mudaremos cerca de ustedes donde sea que vivan".

Félix estaba algo confundido, sintiendo cosas contradictorias. Sabía que sus padres ya eran mayores, pero irse de Buenos Aires le parecía algo extremo.

Bambi por otro lado no estaba para nada perturbada por la noticia. "Mis padres están retirados hace años, la verdad me sorprendió que ustedes siguieran trabajando".

Félix le dijo: "Bueno, ¿ves? Ahí tenés un elemento bueno de tu cultura. En Argentina lo esperable es que trabajes hasta morirte, y eso es objeto de orgullo", finalmente miró a sus padres y les dijo: "Es lejos, pero si eso es lo que quieren, los apoyo por completo".

Bambi preguntó: "¿Qué tan lejos es manejando desde acá?".

Cacho respondió: "Sin tránsito, seis horas más o menos".

Bambi estalló en una carcajada y volvió a preguntar: "No, en serio, ¿cuánto se tarda en llegar?".

Félix sonriendo le dijo: "Son seis horas".

Bambi aún tentada les dijo a todos "¿Y eso es lejos? Ay, cómo amo a los argentinos, ese dramatismo que tienen es adorable".

27

Bianca Moreau

Eran más o menos las 3 am, cuando sonó el teléfono en el departamento de Félix. Era un día de invierno con temperaturas casi negativas y Félix estaba en su quinto sueño tapado con 10 frazadas y durmiendo como un bebé. No atendió.

Unos minutos después volvió a sonar y ahí sí, no tuvo opción que hacerlo.

"¿Félix? Soy Ramiro. Me quedé feo con el Veloxia. Estoy a 3 cuadras de tu casa en Lacroze y Luis María Campos. Salvame de esta y te garpo 10 cenas en Fiorello".

"Voy para allá", respondió Félix mientras pensaba para adentro: "¿Semejante auto y no paga un auxilio mecánico?".

Se puso todos los niveles de abrigo que tenía, y bajó a la calle en la que no había un alma. Reparó en el hecho de que nunca había caminado por el barrio a altas horas, y a pesar de que era un barrio muy seguro, la soledad era inquietante.

En la esquina de Olleros y Lacroze, a una cuadra, ya podía verse el imponente Veloxia, rendido por las circunstancias, con unos conos que había puesto Ramiro para que no se lo llevara puesto ningún colectivo.

"Félix, ¡me salvaste!", le dijo Ramiro abrazándolo como a un héroe.

"A ver, abrime el capó y contame qué pasó", respondió Félix con poca paciencia. Pero a medida que realizaba una primera inspección visual del vehículo, notó que el asiento del acompañante no estaba vacío.

Se dirigió a la ventanilla, que estaba baja para dejar salir espesas volutas de humo de un cigarrillo, y extendió su mano para saludar a la acompañante.

"Félix Roth, héroe nocturno, mucho gusto", le dijo como para romper la tensión.

La joven vestida y maquillada de una forma al menos peculiar, le respondió: "Bianca Moreau", extendiéndole una tarjeta personal.

Una vez analizando el motor y con la privacidad que les proveía el capó abierto, Félix miró a Ramiro con desaprobación, y él respondió notablemente avergonzado. "Yo estoy totalmente divorciado eh, esto es totalmente legal. Pero, bueno, te llamo a vos por la discreción, soy un doctor conocido, no puedo permitir que haya rumores de que consumo esta clase de servicio, vos me entendés".

"Bueno, ya estoy acá, contame qué pasó", dijo Félix queriendo dar por zanjado el asunto.

Ramiro comenzó el relato: "Salí de casa super bien, levanté a Bianca en El Rosedal, y encaré para Jardín Secreto ahí en el Bajo. Llegamos a esta esquina, Bianca se pone a hablar, y el auto dejó de responder. Le trato de dar arranque y no arranca, me pongo más nervioso y más le trato de dar arranque y menos arranca, no arranca y me desespero".

Félix sin emitir sonrisa alguna, lo miró a los ojos y le preguntó: "¿Pero al auto qué le pasó?".

Ambos estallaron en una carcajada cómplice, y de golpe se escuchó desde el interior del auto "¿Falta mucho por ahí? ¿Quieren un champagne?".

Félix se acercó a la ventanilla y le dijo a Bianca: "cinco minutos y están andando".

"Ramiro, ¿a qué taller estás mandando el auto? Está lleno de repuestos chinos esto", preguntó Félix indignado.

"No puede ser, a mí siempre me dijeron que era todo original", se defendió Ramiro.

Félix le hizo un lugar como para que pudiera observar y procedió a mostrarle: "Mirá las inscripciones y el idioma en el que están. Alemán, alemán, alemán. Hasta acá vamos bien. Y ahora mira estás: chino, chino, chino, chino, más chino. Acá tenés el problema en el arranque, estos cables se salieron porque son una porquería".

Ramiro miraba avergonzado, pero comprendiendo el problema.

"Ahí lo arreglé, a ver dale arranque", pidió Félix.

El Veloxia rugió como león y todos festejaron.

"Está medio atado con alambre, en la semana llevalo a un taller honesto", dijo Félix.

"¿Querés llevártelo ahora y nosotros tomamos un taxi?", preguntó Ramiro.

"No sé manejar", respondió Félix.

"¿¿Qué??" exclamaron en simultáneo Ramiro y Bianca, que a esta altura había salido del auto para observar.

"Nunca manejé. Ayudé a mi viejo un millón de veces, pero siempre desde la teoría, de hecho, esta es la primera vez que arreglo un auto metiendo mano", confesó Félix.

"Ay, la primera vez", dijo Bianca en tono burlón.

Félix cerró el capó y les dijo "Bueno, es tarde, vayan, hagan lo suyo. Yo me voy a dormir. Lo único, me voy a llevar el manual del auto que está en la guantera, porque me interesa estudiarlo".

Al día siguiente leyó el manual con detenimiento y curiosidad. Le pidió a Facu Lynch el teléfono del basurero donde compraba los electrodomésticos y luego llamó para ver si tendrían autos abandonados. No estaba interesado en los autos, sino en los manuales, que casi en un 95% de los casos, permanecían intactos en las guanteras.

De su visita al basurero se volvió con al menos 20 manuales de autos diferentes, los cuales estudió con minuciosidad, a tal punto de sentirse realmente capaz de reparar cualquier auto, al igual que su padre. Sintió una conexión mágica con Cacho y fue inundado de recuerdos.

El miércoles por la noche, en Fiorello y con Ramiro, Félix advirtió que pediría los platos más caros y doble postre. Ramiro asintió autorizando, al sentirse absolutamente en deuda.

Hablaron de Cacho y de cómo un mecánico honesto era algo tan importante que era difícil de dimensionar. Cacho jamás en su vida había puesto un repuesto trucho, y siempre era absolutamente transparente respecto del costo de cada arreglo.

Ramiro contó que había llevado el auto al service oficial, y era muchísimo más caro. Comenzó a quejarse: "No sabés cómo me sacudieron. Para arrancar me cobraron 1000 dólares. Luego cada cosa eran otros 1000. Al final me fui sin tener idea ni cuánto terminé gastando".

"Ah mirá vos", respondió Félix, y luego dijo "¿Pero en el taller cómo te fue?".

Ambos rieron a carcajadas mientras Ramiro balbuceaba: "Qué hijo de puta que sos, Félix".

28

Zain Lestari

En la medida de que ya habían pasado algunos años y Félix estaba de la mano de Bambi, se sentía muy a gusto en la Universidad, y absolutamente invencible desde el punto académico. Bambi y Félix ya habían abandonado esa loca idea de cursar separados y ahora compartían prácticamente todas las materias.

Félix se había vuelto absolutamente demoledor en el arte del debate. Era eficiente, poético, elocuente. Estudiantes de todos los años e incluso profesores elegían presenciar las clases en las cuales él estaría para disfrutar de la elegancia con la que se expresaba.

A esta altura no había persona en Montclair que no supiera quién era Félix Roth.

Isha y Celia, las compañeras de habitación de Bambi, también se habían puesto de novias, con Duncan y Caleb, respectivamente.

Y a pesar de que las salidas en grupo eran habituales, no podía ignorarse la distancia que comenzó a generarse entre Félix y los otros varones. Duncan era parte del equipo de básquet, y simplemente no podía tolerar cómo Félix no le rendía tributo, tal como hacían todos los demás. Caleb era cuarta generación en la Universidad y su familia era donante a tal punto que existía una biblioteca con su apellido.

Félix no hacía el ejercicio activo de ignorarlos o de confrontar con ellos, pero simplemente no veía en ellos ningún valor, y los consideraba de inteligencia escasa.

Zain Lestari era otro estudiante, de la misma edad que Félix y Bambi, pero que desde hacía años estaba en la universidad.

A medida que Félix comenzó a "ser famoso", empezó a hablarse en los pasillos de una supuesta rivalidad entre ellos.

¿Cuál de los genios era "más genio"?, quién prevalecería en un debate: ¿Félix o Zain?

La primera vez que Félix escuchó su nombre fue cuando Caleb le preguntó si iría a escuchar la presentación de Zain al auditorio mayor, o por el contrario "tenía miedo".

Félix, totalmente desorientado, le preguntó quién era. Caleb, intentando desequilibrarlo, respondió: "Claro, hacete el que no sabés".

Bambi le explicó que Zain Lestari era otro "genio", por así decirlo.

Uno que dominaba el área de la física teórica desde los 15 años, y que poca gente sabía, pero era miembro de la familia real de Brunéi.

Le dijo que usaba un nombre inventado para pasar desapercibido, aunque mucho no lo lograba ya que tenía un guardaespaldas que lo acompañaba a todos lados.

Bambi y Zain se habían cruzado en algunas oportunidades y tenían una relación cordial.

Desde ese momento, Félix fue consumido por celos e inseguridad.

Félix pensaba, quizá de forma inocente, que si Zain lograba doblegarlo en lo intelectual, entonces Bambi se iría con él.

Félix estaba absolutamente convencido de que podía, llegado el caso, someter intelectualmente a cualquier otro estudiante o profesor de los que hasta ahora había conocido. Pero Zain le generaba una incertidumbre extrema.

Bambi nunca había conocido este lado de Félix. Estaba entre sorprendida y halagada, y es por esto que en determinado momento creyó conveniente decir que no tenía nada de qué preocuparse. No solo porque esa línea de pensamiento era ridícula, sino porque Zain era extremadamente gay.

Félix y Bambi concurrieron juntos a la presentación de Zain.

Finalizada la exposición, se abrió un espacio de preguntas y respuestas en el que los estudiantes intentaban debatir o al menos medirse con él. Félix no preguntó absolutamente nada, y se dedicó a escuchar.

"¿Qué te pareció?", le preguntó Bambi a la salida.

"¿Vos estás completamente segura de que es gay?", respondió Félix.

"Sí. 100%", expresó Bambi.

Félix pensó su respuesta unos segundos y luego dijo: "Bueno, en ese caso, debo confesar que no entendí ni 3 palabras de todo lo que dijo".

Dos semanas después, Montclair jugaba de local contra West Crescent University en el torneo de básquet universitario, y el campus estaba conmocionado. Duncan arrancaría como titular, y se decía que incluso podría haber reclutadores de equipos mayores viendo este partido.

Bambi concurrió junto con Celia, Isha y Caleb.

Félix, que ni siquiera sabía con precisión las reglas del básquet, prefirió pasar ese rato en la biblioteca.

El edificio estaba absolutamente vacío producto del gran partido que estaba por disputarse, excepto por un señor asiático que parecía medir tres metros de alto, y resultó ser, en efecto, el guardaespaldas de Zain, quien estaba adentro.

Félix se acercó a saludarlo y le extendió su mano. "Félix Roth, genio número dos, mucho gusto", le dijo sonriendo.

Zain respondió con otra sonrisa y le dijo "Sé perfectamente quién sos". Y acto seguido preguntó: "¿Por qué no preguntaste nada en mi presentación?, ¿tan mala creíste que fuera mi argumentación?".

Félix rió en voz alta y confesó: "A decir verdad, no entendí absolutamente nada, evidentemente soy una especie de farsante o algo así".

Llamativamente, Zain pensaba lo mismo de sí mismo. Luego de charlar un rato descubrieron que sus genialidades eran absolutamente complementarias. Mientras que la de Félix abarcaba básicamente todo aquello que no fueran ciencias exactas, la de Zain era exactamente al revés.

Se quedaron charlando durante horas, realmente sorprendidos el uno del otro respecto de la curiosidad que manifestaban por comprender lo que el otro dominaba.

Zain Lestari no era príncipe ni de Brunéi. Era malayo, y extremadamente rico. Su padre tenía enemigos políticos y por eso insistía en el guardaespaldas.

Zain fue un prodigio en el vasto universo de las matemáticas desde muy temprana edad. De constitución delgada y estatura más bien baja, su presencia física contrastaba de manera sorprendente con la de Félix, y con la inmensidad de sus teorías.

La elegancia de su inglés, pulido y refinado, teñido con un distintivo acento europeo, era el legado indiscutible de sus años formativos pasados en colegios pupilos internacionales, donde se había mezclado con jóvenes de todas las esquinas del globo, absorbiendo no sólo el conocimiento académico, sino también la riqueza de diversas culturas.

Zain y Félix eran frecuentemente objeto de comparaciones por aquellos que tenían el privilegio de conocerlos. Ambos compartían un estilo distintivo que fusionaba la profundidad intelectual con una elegancia casi artística, una similitud que trascendía las diferencias superficiales en sus áreas de especialización.

Cuando terminó el partido y Bambi fue a la biblioteca para buscar a Félix, quedó absolutamente sorprendida de encontrar a ambos charlando y riendo como si fuesen amigos de toda la vida. De hecho, en esa charla descubrieron que tenían habitaciones similares dentro del complejo estudiantil.

Desde aquel día, Zain y Félix se hicieron parte de sus rutinas y no pasaba una semana sin que se juntaran en algún momento a tener charlas de altísimo vuelo.

Bambi a veces estaba presente y a veces no. Le encantaba ver volar dialécticamente a estas dos mentes, pero también decía que se sentía como Andorra: "Atrapada entre España y Francia y sin saber del todo cómo existir".

Zain una vez le confesó a Félix lo que él consideraba su punto débil: "Si una idea le resultaba lo suficientemente interesante, sin importar lo ridícula que pudiera sonar, podría dedicarle infinito tiempo y simplemente no dejarla ir".

Ante la insistencia de Félix, Zain le contó cuál había sido la última vez que le había sucedido.

"Félix, esto te va a resultar extremadamente raro, pero existe una correlación innegable, de absoluta relevancia estadística, entre aquellos hombres que ordenan su ropa de acuerdo con la gama cromática, y la performance sexual. Ya sé que parece una locura, y parece simplemente una loca coincidencia, pero creeme que no es así. Están conectados y nadie sabe por qué. Quienes ordenan su ropa de acuerdo a la gama tonal no sufren de disfunción eréctil, incluso pasados los 90 años".

Félix comenzó a reír de manera descontrolada. Zain también, por lo ridículo de la situación, pero insistía: "Esto es real, y estuve incontables horas teorizando".

"¿Y en qué estás ahora?", preguntó Félix.

"Ahora en lo usual, nada específico, pero viajes inter-dimensionales, multiversos. Matemáticamente ya pude comprobarlos, ahora trato de estudiar cómo se comportan", respondió Zain.

Meses después, Félix le propuso un experimento amistoso: buscar un tema en el que opinaran cosas diametralmente opuestas, y analizar hasta dónde uno podría resistir los embates dialécticos del otro.

Luego de proponer 30 o 40 temas posibles, no lograron ponerse de acuerdo en ninguno. Sucede que ambos conocían el secreto más grande de las artes del debate: No debatas sobre aquello que desconoces.

En determinado momento Zain dijo: "Hay un tema que realmente me intriga. ¿Qué es para vos la amistad? ¿Cuándo la cordialidad se vuelve amistad?".

Félix respondió que la pregunta era extremadamente interesante. De hecho, como para dar contexto, expresó que él detestaba el concepto de "mejor amigo".

Le parecía irrespetuoso respecto de aquellos amigos que no eran "mejores". "¿Con qué autorización esta persona somete a otra a rankings arbitrarios?", le dijo.

"¿Tuviste amigos en la escuela primaria?", preguntó Zain.

"Sí, jugaba muy bien al fútbol, era gracioso y tuve amigos", respondió Félix.

Zain sonrió y le dijo: "No te creo que jugabas bien al fútbol".

Félix sorprendido exclamó: "Por supuesto que sí".

Zain, incrédulo y mirando una pelota que por alguna razón estaba a su alcance, le preguntó "¿Podés probarlo?".

Y Félix con toda confianza, respondió: "Como decimos en Argentina: El que alega, prueba", y comenzó a hacer jueguito con la pelota para sorpresa de Zain, quien comenzó a aplaudir.

"¿Conservás la relación con alguno de ellos, con tus amigos de la primaria?", volvió a preguntar Zain, como guiando a Félix hacia un punto que quería proponer.

"No, con ninguno. Cuando terminó la primaria existieron promesas. Que no se corte, hay que seguirnos viendo. Sin embargo, nada de eso sucedió más allá de algún reencuentro puntual. Quizás nos estemos acercando a una definición de amistad que tiene que ver con la permanencia luego de la circunstancia", respondió Félix.

Zain lo miró intrigado y le hizo un gesto como para que desarrollara ese concepto.

Félix le dijo entonces que las relaciones humanas muchas veces están condicionadas por una circunstancia. La escuela, el trabajo. Explicó que ese compañerismo que se genera muchas veces es un comportamiento natural basado en la necesidad de supervivencia.

Agregó que la gente se ayuda a transitar un camino complicado. Pero terminada esa circunstancia que los unió, siguen caminos separados porque no eran amigos, sino compañeros ayudándose en un momento adverso.

"Por eso te digo, si la relación sobrevive a la circunstancia, si pasada la circunstancia esas personas siguen siendo amigas, entonces eso es amistad", concluyó.

Zain permaneció en silencio durante al menos un minuto.

Luego respondió: "Tengo un problema con esa definición. Y creo que te estás metiendo en mi campo. Estás analizando una cuestión metafísica en términos lineales. Se puede intentar analizar cuestiones metafísicas bajo parámetros físicos, pero también hay que dejar un espacio para abstraerse de parámetros que aplican únicamente a la física".

Félix le respondió: "Me lo vas a tener que explicar como si tuviera cinco años".

Zain entonces le dijo: "Ok, veamos. Cuando uno siente amistad y antes no la sentía, podemos decir que ha aparecido algo que antes no estaba. Ese algo es una abstracción, no sabemos qué es. Pero es absolutamente real, condiciona nuestro comportamiento y es absolutamente distintivo y reconocible".

Félix retrucó: "¿No se puede explicar químicamente desde el cerebro?".

Y Zain continuó: "No. La respuesta química es posterior. Algo la genera. Y nadie sabe con exactitud cómo funciona. Uno come chocolate y recibe un estímulo químico positivo porque le gusta, sin embargo, a una persona puede no gustarle y recibe uno negativo. Nadie sabe con exactitud cómo actúa la respuesta, pero sabemos que es una respuesta".

"¿Entonces la amistad es una energía?", preguntó Félix.

Zain prosiguió explicando: "De acuerdo a la primera ley de la termodinámica, la energía no se puede crear ni destruir, únicamente transformar, con lo cual no lo llamemos energía. Es algo, es una entidad, que antes no existía y ahora existe. Cabe la posibilidad de que se haya transformado, pero no es tan relevante. Es algo que apareció y nadie lo puede negar".

Félix asintió y Zain continuó: "Y este algo atraviesa a dos personas. Es un puente que existe entre ellas y no obedece a parámetros o leyes conocidas. Existe y no requiere que se la alimente. Por ejemplo, si uno de tus amigos de la primaria apareciera ahora y te pidiera un favor, ¿lo harías?, ¿lo tratarías como a un extraño?".

"Entiendo el punto. Si es alguno de aquellos que fueron mis amigos, le haría el favor sin dudas", respondió Félix, y agregó: "Entonces es algo que apareció, cuyas causas y características desconocemos, pero sabemos con certeza que apareció, porque es absolutamente reconocible y condiciona nuestro comportamiento. Y además no es analizable bajo parámetros físicos. No necesariamente puede requerir alimentación. Tiene la cualidad de poder ser eterno sin intervención externa alguna".

Zain asintió y dijo: "Eso. Eso creo que ya somos".

29

León

Félix no estaba acostumbrado a este tipo de visitas, por lo que no sabía exactamente cómo comportarse. Ingresó al departamento de Rosita sobre la calle Olleros, y fue recibido por ella y su esposo Fabián.

Ubicado en una hermosa zona de Belgrano, reflejaba la vitalidad de una familia en crecimiento en un espacio encantador pero compacto. Constaba de un living, dos habitaciones y dos baños. Originalmente, el espacio se sentía amplio, pero con el tiempo, a medida que la familia se expandió y sus necesidades evolucionaron, comenzó a sentirse más pequeño.

El living, que en el pasado había sido un lugar de descanso, se transformó en un centro de actividad multifuncional. Estaba repleto de planos, fotos y muestras de materiales, ya que ambos padres trabajaban desde la mesa principal.

Los sonidos y las vistas de la infancia llenaban cada rincón: León, se pasaba horas escribiendo, diagramando y leyendo, mientras que Tobías, el menor de la casa, intentaba imitar cada actividad de su hermano mayor.

Juguetes, cuadernos, libros, pizarrones y construcciones esparcidos por todo el departamento eran testimonio de la energía y creatividad de los niños.

"Traje helado", dijo Félix alcanzando la bolsa a Rosita.

Fabián, que había sido recientemente operado de cataratas por Ramiro, debía en teoría hacer reposo, pero no conocía el significado de esa palabra.

Trabajaba 20 horas por día desde que tenía memoria.

Se levantó para saludar a Félix y con una intriga y curiosidad suprema le preguntó: "¿Son ciertos los rumores?".

Félix, que por momentos temió que se estuviera refiriendo a las actividades nocturnas de su doctor, le dijo: "Ante la duda, no, no son ciertos. Pero si me das más detalles, quizá te pueda ayudar mejor".

Fabián sonrió y le volvió a preguntar: "¿Es cierto que inventaste la Crema Roth?".

Félix suspiró aliviado y respondió: "Es cierto, la inventé yo. Y traje Crema Roth porque además es mi gusto favorito".

Fabián lo abrazó como a un ídolo futbolístico. "Es nuestro favorito también, no podemos parar de comerlo", le confesó.

"¿Inventaste un gusto de helado?", preguntó entonces León con una admiración extrema y la mirada estupefacta, como si estuviese en presencia del inventor de la vacuna contra la polio.

"Mi más grande creación", respondió Félix.

La familia completa se acomodó en los sillones del living y Rosita y Fabián observaron la interacción entre León y Félix, un momento especial lleno de complicidad y entendimiento mutuo.

La familiaridad entre ellos era asombrosa, compartiendo gestos y movimientos tan sincronizados que parecían reflejos el uno del otro.

León, con un entusiasmo palpable, desplegaba mapas ante Félix, señalando países y capitales con la punta de su dedo.

Félix, por su parte, no solo seguía el ritmo, sino que añadía detalles sorprendentes, como las calles principales de ciudades donde nunca había estado, cifras exactas de poblaciones y los nombres de los vicepresidentes de esos países.

Su conocimiento era impresionante y su forma de expresarlo, fluida y segura.

La mirada de León, transparente y reveladora, comunicaba algo profundo. Por primera vez, sentía que estaba frente a alguien que verdaderamente lo entendía, alguien que resonaba con su curiosidad y su pasión por el conocimiento.

"Me dijo tu mamá que sos fanático de Zain Lestari", le dijo Félix.

León salió corriendo para meterse en su habitación y volvió con 3 libros, los cuales apilados eran de mayor tamaño que su cabeza.

"Estos son los últimos 3", dijo León. "El resto también los tengo, pero son muy pesados para traer", completó.

"Estos dos los tengo, pero este todavía no", dijo Félix curioso por la velocidad con la cual Zain publicaba.

"Salió la semana pasada", dijo León.

Félix contó que, si bien él también era fanático de su trabajo, le costaba entenderlo porque sus libros eran esencialmente un 10% de texto, un 90% de ecuaciones y fórmulas.

León volvió a salir corriendo para su habitación, y trajo el primer libro de Zain. "Eso está explicado acá, en el primer libro que publicó".

Le alcanzó el libro a Félix, abierto en determinada página, como para que Félix pudiera leer lo que León le estaba indicando.

"El que alega, prueba", leyó Félix en voz alta.

"Claro, eso es lo que hace. Cada libro tiene una o dos propuestas, que es la parte de texto, y el resto es el sustento matemático de aquello que propone", explicó León.

"¿Y vos entendés las ecuaciones y todo eso?", preguntó Félix intrigado.

"Si, perfectamente", respondió León.

"¿Nos podés explicar de qué se trata el último libro?", intervino Rosita.

"Todos los libros son más o menos de lo mismo. Existen infinitas versiones de cada universo, y todas corren en paralelo.

Constantemente y por razones que falta determinar, elementos o personas cruzan de un universo a otro.

Muchas veces los universos son tan similares que nadie nota el cruce, ni siquiera la persona que cruzó. Pero a veces las personas cruzan incompletas.

Hay elementos metafísicos, cuya comprensión todavía nos excede, que están presentes en un universo y no en otro.

Ese tipo de disrupciones son las que estudia Zain", explicó León de la manera más sencilla que pudo.

Rosita se levantó, incrédula y fue a la cocina a calentar agua para el café.

"Eso es ciencia ficción", sentenció.

Y León, enojadísimo, le respondió "El tipo se mata con 500 páginas de ecuaciones en cada libro para que vos le digas ficción, ¡lee sus comprobaciones, mamá!".

"¿Querés que te consiga un libro firmado?", le dijo Félix a León como para bajar las tensiones.

"¿Conocés a Zain Lestari?", preguntó León al borde del colapso nervioso.

"A decir verdad, el tipo es fanático mío. Come un kilo de Crema Roth por día. Y, bueno, entre creadores nos entendemos, ya sea que uno haya inventado el mejor gusto de helado del mundo, o una teoría que podría llegar a moldear nuestro entendimiento del universo por los próximos 100 años, somos prácticamente iguales", respondió Félix.

30

La Muerte

Bambi y Félix terminaron el programa de cuatro años con honores. La beca de Félix fue extendida para lo que fuera que tuviera ganas de hacer a continuación, y entre los dos decidieron quedarse en Montclair por, al menos, tres años más.

Bambi se anotó en un MBA que hacía foco en administración de museos y gestión cultural, lo que de alguna forma la acercaba a su sueño de transformarse en curadora. Félix, por su parte, se anotó en la escuela de leyes para transformarse en JD (Juris Doctor).

Se mudaron juntos a un pequeño departamento sobre Broadway, lo cual significó un hito de extrema importancia para la pareja, y comenzaron a diagramar juntos lo que serían sus vidas adultas.

Este modesto departamento en el *Upper West Side* no era precisamente el más atractivo visualmente: las paredes mostraban capas de pintura descascarada y el parquet crujía con cada paso, testimonio de décadas de historia y de inquilinos previos. Sin embargo, para ellos, este lugar tenía su encanto.

Estaba situado en un edificio antiguo, de esos que aún conservan la esencia de una Nueva York de otra época.

Las cornisas del exterior estaban adornadas con detalles que, aunque erosionados por el tiempo, sugerían una grandeza pasada. Adentro, la distribución era simple: una pequeña cocina que se abría a un salón aún más pequeño, una habitación que apenas contenía una cama de dos plazas y un armario con la ropa de ambos, estando lógicamente la de Félix ordenada de acuerdo con su gama tonal.

Pero lo que más los emocionó a ambos fue tener un baño privado.

La ducha, aunque dejaba mucho que desear en términos de presión del agua—un delgado hilo más que un vigoroso chorro—, era un lujo inesperado.

Habían vivido situaciones donde compartir baño con otros estudiantes convertía cada ducha en una incómoda lotería de horarios y privacidad. Así que, este pequeño baño privado, a pesar de sus fallas, representaba un tremendo *upgrade* para ellos.

La ubicación del departamento era insuperable. Vivir sobre Broadway significaba estar en el corazón del bullicio urbano.

Cada mañana, al salir del edificio, eran recibidos por una marea de gente apresurándose hacia sus destinos, cafeterías que exudaban el aroma del café recién hecho y tiendas que comenzaban a levantar sus persianas.

El parque más cercano estaba solo a unos minutos a pie, un retiro verde que ofrecía un respiro del constante zumbido de la ciudad.

Para Bambi y Félix, este departamento era más que una simple vivienda; era un nuevo capítulo en sus vidas.

Las noches las pasaban compartiendo pequeñas cenas en su ajustada cocina, hablando de proyectos y sueños, o simplemente disfrutando de la compañía del otro.

El ruido de la ciudad, que nunca cesaba, se convertía en un ruido blanco que, de alguna manera, les era reconfortante.

A pesar de sus imperfecciones, este departamento en el Upper West Side era perfecto para ellos en ese momento de sus vidas. Representaba su independencia, sus luchas compartidas y sus pequeñas victorias diarias.

Tenían además su propio teléfono, lo cual no era poco.

En general, lo usaban ambos para hablar con sus respectivos padres, Bambi para hablar horas con sus amigas, y Félix para hablar aún más horas con Zain, cuando hacía demasiado frío como para caminar las tres cuadras que los separaban.

Cuando el teléfono sonó semanas después, alrededor de las 12 del mediodía, Félix sintió un pequeño escalofrío recorrer su cuerpo, el presagio inquietante de una mala noticia.

Al otro lado de la línea estaba Gerardo Levy, con un tono de voz que anticipaba la gravedad de lo que estaba por decir.

"Es sobre Cacho y Ema", comenzó Gerardo con pesar, y las palabras siguientes cayeron como un martillazo sobre Félix: ambos habían fallecido debido a una intoxicación por monóxido de carbono en su casa en General Belvedere.

El impacto de la noticia fue devastador. Félix, incapaz de articular palabra alguna, se quedó mudo, la palidez cubrió su rostro, mientras el shock lo sumergía en un estado de incredulidad.

En un acto reflejo, soltó el teléfono, que golpeó sordamente contra el suelo, y se dejó caer en el sillón del living, sumido en un estado casi catatónico.

Bambi, alarmada por la reacción de Félix y el sonido del teléfono golpeando el piso, corrió hacia él. Al verlo en tal estado, su preocupación creció exponencialmente.

Rápidamente recogió el teléfono y escuchó a Gerardo, quien le repetía la trágica noticia y le explicaba lo que había sucedido. Gerardo, conocido por su eficiencia y su calma en situaciones de crisis, ya estaba manejando los detalles prácticos.

Había contactado una agencia de viajes local, situada a tan solo dos cuadras de su departamento, y había asegurado pasajes para ambos esa misma noche, para que pudieran viajar a Buenos Aires cuanto antes.

Bambi, aunque profundamente afectada por la noticia, sabía que necesitaban actuar rápidamente. Ayudó a Félix a levantarse del sillón y comenzaron juntos los preparativos para el viaje inesperado.

Entre lágrimas y sollozos, hicieron maletas ligeras, tomaron documentos importantes y se abrazaron fuerte, buscando consuelo mutuo en ese doloroso momento.

La eficiencia de Gerardo al organizar tan rápidamente los aspectos logísticos de su viaje era un pequeño consuelo, pero la realidad de lo que enfrentarían al llegar era abrumadora.

Juntos, Bambi y Félix se encaminaron hacia la agencia de viajes, un paso a la vez, unidos en el duelo, pero también en la necesidad de enfrentar lo que venía. La tragedia los había golpeado sin aviso, y ahora, más que nunca, necesitaban estar el uno para el otro.

Los pasajes que había procurado Gerardo eran en primera clase, lo cual hizo del eterno viaje una tortura agradable y al llegar ambos a Buenos Aires, estaba él en persona para recibirlos.

Les dio un fuerte abrazo y le dijo a Félix: "Vos no te tenés que preocupar absolutamente por nada, cualquier cosa que se te cruce por la cabeza, me la pedís a mí ".

En el estacionamiento de Ezeiza, a los tres los estaba esperando un Veloxia G100, el más grande y suntuoso de toda la gama, con un chofer.

Los llevó hasta el hotel Emerald Estate, sin dudas el más lujoso de Buenos Aires y los tres bajaron allí.

"Chicos, descansen lo que puedan. Mañana es el velatorio y después Tablada". El auto se queda con ustedes.

"Vení, Jorge", le dijo Gerardo al chofer. "Estos chicos son una extensión de mi persona. A donde te pidan, los llevás. Lo que te pidan, les conseguís".

Jorge asintió y ayudó a bajar las valijas del baúl.

Gerardo llamó sutilmente a Félix, y le puso unos cuantos billetes en el bolsillo de la camisa. Notablemente conmovido y con lágrimas en los ojos le dijo: "Tus viejos para mí eran mis hermanos, y vos para mí sos mi sobrino".

Félix pensó por un momento hacer un chiste respecto de sus padres justamente, no eran hermanos entre sí, pero lógicamente no lo hizo. En su lugar permaneció callado meditando respecto de cómo la mente humana puede llevarte a los lugares más insólitos en los peores momentos.

Ya estaba un poco mejor anímicamente y aunque totalmente demolido, funcional.

La habitación era una exageración de lujo, y ambos pensaron que era realmente una lástima estar viviendo esa situación en un contexto tan poco feliz.

Al día siguiente, Félix se reencontró con un mundo de gente que se había hecho presente para despedir a sus padres.

Saludaron a todos muy educadamente y se sintieron reconfortados por la convocatoria.

"Vos sos Ramiro, ¿no?", le dijo Félix a Ramiro Chab.

"¡Hola, Félix! Tanto tiempo! No podía no estar acá, vine con mi tío. A mi viejo lo perdimos hace unos años así que creeme que sé por lo que estás pasando", respondió Ramiro.

Luego, Ramiro miró a Bambi y se presentó: "Dr. Ramiro Chab, encantado".

Ramiro los agarró a ambos de las manos y finalmente les dijo: "Es difícil de asimilar, pero tienen que pensar en el futuro, que son ustedes. Por suerte están muy bien acompañados".

Félix comenzó a mirar con detenimiento respecto de quienes estaban ahí presentes, puesto que el tío de Ramiro, no era otro que Eric Macher.

Y allí estaba, apartado en una esquina y conversando de forma descontracturada con Don Whitney.

Félix se acercó para saludar a ambos.

Eric lo abrazó con una fuerza que pocas veces había sentido, y le dijo inmediatamente: "Lamento las circunstancias, pero veo también que tu éxito es abrumador", buscando a Bambi con la mirada.

"No me puedo quejar", respondió Félix con una incipiente sonrisa.

Don Whitney le dio la mano y luego dijo: "Vengo siguiendo tus pasos, Félix. Estás haciendo historia en Montclair y creo que un JD es ideal para vos".

"Muchas gracias", respondió Félix con algo de timidez.

Y terminado el día de ceremonias, Bambi y Félix volvieron al auto que los estaba esperando, en el cual Gerardo le daba más indicaciones al chofer.

Gerardo le dijo a Félix: "En el hotel se pueden quedar todo el tiempo que quieran, se pueden quedar a vivir si quieren. También le indiqué a Jorge que, si ustedes lo desean, los lleve a la casa de Belvedere y los espere ahí todo el tiempo que sea necesario".

Luego de dos días en el hotel y de pequeñas caminatas y reconexiones con la ciudad, Félix sintió la necesidad de visitar la casa en la cual sus padres habían decidido retirarse.

Las seis horas de viaje pasaron volando, y de golpe ahí estaban.

Al llegar a la casa en General Belvedere, Bambi y Félix sintieron una mezcla de nostalgia y tristeza. La vivienda, situada en un amplio terreno rodeado de varias hectáreas de verde, parecía un refugio pacífico y remoto, muy lejos del bullicio de la ciudad.

Al abrir la puerta, se encontraron con una casa que parecía haberse detenido en el tiempo, cada objeto y mueble en su lugar, como si sus dueños solo hubieran salido por un momento y pudieran regresar en cualquier instante.

Los muebles, traídos de su antiguo hogar, conservaban el aura familiar y calidez de Cacho y Ema. Había cajas de objetos viejos y recuerdos aún sin desembalar, evidencia de una vida rica en historia, pero interrumpida abruptamente antes de que todo pudiera encontrar su lugar.

La estufa responsable de la tragedia estaba tapada con una frazada y con un cartel de "No Prender" en la habitación principal.

La casa era espaciosa, con habitaciones que se extendían generosamente, cada una contando una historia a través de fotografías, libros y decoraciones personales.

El aire estaba impregnado de un silencio profundo, sólo roto ocasionalmente por el murmullo del viento que se colaba por las ventanas abiertas.

Fuera, el terreno extendía su verdor hasta donde alcanzaba la vista, con árboles maduros que ofrecían sombra y un paisaje que invitaba a la reflexión y la calma.

A lo lejos, el pequeño pueblo de General Belvedere ofrecía sus modestas comodidades: una posada para los turistas que visitaban la laguna de agua cristalina, y en la que permanecería Jorge hasta tanto la pareja deseara volver, una proveeduría bien surtida que atendía las necesidades básicas y un ambiente rural limpio y orgulloso.

En los días siguientes, mientras Bambi y Félix comenzaban a ordenar la casa y decidir qué hacer con las pertenencias de Cacho y Ema, se encontraron inmersos en la comunidad del pueblo.

Los lugareños, aunque reservados al principio, pronto mostraron su calidez y respeto por la pareja, compartiendo anécdotas de Cacho y Ema y ofreciendo su ayuda en este difícil momento.

La proveeduría local era manejada por Rogelio Torres Castillo, y fue él quien había sido una de las personas más cercanas a Cacho y Ema en aquel último tiempo.

Félix y Bambi estaban gratamente sorprendidos de la cantidad de cosas que allí se vendían, a pesar de la apariencia modesta del local, y de lo inhóspito del pueblo.

Los Torres Castillo ni siquiera sabían desde hacía cuánto su familia era dueña de aquel establecimiento.

Rogelio sabía que lo había heredado de sus padres, y recordaba a sus abuelos también operándolo. Lo mismo decían sus padres y abuelos.

Ellos dicen que antes de los humanos. "El mono que vendía las frutas de aquel árbol era familiar nuestro. Y evolucionó hasta nosotros".

De hecho, a modo de broma, tenían adentro del local una foto enmarcada de un hombre de las cavernas, que decía: "Zorkh Torres Castillo, fundador".

Félix y Bambi revisaron la casa en busca de recuerdos, y encontraron un montón de cosas de la infancia de Félix.

Encontraron una caja vieja con un montón de fotos, entre las cuales había una que a Félix le llamó mucho la atención. Era una foto en la casona de Levy, en la que estaban Gerardo Levy, Cacho, y Pablo, el fotógrafo.

"Este sí que es un trío particular", pensó. Y acto seguido reflexionó: "Claro, este Pablo le cagó guita a mi viejo en el casino, de ahí venía toda esa vieja pelea".

Se fueron a dormir habiendo pasado un día extremadamente raro. Cuando estaban en la cama, Bambi preguntó a Félix si él la seguiría queriendo en caso de ser un gusano.

Félix había escuchado alguna vez que ese tipo de pregunta era habitual en las mujeres, y que muchos hombres no sabían qué responder.

Félix respondió de forma categórica: "Nuestra unión es de almas, no de cuerpos. Los cuerpos son anecdóticos, finitos, irrelevantes. Las almas son perfectas, eternas y las nuestras están unidas para siempre".

Bambi sonrió y repreguntó: "Pero ¿cómo sabés?".

Félix siguió hablando con la misma contundencia: "Es simplemente obvio. Es similar a lo que te pasa a vos con Reese y Bisquit. Las almas de tus perros y la tuya se entrelazaron, ellos siguen con vos. Los cuerpos quizás no están, pero las almas siguen juntas".

Bambi se llevó la mano al collar y respondió: "¿Vos estás seguro?".

Félix finalizó con: "De nada estoy más seguro en el mundo, puedo llegar a cuestionar absolutamente todo, pero de esto, estoy absolutamente 100% seguro".

Al día siguiente siguieron revolviendo recuerdos por un rato largo. Mientras Félix focalizaba en los juguetes y viejas posesiones de su infancia, Bambi estaba fascinada por los recuerdos más antiguos. Félix contemplaba varias cajas de aparatos oftalmológicos que evidentemente nunca había llegado a reparar, mientras recordaba aquellos tiempos.

Pero en determinado momento y con una alteración absolutamente notoria, Bambi irrumpió llorando, desesperada, al borde de un ataque de pánico. Félix nunca la había escuchado llorar así.

"La foto", dijo ella, y le mostró la vieja foto que se había sacado Félix aquel día con el uniforme del jardín, en su respectivo marco de cartón con el logo de "Foto-Pablo Retratos", y los negativos guardados en una solapa.

"¡Ah, mirá qué simpática!", dijo Félix sin notar en ella ninguna particularidad.

Bambi nuevamente rompió en llanto como si la foto tuviera algún tipo de poder sobre ella. "Es hermosa, no puedo describir lo que es", decía entre llanto y llanto.

"Es poderosa, es familiar, es un universo en las cuatro miradas", seguía balbuceando apenas inteligible.

Félix se llevó la foto y la puso de vuelta en el armario. Volvió con un té recién hecho y una vez que la notó más calmada, le dijo: "Esa foto nos la sacó el viejo más hijo de puta del barrio", Bambi comenzó a transicionar levemente del llanto a la risa.

"La sesión fue un desastre, el viejo me gritó, y casi se va a las manos con Cacho. Además, el viejo choto le debía guita a mi papá del casino", continuó

Félix mientras Bambi ya rozaba la carcajada.

"Mirá, te lo muestro, es este", dijo Félix mientras agarraba la foto en la que estaban Cacho, Pablo y Levy.

"¿Esta no te hace llorar?" Preguntó Félix. "Ni un poco", respondió Bambi. Ambos rieron y siguieron revolviendo los cajones.

En determinado momento encontraron un libro envuelto para regalo. Como no decía para quién era procedieron a abrirlo, pensando que, si en algún momento se hacía evidente, podrían volver a envolverlo y entregarlo.

El libro era una edición española extremadamente rara. Una cosa como esta únicamente Levy se la habría podido conseguir a Cacho en algún viaje, o mediante uno de esos conocidos que le conseguían rarezas.

Era un libro que trataba sobre conquistadores que no habían pasado a la historia.

Ninguno de ellos entendía bien qué era exactamente lo que estaban leyendo. Hasta que notaron un señalador en una parte específica, casi al final.

Era un apartado dedicado al "Coronel Sixto Augusto de las Mercedes Belvedere Ortiz". Ambos se miraron a los ojos como no pudiendo creer lo que tenían entre manos.

Bambi empezó a leer, pero entre su acento de gringa y que tenía ganas de hacer un acento español, desistió al poco tiempo de empezar y se lo pasó a Félix, que comenzó a leer en voz alta y con acento español tal cual Bambi había intentado hacer.

"En los albores de tiempos ya olvidados, cuando esta tierra aún se forjaba en el yunque de la historia, vivió un hombre de valor inquebrantable, el Coronel Sixto Augusto de las Mercedes Belvedere Ortiz.

A este varón ilustre, por sus innumerables servicios y hazañas en los campos de batalla, el gobierno le concedió a modo de gratitud un extenso territorio, un erial que a ojos de muchos parecía más un castigo que una recompensa. No obstante, armado de inquebrantable voluntad y acompañado por seis de sus fieles soldados, tan aguerridos como hambrientos, se dispuso a transformar aquella vastedad en su hogar.

Llegaron al lugar señalado por los mapas y lo encontraron tal como lo describían: un paraje olvidado por Dios y los hombres, un vasto lienzo esperando ser pintado. Sin embargo, el destino les ofreció tres dones: un camino que prometía ser la vía de toda conexión futura, una hermosa laguna cuyas aguas murmuraban promesas de vida y campos de tierra fértil, presta para ser cultivada. ¿Qué más podían pedir aquellos hombres forjados en la adversidad?

Con manos callosas y espíritus indomables, se dieron a la tarea de construir las primeras casas con los materiales que la generosa tierra les ofrecía. Así nacieron los cimientos de lo que sería el pueblo de General Belvedere, puesto que el Coronel con la autoridad investida en él por nadie, había decidido de forma unilateral escalar de rango.

La hospitalidad se convirtió en su estandarte: servían a viajantes y acogían a nuevos pobladores que, atraídos por las historias de un nuevo asentamiento, llegaban con sueños de prosperidad.

Con el pasar de los años, el General Belvedere no sólo fue fundador de aquel enclave, sino que también se convirtió en su primer alcalde, cargo que desempeñó con la misma determinación y liderazgo que mostró en batallas pasadas.

Entre sus leales compañeros de armas, se destacó Eustaquio Manuel Torres Castillo, uno de sus seis soldados originarios, quien fundó la primera proveeduría del lugar. Dicha proveeduría, según cuentan las leyendas que aún susurran los viejos del lugar, sigue en manos de sus descendientes, quienes la administran con el mismo celo y dedicación de su antecesor.

El General Belvedere murió como vivió, sirviendo a la comunidad que él mismo ayudó a fundar, y su legado pervive en cada piedra y en cada rincón de aquel pueblo que, contra todo pronóstico, dicen, que todavía existe".

"¡Se lo quería regalar a Rogelio!", dijo Félix con emoción. "Resolvió el misterio de qué tan vieja es la proveeduría".

A Bambi no le gustaba mucho la idea de entregarle el regalo. "Vos viste lo que ellos aprecian ser tan antiguos. Además, ¿qué van a hacer con la foto de Zorkh?", se preguntaba.

Debatieron y concluyeron que era mucho mejor que perdurara el misterio que la certeza. Guardaron el libro en el armario, y no volvieron a hablar de él.

Esa noche, Félix abrió los ojos y Bambi no estaba.

Giró sobre su eje en la cama, y ahí la vio. Al pie del armario, con apenas una luz encendida, llorando cataratas con la foto de Foto Pablo Retratos en la mano, pero intentando no hacer ruido.

Félix prefirió no molestarla y volvió a dormir.

31

Pánico

Félix ingresó en su taller con el objetivo de reparar unos cuantos electrodomésticos que debía entregar a Facu el viernes siguiente.

Se hizo un café, ordenó sus herramientas y sacó de una caja un radiograbador bastante maltrecho que se propuso restaurar.

Pero sin comprender del todo por qué, sus manos comenzaron a traicionarlo: temblaban descontroladamente y se negaban a obedecer sus instrucciones.

En cuestión de segundos, una ola de síntomas físicos lo abrumó: empezó a sudar profusamente, su corazón latía desbocado, y respirar se convirtió en una tarea hercúlea, sintiendo que apenas podía llenar sus pulmones a un cuarto de su capacidad.

El dolor en su pecho se intensificó hasta parecer insostenible, culminando en un momento en que Félix se desplomó en el suelo del taller.

En medio de este torbellino de sensaciones, una chispa de claridad mental iluminó su entendimiento. A pesar del caos que lo rodeaba, pudo distanciarse brevemente de su experiencia inmediata para dialogar consigo mismo.

Con voz interna firme y tranquila, se recordó a sí mismo: "Félix, estás teniendo un ataque de pánico. Es uno fuerte. Pero no es la primera vez que te sucede". Esta realización fue el punto de inflexión.

A partir de ese momento, aunque los síntomas físicos seguían presentes, comenzaron a disminuir gradualmente en intensidad.

Félix permaneció en el suelo del taller, respirando hondo y pausadamente, esforzándose por calmar su mente y su cuerpo. Este período de recuperación duró aproximadamente media hora, tras la cual se sintió lo suficientemente compuesto como para levantarse.

Con el fin de facilitar su completa recuperación, decidió salir del entorno confinado del taller para caminar un poco.

El aire fresco de la calle y el cambio de ambiente jugaron un papel crucial en su recuperación, devolviéndole la lucidez y permitiéndole retomar su rutina con una nueva perspectiva sobre la importancia de gestionar su ansiedad y reconocer las señales de su cuerpo.

Pero cuando llegó a su casa, llamó por teléfono a Mario con la intención de comentarle lo que le había sucedido.

"Tuve tremendo ataque de pánico, me duró como media hora", le comentó.

"Bueno, en primer lugar, te felicito por haberlo identificado y haber tenido la lucidez y las herramientas para poder calmarte. Pero intentemos llegar al fondo del asunto, esto si mal no recuerdo no es la primera vez que te sucede, ¿verdad?", respondió Mario con un tono amigable pero profesional.

Félix comenzó a ser inundado por recuerdos, y pudo casi ver su proyección astral en tercera persona en la casa de Vaduz, planificando lo que sería su retorno a Buenos Aires.

Se puso a hacer cuentas mentalmente y pudo concluir con velocidad que hacía exactamente seis años de aquel momento.

"Mario, te llamo en breve que tengo que resolver unas cuestiones acá", le dijo, y al mismo tiempo comprendió que su cuerpo estaba de alguna manera llevando la cuenta que su conciencia había abandonado.

La vez pasada el ataque había sucedido en el año cinco de diez, cuando comenzó a notar la cuenta regresiva, y que estaba más cerca del final que del comienzo.

Esta vez, evidentemente su vida en Buenos Aires era tan gratificante que el tiempo había volado, e incluso había pasado un año más escabulléndose entre las alertas que su inconsciente le preparaba en estos casos.

Volvió a ponerse su abrigo y caminó hasta el taller, en el que el pobre grabador seguía en el escritorio sin que nadie lo reparara.

Era momento de escritura y diagramas, una vez más.

Sacó del cajón la caja de JJ-Evans. Quedaban unas 10 lapiceras que todavía funcionaban. En una hoja comenzó a planificar lo que le quedaba de futuro.

Félix había encontrado un equilibrio delicado en su vida después de regresar de Europa. Lejos de la vorágine social y profesional que una vez lo había consumido, ahora valoraba la quietud y la soledad selectiva, interrumpida únicamente por interacciones que consideraba valiosas y enriquecedoras.

Estas nuevas amistades y rutinas le ofrecían un sentido de utilidad y felicidad que antes le era esquivo, abriendo ante él un mundo aún por descubrir.

Sin embargo, la cuestión del sustento económico seguía pendiente. Félix se encontraba en una encrucijada vital: la necesidad de ganar dinero estaba en pugna con su recién hallada paz interior.

Cada vez que consideraba volver a las estructuras laborales convencionales, las proyecciones mentales que construía terminaban en visiones de infelicidad.

Su experiencia previa lo había marcado profundamente; había conocido la extrema infelicidad que puede acompañar el intercambio de tiempo por dinero, y estaba decidido a no repetir esos errores.

Consciente de que deseaba más tiempo para sí mismo y para explorar las posibilidades que la vida todavía tenía reservadas para él, Félix contemplaba ahora la posibilidad de adoptar una vida de austeridad extrema.

Esta decisión no era trivial, especialmente considerando que no estaba seguro de que un estilo de vida tan desapegado fuera compatible con la vida en Buenos Aires, una ciudad conocida por su costo de vida relativamente elevado.

Félix se enfrentaba a la disyuntiva de mantener su integridad personal y su felicidad a costa de un confort material quizás más reducido.

El desafío consistía en encontrar un camino que le permitiera vivir auténticamente, priorizando su bienestar emocional y mental sobre las conveniencias materiales.

En medio de todas estas consideraciones, apoyó la cabeza sobre sus brazos haciendo las veces de almohada en su escritorio, y se quedó profundamente dormido.

En el insondable reino de Morfeo, Félix retornó a la inocencia de su infancia, deambulando por un prado etéreo, tomado de las manos de sus padres.

El paisaje, inundado de una luz dorada y suave, se metamorfoseó súbitamente en un pequeño bote que se mecía delicadamente sobre las aguas cristalinas de una laguna.

Pero el sueño, caprichoso y voluble, lo trasladó sin previo aviso al centro de un campo solitario donde el cambio de escenario despertó un sentimiento de inquietud. Allí, Bambi lloraba desconsoladamente frente a un árbol.

Pero en un giro aún más abrupto y desconcertante, Félix se encontró frente al Yunque Cataldi, y la interacción culminó en un manotazo, una bofetada que resonó con el sonido de lo inevitable, sacudiendo a Félix de su viaje onírico y arrojándolo de vuelta a la vigilia con el corazón palpitante y el cuerpo sacudido por la agitación.

Era la mitad de la noche, pero Félix sabía cuáles debían ser sus próximos pasos.

Se entregaría a una vida de máxima austeridad. Intentaría descubrir las partes de sí mismo que aún desconocía. Para esto, se daría un plazo de 20 años, y un salario mensual cercano a los 400 dólares.

En Buenos Aires ese dinero no alcanzaba ni para pagar el alquiler de su actual departamento, y no tenía el más mínimo interés de mudarse a barrios más humildes o alejados.

Su felicidad en Buenos Aires estaba circunscripta a su estilo de vida, y debería hacerse de uno nuevo compatible con sus recursos escasos.

Estaba decidido. La etapa de Buenos Aires estaba terminada, y así como lo hubiesen hecho sus padres, se mudaría de forma inminente a la casa de General Belvedere, que todavía poseía, aunque probablemente en estado de total abandono.

Se despidió de todos sus contactos habituales, recibiendo promesas de visitas, las cuales incluso algunas se materializarían. Llamó al flete que le traía las cosas para reparar, y lo contrató para el desplazamiento.

Se llevó todo lo que tenía en su taller, y lo dejó vacío y cerrado con el mismo cartel de "Peligro. Fumigación".

Le envió la llave por correo a Rosita, con una nota que decía; "Les dejo un espacio para que usen como mejor les parezca. Lo de la fumigación, es mentira. Félix".

32

Y La Muerte, Otra Vez

Dos años después de haberse mudado al departamento de Broadway, Félix le propuso matrimonio a Bambi. Las alianzas las había comprado en una joyería del Downtown, y le habían costado la suma exorbitante de dos mil dólares, que Félix había encontrado en el bolsillo de una camisa de Cacho, mientras revisaba sus cosas en la casa de Belvedere.

Sabía que sus padres guardaban ahorros en bolsillos de prendas en los placares, y dentro de lo traumático de la situación, encontrarlos fue una grata sorpresa, precisamente porque sabía que lo que fuera que pudiera encontrar de efectivo, iría directamente a los anillos.

La propuesta fue realizada en el Madison Square Garden, luego del recital de dos de las bandas favoritas de Bambi: Arcane Frecuency y Electric Nomads.

Durante sus años en Nueva York, Bambi y Félix fueron cientos de veces a tal santuario del rock. Bambi conservaba todos los tickets a modo de recuerdo, y a veces se ponían a mirarlos y recordar los shows. Habían visto a Phantom Tonic, Steel Whisky, Tempest Riders, Lunar Haze e incluso una vez a Inferno Sapphire con Dante Marrow de invitado.

Félix se puso de rodillas en las escalinatas y ante la locura y emoción de los ocasionales testigos, pidió a Bambi que se casara con él. La respuesta afirmativa fue inmediata y casi el estadio completo festejó de la emoción.

Si bien ambos usaban regularmente los anillos, todavía no habían decidido una fecha. Hicieron una recepción por el compromiso en un salón prestado por la Universidad al cual concurrieron todos sus conocidos de la zona y muchos familiares de Bambi.

Cuando les preguntaban por la fecha, simplemente decían: "Luego de nuestra graduación", que ocurriría unos meses más tarde.

La elección de las alianzas no fue sencilla para Félix. Nunca había gastado un número ni siquiera cercano en ninguna otra cosa. Por lo tanto, quería estar seguro de estar comprando lo mejor. Semanas antes de efectuar la compra, comenzó a estudiar en detalle el mundo del oro, y particularmente del oro aplicado a las joyas, los brillantes, los distintos colores y procesos.

Al momento de concurrir a la joyería, Félix sabía más que el joyero inexperto que lo atendió.

"Por favor, me gustaría ver de cerca aquellas alianzas de 24 kilates de Oro Ceniza", le dijo. Pero cuando le trajo los anillos, en una cercana examinación notó algo extraño.

"Este color no es Oro Ceniza sino Oro Cobalto", exclamó Félix ante la sorpresa del joven vendedor.

Inmediatamente después apareció desde atrás un hombre mayor, el cual relevó al joven vendedor, miró a Félix extendiéndole su mano y diciéndole: "Noah Navon, maestro joyero, es un gusto atender un cliente que claramente sabe de lo que habla, disculpe a mi empleado, es su primer día".

"Le voy a mostrar algo especial", le dijo a continuación, y sacó de un cajón una lujosa caja de madera, en la cual había siete pares de alianzas.

Félix miró sorprendido, encantado de presenciar aquel espectáculo.

"Se aprecian perfecto las siete gamas", exclamó.

Noah asintió, y luego expresó: "Las siete gamas del oro: Ceniza, Coral, Orquídea, Cobalto, Canela, Dragón y Crepúsculo".

Félix comenzó a examinarlas en detalle sin tocarlas. Nunca había podido apreciar los colores de una forma tan clara, únicamente en fotos o dibujos que confundían más de lo que aclaraban.

"Lo que usted hizo es sorprendente", dijo Noah. "Distinguir Oro Ceniza de Cobalto en una primera mirada es algo que hasta hace pocos segundos, únicamente yo me creía capaz de hacer".

"Es una compra importante, estuve estudiando mucho. Mire, me parece que me voy a llevar el par de...".

Y antes de que Félix pudiera completar la frase, fue interrumpido por Noah de manera que ambos dijeron exactamente a la vez: "Coral".

"Ahora yo estoy sorprendido", dijo Félix mientras Noah agarraba el par y lo preparaba para culminar la venta. "Usted no es un improvisado y yo tampoco. Si vino especialmente a esta joyería, es porque buscaba la asistencia de los que saben de verdad", dijo Noah mientras le alcanzaba su tarjeta personal y lo acompañaba a la caja para que pudiera realizar el pago.

El anillo en el dedo de Bambi quedaba de forma inmejorable, y en el de Félix lo dotaba de un orgullo que pocas veces había sentido antes.

Tres meses antes de la graduación ambos participaron en una feria laboral de la universidad. Bambi repartió muchos currículums con emoción, pero Félix únicamente entregó dos o tres. Para él, la inmersión al mundo laboral no era tan urgente. El único horizonte que veía luego de la graduación era su boda, y más allá de eso nada le importaba demasiado.

Una semana después, Bambi recibió una oferta laboral de Pinnacle Group, ubicado en Los Ángeles.

Bambi brotaba de emoción. No sólo por el trabajo, sino porque sentía que empezar una nueva vida en California significaría una emancipación mucho más concreta de sus padres, los cuales por primera vez en su vida no se encontrarían a un corto tren de distancia.

Félix no conocía Los Ángeles ni se imaginaba con qué podría encontrarse, pero cambiar por completo de aire no le molestaba en lo más mínimo.

Poco tiempo después fueron sus respectivas graduaciones, las cuales vivieron con suma emoción, pero al mismo tiempo con cierto sentido de urgencia. Devolverían el departamento de Broadway en 45 días, y se instalarían definitivamente en LA.

Quince días después de graduarse, Bambi y Félix viajaron a Los Ángeles.

Bambi debía comenzar con una serie de trámites burocráticos relacionados a su incorporación, pero además debían conseguirse un lugar para vivir. "A los ejecutivos les consiguen casa, pero a los que recién comenzamos solo nos dan unas semanas más para conseguir vivienda... es todo lo que nos dan", explicaba Bambi.

Al comenzar a buscar vivienda, pronto descubrieron los desafíos de la búsqueda en una ciudad tan vasta y variada. Día tras día, se encontraron explorando departamentos que distaban mucho de ser ideales: espacios horrendos, en condiciones lamentables, situados en barrios muy por debajo de lo aceptable en términos de seguridad y calidad de vida.

La búsqueda se convirtió en un desfile constante de opciones descartables, cada una más desalentadora que la anterior.

Se enfrentaron a la cruda realidad de que los lugares espaciosos y en buenas condiciones estaban fuera de su alcance económico, ubicados en áreas exclusivas donde el precio de cada metro cuadrado escalaba a cifras astronómicas.

Finalmente, tras frustrantes recorridos y deliberaciones exhaustivas, Bambi y Félix ajustaron sus expectativas y decidieron centrar su búsqueda en un área que equilibrara de alguna manera la calidad de vida y la accesibilidad financiera.

Santa Mónica, con su brisa marina y su ambiente relajado, les ofreció un respiro de los barrios menos acogedores que habían considerado inicialmente. En tanto y en cuando sacrificaran espacio, podrían pagar un lugar allí.

Bambi firmó el contrato, avalada por su nuevo empleador, por un departamento super pequeño en Santa Mónica, reconociendo que, aunque no era espacioso, su ubicación era inmejorable en comparación con las alternativas previas.

Volvieron a Nueva York por dos semanas para juntar en cajas todo lo que debían llevarse, y ordenar y reponer todo lo que pertenecía al dueño del lugar.

Cuatro días después, ya su casa era un universo de cajas.

A pesar de que creían que tenían pocas cosas, la capacidad de acumulación que habían sabido tener era realmente sorprendente.

Faltando tres días para la vuelta a Los Ángeles, Bambi se fue una mañana y volvió por la noche. Félix se quedó leyendo muy concentrado, con lo cual el día se le pasó volando y casi no había cambiado de posición cuando Bambi volvió.

Cuando ella abrió la puerta para ingresar, Félix le dijo: "¿Te cortaste el pelo?", y ante su negativa le dijo: "Estás muy distinta, algo te hiciste. No digo que te quede mal eh, pero por esa puerta salió una y entró otra".

Bambi no sonrió ni hizo comentario alguno al respecto.

"Félix, el sábado es el viaje a Los Ángeles", le dijo. Félix asintió.

"Y quiero ir sola", dijo después.

Félix no emitió palabra alguna.

Ante la incomodidad por el silencio, Bambi continuó diciendo una serie de cosas de las cuales Félix escuchó aproximadamente un 10%. Escuchó "Tiempo", "Etapa", "Confundida" y luego un ruido blanco sostenido.

Bambi se sacó el anillo, lo puso en la mano de Félix, y se fue.

Félix únicamente llegó a decirle "Esta no sos vos".

En la misma posición en la que estaba y en estado de shock, Félix procedió a reflexionar profundamente sobre qué era lo que había sucedido.

No salió del departamento por los siguientes dos días.

Requirió de un ejercicio de concentración que quizás únicamente él pudiera haber logrado, pero pudo revivir y documentar con lujo de detalle todo lo que había sucedido en los últimos 30 días, intentando buscar indicadores que pudieran dar cuenta de una explicación coherente.

Todavía en shock y con los ojos rojos fue hasta el campus a buscar a Zain.

Le dio una palmada en el hombro a Johan, su histórico guardaespaldas, ingresó a una de sus clases y le pidió que se tomara la mañana para estar con él. Zain, a esta altura doctor, profesor e investigador estrella, se excusó frente a sus alumnos y fue con Félix.

Para muchos de los presentes, fue una sorpresa verlos juntos, y algunos incluso especularon con que se pelearían o armarían algún tipo de escándalo en vivo.

Félix llevó a Zain al departamento y le contó lo que había sucedido. Notablemente afectado por el relato que estaba escuchando, le dijo a Félix que si buscaba un consejo sobre temas del amor, no existía en el universo alguien menos capacitado que él.

"Creeme que no existe nadie más capacitado que vos para aconsejarme en este momento", le dijo Félix.

"Sucede que nada de esto tiene sentido, ¿cómo es posible que una pareja que siente recíprocamente un amor eterno e inmutable termina por separarse?", dijo Félix.

Zain pensó unos segundos y luego expresó: "Quizás suceda que lo eterno e inmutable no necesariamente sea permanente. Puede ser eterno e inmutable en un instante, que quede grabado para la eternidad, pero no necesariamente mantener su condición en todos los planos".

Félix retrucó diciendo "Entiendo el punto y de hecho lo pensé, pero hay otra variable que hay que considerar y que todavía no te conté. Cuando ella ingresó al departamento con la intención de separarse, antes de que dijera la primera palabra, yo supe que ella ya no era ella".

Félix bajó dos tazas del armario para empezar a hacer café, y cuando quiso prender la cafetera se dio cuenta de que no funcionaba, estaba muerta.

"Y encima esta puta cafetera se rompió de la nada, vos entendés lo que estoy diciendo, ¿no?, puede ser más obvio?", dijo Félix al borde de perder la paciencia.

Zain permaneció en silencio.

Una vez que pudo configurar una idea, manifestó: "Entiendo exactamente hacia dónde vas, pero quiero que vos expreses la idea. Y antes que nada, quiero decir que me enorgullece que hayas leído mis *papers*. Pareciera que entendiste más de lo que creés".

Félix respondió "Obvio que leí todos tus *papers* y no entendí una mierda, pero esto es tan evidente que no hay otra explicación lógica. Si existe un amor perfecto, inmutable y eterno, y asumiendo la permanencia porque en mi caso era permanente y era un solo amor, no eran dos, sólo hay una explicación posible".

Y luego concluyó: "En determinado momento que no puedo definir con precisión, existió un cruce interdimensional, y por efecto de la paradoja del teletransporte, entonces ella no se materializó de la misma exacta manera. No era ella. Era una réplica exacta desde el punto de vista atómico, pero filosófica y fácticamente no era ella, incluso a nivel cuántico no lo era, carecía de ese elemento fundamental que yo sigo poseyendo: El amor perfecto, inmutable y eterno".

"Y se rompió la cafetera", agregó Zain.

"Y la carga electromagnética del cruce rompió la hija de una gran puta cafetera", aseguró Félix, pero luego agregó: "Y no es solo eso, tengo una prueba irrefutable de que sucedió lo que acabo de describir".

Zain ansioso le preguntó: "Cuál, decime por favor".

Félix abrió la mano, y dejó ver las dos alianzas. Zain perplejo no entendía qué debía mirar.

Félix explicó: "Esta alianza es la mía, y como ves, es Oro Coral. Esta otra es la de Bambi, era Coral cuando las compré , porque vienen juntas, pero cuando me la devolvió era Oro Cobalto. Otro color completamente distinto".

Zain las miró de cerca y dijo: "Son del mismo color".

Félix elevando la voz le dijo con súbito enojo: "¿Cómo podés ser tan ignorante en temas de joyería fina? Son colores absolutamente distintos, y te voy a dar la tarjeta de Noah, que es el tipo que más sabe. Andá a verlo con las alianzas, y corroborá mi historia".

Zain agarró la tarjeta y las alianzas intrigado, y luego dijo: "No puedo hacer otra cosa que compartir tu hipótesis y decirte que, en efecto, es una posibilidad. Así como quizás existan infinitas otras. Pero si probara ser cierta, explicaría el fin del amor en infinidad de parejas. Los cruces inter-dimensionales suceden todo el tiempo, es posible que un elemento perfecto, como el amor, no sea susceptible de cruzar. En los casos en los cuales termina intempestivamente, uno de los dos puede no pertenecer a la dimensión en la cual se encuentra, no ser consciente de ello y no ser de hecho la persona que debería".

Félix le puso una mano en el hombro, y le dijo: "Gracias Zain, me da la sensación de que únicamente entre nosotros podríamos haber llegado a esta conclusión. A los fines prácticos, no me queda opción que asumirme viudo.

Mi Bambi dejó de existir en ese cruce.

Se fue como un rayo y lo que apareció no era ella.

Mi parte del amor sigue absolutamente intacto y así va a permanecer por toda la eternidad".

"¿Y qué vas a hacer ahora?", indagó Zain recuperando la seriedad.

"Me vuelvo a Buenos Aires, ¿qué voy a hacer acá?", respondió Félix.

"No te preocupes que le voy a dedicar unas horas a lo tuyo", le dijo Zain mientras se daban la mano para despedirse.

El día pactado, Félix entregó las llaves del departamento de Broadway y acto seguido tomó un taxi a JFK. La etapa neoyorquina de su vida había concluido, y cargando con una viudez encima, tenía serias dudas de que pudiera volver a conocer la felicidad.

33

La Casa

Al llegar a la puerta de la casa de General Belvedere, la notó exactamente igual a como la recordaba. Una viva imagen de cómo había sido dejada por última vez, pero sumado al paso de los años que le daban un *look* de extremo abandono.

En todos estos años había perdido las llaves, con lo cual se había preparado un pequeño kit de cerrajería que tendría a mano para forzar la cerradura y comenzar a ingresar sus cosas. No fue necesario utilizarlo, ya que al inspeccionar la puerta por primera vez, notó que la llave estaba puesta.

Por dentro se encontró con un escenario que era un reflejo del tiempo suspendido. La estructura, resistente pero claramente desgastada por el abandono, lo esperaba tal como la habían dejado la última vez.

Aunque el lugar estaba impregnado de un aire de desolación, la esencia rústica de la casa aún brillaba a través de las capas de polvo y descuido.

Determinado y metódico, Félix comenzó a evaluar la situación con la mirada del experto que descompone un problema en partes manejables.

Para él, la restauración de la casa no era diferente a reparar un reloj grande o un televisor antiguo; cada elemento de la casa, desde las vigas del techo hasta las tablas del suelo, era como una pieza del mecanismo que necesitaba atención y cuidado.

Armado con papel, lápiz y guantes gruesos, puesto que todavía le molestaba ensuciarse las manos, elaboró un plan detallado para la renovación.

Incluía la reparación de la estructura comprometida, la actualización de las instalaciones eléctricas y de plomería que seguramente habían sufrido con el tiempo, y la revitalización de la fachada y los interiores para devolverle a la casa su antiguo esplendor sin despojarla de su carácter rústico.

Consciente de que cada día de demora añadía un riesgo adicional a la integridad del lugar, Félix se propuso iniciar las obras de manera inmediata.

Compró materiales en la proveeduría y lógicamente no encontró a Rogelio, sino a Santiago Torres García, su hijo, quien se ofreció desinteresadamente a dar una mano.

Sucede que nuevos residentes rara vez se instalaban en Belvedere, y es por esto que muchos locales premiaban con su ayuda a los valientes que sí lo hacían.

Juntos empezaron a despejar, limpiar y reparar, transformando cada rincón con paciencia y respeto por la historia y el alma de la casa.

Para Félix este proyecto no era solo una tarea física; era una reconexión con un legado, un acto de preservación de un pedazo de historia que había sido confiado a sus cuidados.

Cada avance en la restauración le recordaba el valor del tiempo y el esfuerzo, y cómo estos pueden infundir nueva vida en los recuerdos olvidados. En ese proceso, la casa de General Belvedere poco a poco dejó de ser simplemente un edificio para convertirse nuevamente en un hogar.

"¿Qué hacemos con todas las cosas viejas?", preguntó Santiago al ver que la casa estaba totalmente colmada de las pertenencias de Cacho y Ema.

Félix le explicó que únicamente tenía planes para tres habitaciones. En la habitación principal iba a dormir, en la que estaba exactamente al lado habría que poner todas las cosas viejas y él con el tiempo se encargaría de catalogarlas, y por último en una habitación más alejada tendría su taller.

La casa era grande y tenía más espacios, pero por ahora únicamente habría que limpiarlos y restaurarlos para luego ver qué harían con ellos.

Tardaron tres o cuatro días en realizar tareas básicas que devolvieran a la casa a un estado de habitabilidad decente.

Mientras tanto, Félix dormía en un sillón del living para poder estar trabajando la mayor cantidad de tiempo posible, y se bañaba en la posada, donde le prestaban una habitación por una o dos horas al día a modo de ayuda a los recién llegados.

Luego se enfrentaron a una maraña de tuberías antiguas que exigían una revisión exhaustiva. Tras varias jornadas de trabajo arduo, lograron restablecer un sistema de agua funcional, aunque no sin superar desafíos que pusieron a prueba su paciencia y habilidad.

Una vez asegurada la plomería, el siguiente gran desafío fue la electricidad. A medida que trabajaban en la reconfiguración de la red eléctrica de la casa, Santiago compartió con Félix un aspecto peculiar —y algo clandestino— de la vida en Belvedere.

Le reveló que, curiosamente, en el pueblo nadie pagaba por la electricidad. Según Santiago, toda la comunidad estaba "colgada" de las líneas eléctricas que cruzaban la ruta principal, una práctica que había surgido como solución provisional hacía décadas, cuando el pueblo solicitó al gobierno provincial que se encargara del suministro eléctrico formal.

La solicitud, sin embargo, había sido ignorada, y los habitantes, dejados a su suerte, habían encontrado su propia manera de resolver el problema.

Esta revelación no sólo subrayó la resiliencia y la autosuficiencia de los residentes de Belvedere, sino que también puso de manifiesto la desatención gubernamental que a menudo afecta a las comunidades rurales aisladas.

Félix le dijo a Santiago: "Y entonces pongamos una siderúrgica". Santiago rió, pero luego confesó que no era la primera vez que un residente tenía la idea de forzar el sistema.

"Nuestro lema acá respecto de la luz es: nosotros calladitos", le comentó. "El día que venga alguien de Santa Rosa, lo recibiremos, pero mientras tanto no es que los seguimos llamando, no sé si me explico", finalizó.

Al mes de trabajo sin descanso, la casa estaba limpia, funcional y estructuralmente sana. Únicamente faltaba hacer orden. Las cosas viejas habían estado encerradas en placares para que no se contaminaran de polvo y suciedad. Ahora era momento de sacarlas y ubicarlas en el segundo cuarto.

En aquel cuarto pusieron una mesa larga con un velador. Félix indicó: "Lo que sean fotos, documentos o cosas que pueda mirar de cerca, lo ponemos en la mesa. Lo que sea ropa, adornos, objetos y cosas por el estilo, lo ponemos en el piso o en los estantes".

Félix quedó sorprendido respecto de la cantidad de fotos y recuerdos que tenían sus padres, y notó que cuando habían visitado la casa con Bambi, décadas antes, únicamente habían revisado una pequeña fracción.

"Santiago, yo no puedo creer lo que me estás ayudando. Yo mucha plata no tengo, pero te aseguro que nunca más voy a comprar nada en otro local que no sea el tuyo. Lo único, me vas a tener que conseguir un café especial que yo tomo", le dijo Félix.

Santiago respondió: "Lo que sea por un vecino. Y lo del café delo por hecho, yo consigo absolutamente todo".

En determinado momento Félix notó que Santiago tenía el libro envuelto para regalo en sus manos. "¿Y esto dónde lo pongo? ¿Será un regalo que nunca tuvieron tiempo de dar?", preguntó.

"Dámelo a mí, yo lo pongo por acá", respondió Félix, y luego preguntó: "¿Cómo anda Zorkh Torres García, siguen teniendo la foto?".

Santiago comenzó a reír efusivamente, no podía creer que Félix supiera de Zorkh. "Ese era el humor de mi viejo que era un genio total. Pero hace muchísimos años que sacamos la foto. La gente no lo entendía. La gente de campo tiene un humor más chato, ¿viste? Igual ahora tenemos la foto en la casa, pero del lado de adentro".

"¡Qué grande Zorkh!", dijo Félix mientras siguió ordenando.

34

Elena Navarro Gottig

En Ezeiza, tal como hubiese sucedido años anteriores, esperaba Gerardo, notablemente avejentado, pero con su inconfundible presencia. Se abrazaron y le dijo a Félix: "La vida es una mierda. No te voy a decir que te vas a levantar, ni que lo vas a superar. Te digo que es una mierda, y si podés, sacale algún que otro buen momento".

Félix asintió, saludó con un movimiento de cabeza a Jorge, que se encontraba afuera del auto unos pasos detrás de Gerardo, e ingresó al asiento de atrás. Mientras Jorge ubicaba su equipaje en el baúl y Gerardo terminaba de fumar un cigarrillo, Félix notó que el asiento trasero no estaba vacío, sino que estaba el pequeño Gaspar, hoy convertido en un desproporcionado niño pre-adolescente.

Gaspar no saludó a Félix y lo miró con odio. Félix lo ignoraba totalmente, mientras miraba el vacío por la ventanilla y esperaba que lo llevaran a algún lado.

"Mi papá te quiere dar todo. El casino, las cuevas, su asiento en la fundación, cosas que ni vos sabés que existen. ¿Vos sabés cómo creció esto? Tenemos financieras en cada puto país de LATAM y en Europa. Pero es mío y no lo voy a permitir", dijo Gaspar con una furia a flor de piel.

Félix giró la cabeza para apenas entablar contacto visual, y le respondió: "Nene, me quedé viudo hace menos de una semana. Me importan un bledo los negocios de tu viejo, pero te aseguro una cosa: a los Levy el apellido les importa mucho, con lo cual, si no te deja todo a vos, es porque sos un pelotudo, avivate. Ahora cerrá la boca o te la cierro bajándote todos los dientes".

Gaspar rompió el contacto visual y procedió a mirar por su ventanilla.

Una vez que arrancaron, ya en camino Gerardo dijo: "¡Qué desgracia, Félix! La viudez es un castigo a cualquier edad. A mi edad y a la tuya. Aunque creas que no porque soy viejo, sé exactamente cómo te sentís. ¿Me querés contar que pasó?".

Félix respondió: "Fue todo de golpe, prefiero no entrar en detalles", y siguieron en silencio hasta el Emerald Estate, tal como la vez anterior.

"El hotel es mío, y el restaurante también. El gerente sabe quién sos y sabe que tus órdenes acá pesan igual que las mías. Cuando estés listo para seguir, dale para adelante, pero mientras y sin ningún tipo de apuro, juntá fuerzas".

"Hay un café que necesito que me consigan, lo tomo mucho, ¿me podrás conseguir una caja?", preguntó Félix en voz baja.

"Anotame el nombre y dalo por hecho", dijo Gerardo.

En el afán de ayudarlo, Gerardo le mandaba libros que el personal del hotel le dejaba en la puerta de su habitación. Eran libros respecto del duelo, escritos por psicoanalistas de renombre.

Félix los leía, a pesar de que discrepaba con absolutamente todo lo que escribían estos charlatanes.

Así es que cuando llegó el libro "Duelo Real", de la Dra. Elena Navarro Gottig, se dispuso a leerlo pensando: "Aquí vamos, otra imbécil que me va a decir que espere un año y me ponga a salir con pelotudas".

Pero se llevó una grata sorpresa, a tal punto que por un momento consideró tomar algunas sesiones con ella y convertirse en su paciente.

Félix pasó tres meses en el hotel, y a decir verdad nunca llegó a recuperarse.

Pudo, sin embargo, mediante un ejercicio mental bastante poderoso, sugerido por la Dra. Navarro Gottig en su libro, compartimentalizar aquella parte de su cerebro dedicada al amor de pareja. Asumir que era parte de una pareja que sentía un amor intacto el uno por el otro, pero que, al menos por ahora, no debería esperar comunicaciones o señales por parte de ella.

Navarro Gottig traía un enfoque absolutamente distinto al del resto de los psicoanalistas. No creía en la recomposición post duelo, ni en las parejas post viudez, siempre y cuando el amor fuera real y se encontrara intacto.

Su historia era curiosa. Había estado en pareja con una persona viuda que nunca le había realmente correspondido. Se refería a su difunta pareja como "su gran amor", lo cual era insultante y humillante para ella, pero no podía culpar a nadie por su honestidad.

Su ex era, según ella, una víctima de lo que llamaba "urgencia de resocialización". Este concepto sugería que las personas viudas eran una anomalía social que debía revertirse a toda costa.

Eran un peligro para el canon de la "felicidad social", con lo cual debían ser entrenados para formar nuevas parejas lo antes posible.

Pero muchos de ellos nunca deberían volver a formar parejas. Porque es una tortura para las nuevas parejas, una falta de respeto y una pérdida de tiempo, puesto que estaban absolutamente enamorados de sus parejas que habían fallecido.

Y para colmo, si uno consideraba la posibilidad de cualquier experiencia espiritual después de la muerte, sería un potencial problema de consecuencias eternas.

Navarro Gottig insistía que no era su caso, pero luego aseguraba que una persona espiritual, que consideraba que la unión con su persona amada era una unión de almas, entonces debía al menos considerar la posibilidad de que las almas (eternas) siguieran entrelazadas sin importar el estado de los cuerpos (terrenales).

Proponía entonces que los viudos que seguían amando a sus parejas padecían únicamente "discrepancias de plano", y nadie debía imponerles ninguna agenda resocializadora.

Podían perfectamente seguir en pareja no presencial, y por más duro que fuera, era para ellos la mejor alternativa.

Félix sintió que le estaban hablando directamente a él.

Félix en su mente hablaba con Bambi de manera constante. No era un ejercicio de locura, sino por el contrario, un ejercicio de lógica estadística: si existía la chance de que ella pudiera escucharlo, a pesar de la separación circunstancial de plano de existencia, ¿entonces cómo no hablarle?

El sentía que lo mismo debía estar haciendo ella, y de esta forma pudo volver a ser funcional.

A veces le decía que la extrañaba, pero tampoco quería hacerla sentir mal por haberse muerto, con lo cual en general siempre le contaba ideas que se le ocurrían, pequeños chistes, trivialidades y todo lo que le hubiese contado en el caso de estar ahí sentada junto a él.

Félix estuvo tentado de quedarse en el Emerald para siempre, abusando de la hospitalidad de Gerardo, pero sabía que debía lograr su propia independencia.

A esta altura, pedía *"Room Service"* todos los días como para veinte personas. Además, si se quedaba demasiado tiempo, eventualmente Gerardo le tocaría la puerta y lo llevaría a la fuerza a trabajar con él.

Félix no era el tipo de persona que pudiera trabajar en ese tipo de negocios. Se sentía apenas funcional y lo único que quería era un trabajo sencillo que le permitiera un ingreso para vivir solo, sin molestar a nadie.

El currículum de Félix, con dos diplomas de una Ivy, no era habitual en ese entonces en Buenos Aires, entonces suponía, no le costaría demasiado conseguir trabajo en alguna empresa multinacional.

La semana siguiente concurrió a una oficina y dejó su currículum. Allí intentarían conseguirle entrevistas laborales de acuerdo con su perfil particular.

Una semana después, ya le habían conseguido cuatro, de las cuales declinó una, para Pinnacle Group, por razones obvias.

El lunes concurrió a su entrevista en Cartwright, vestido de gala con el saco que había usado para conocer a los Stern.

Félix nunca había ido a una entrevista laboral, y quizá con la poca inocencia que todavía le quedaba, creía que en ellas había que decir la verdad.

Respondiendo con la verdad, notó inmediatamente mediante las expresiones faciales de desaprobación de su entrevistadora, que le estaba yendo mal.

Así es que utilizó la segunda entrevista, en Arcadia Enterprises, para poner a prueba un pequeño experimento: respondería el 50% de las preguntas con la verdad, y el otro 50% con lo diametralmente opuesto a ella.

Félix pudo notar con absoluta claridad cómo la verdad generaba reacciones adversas y la mentira gestos de aprobación.

Y de esta forma la tercera de las entrevistas sería sin dudas la ganadora, en Lockhorn. Se dispuso a jugar un juego en el cual debía hacerse pasar por una ameba sin pensamiento propio, ambición alguna, y obediencia asegurada, y se llevó todas las sonrisas por parte de la entrevistadora.

Tres días después tenía una oferta de Lockhorn. Únicamente debía reunirse con quien sería su jefe, a modo de formalidad.

35

Una Tostadora

La casa de Belvedere, pocos meses después de su llegada, era quizás la más bonita y funcional del pueblo. Félix, con la ayuda de Santiago, habían reparado absolutamente todo. Desde cada llave de luz, hasta televisores, electrodomésticos y grifería.

En realidad, habían reparado "casi" todo. Félix no quería tocar la estufa causante de la tragedia de sus padres, y permanecía exactamente igual en la habitación principal, tapada con una frazada y con un cartel que decía "No prender".

"¿No querés que la arreglemos o compremos una nueva? ¿No vas a tener frío?", le decía Santiago cada tanto.

Pero Félix respondía siempre que no había que tocarla. Primero que él no creía en la calefacción. Dormía siempre con pilas y pilas de frazadas. Y segundo, que no quería encontrarse con una pequeña ventilación tapada, o algo así. Le dolía muchísimo que una nimiedad de ese estilo, reparable en apenas 5 segundos, pudiera haber causado semejante tragedia.

Durante el día estaba en el cuarto de los recuerdos, catalogando y revisando fotos, documentos y objetos.

Había desarrollado un pequeño sistema en el cual dividía todo en 3 categorías: conservar, tirar, enviar.

En la categoría de conservar, estaban algunas fotos de alto valor sentimental, y objetos que podrían decorar la casa o cumplir alguna función.

En la de tirar, se ubicaban objetos demasiado feos, sin ningún tipo de valor, o documentación totalmente irrelevante a estos días.

En esta categoría estaban un montón de papeles del estilo de declaraciones de impuestos prehistóricas, facturas de cosas compradas en otras vidas, garantías de objetos que a esta altura seguramente ya se habrían biodegradado.

Y finalmente en la categoría de enviar, estaban fotos, documentos u objetos que Félix creía que podían tener alguna utilidad para alguien.

Félix detestaba el desperdicio, y más ahora que estaba viviendo con un presupuesto hiper ajustado.

Y sabía que no iba a tener hijos y que viviría un máximo de 20 años más, con lo cual en vez de conservar esas cosas en cajas para que más adelante alguien las tirara, se había encomendado la misión de darles un hogar.

Las fotos en las cuales se apreciaban paisajes urbanos o naturales, pero de tiempos pasados, las enviaba a los distintos archivos generales provinciales, o de la nación.

Los objetos o juguetes restaurables, los restauraba y luego enviaba a distintas casas de antigüedades o locales de reventa de cosas usadas administradas por causas benéficas.

Y, a pesar de que se pasaba casi todo el día catalogando, enviando, guardando y tirando, la pila de recuerdos de Cacho y Ema no parecía achicarse.

La ropa de Ema la había donado a una iglesia cercana, y la de Cacho la usaba, puesto que comprar ropa para él significaba a esta altura un lujo innecesario. De hecho, cada tanto encontraba algún billetito en la ropa de Cacho, y lo usaba para darse algún gusto, como galletitas o helado.

En la casa de al lado, separados por algunos metros de verde, vivía Amalia Godoy, una vieja con la que Félix no tenía trato alguno y únicamente se hacían señas para saludarse de vez en cuando. Desde el cuarto de recuerdos, había una ventana que daba directamente a su casa, y cada tanto Félix la veía sacar la basura.

Un día la vio sacar una tostadora junto a la basura e inmediatamente corrió para evitarlo.

"¿Va a tirar esa tostadora, doña?", le preguntó Félix a la distancia.

"No anda, por repararla me cobran más que una nueva", respondió la señora suspirando.

"Déjemela un día, yo se la arreglo", indicó Félix.

"¿En serio? Mire que tengo toda la casa llena de cosas que andan cuando quieren y todavía no las tiro porque a veces andan", respondió Amalia sorprendida.

"Arranquemos con una y vemos", dijo Félix mientras pegaba la vuelta con la tostadora rota en la mano.

Un rato después, destornillador en mano, procedió a repararla en no más de tres minutos. Cruzó de vuelta a la casa de Amalia y le tocó la puerta.

Ella abrió inmediatamente y le dijo: "Necesita el manual de instrucciones, ¿no? Pase que creo que lo tengo en un cajón".

Félix ingresó a la casa, pero rápidamente le dijo: "No, doña, ya está reparada, tome".

Amalia al borde del colapso emocional exclamó: "¿Tan rápido? ¡Usted es un genio!".

"Bueno, no es para tanto, eso sí, me podrá mostrar las otras cosas que no le funcionan", dijo Félix emocionado de encontrar un potencial tesoro.

La casa de Amalia Godoy, una venerable mujer de campo, se erigía solitaria en una extensión de tierra que había conocido tiempos mejores.

Su hogar, que alguna vez fue el corazón de una familia numerosa y bulliciosa, mostraba claros signos de deterioro y desgaste. Las paredes, descoloridas por el sol y peladas por el viento, contaban la historia de décadas bajo el inclemente clima de La Pampa.

Las ventanas, con marcos carcomidos y algunos vidrios rotos, apenas lograban mantener fuera el frío del invierno y el calor del verano.

El techo, con tejas que faltaban o estaban desplazadas, permitía la entrada de agua cada vez que llovía, dejando manchas de humedad y moho en los techos y las paredes de las habitaciones.

Por dentro, el mobiliario era tan antiguo como la propia Amalia, con sillas desvencijadas y una mesa de cocina que cojeaba levemente.

Los utensilios de cocina, desgastados por el uso, aún colgaban de un clavo en la pared, junto a la cocina de leña que Amalia usaba para preparar sus comidas, aunque cada vez con menos frecuencia debido a la fatiga de los años.

El jardín, alguna vez lleno de flores y verduras cuidadosamente cultivadas, ahora era un conjunto desordenado de malezas y plantas silvestres que crecían a su antojo.

"La tele anda, pero dejo esta chancleta al lado porque hay que pegarle unas cuantas veces. En la cocina todo anda más o menos. La estufa después de lo de tus viejos no la volví a prender", le comentó Amalia.

"Bueno, yo de a poco le arreglo todo", respondió Félix con entusiasmo.

Amalia daba saltitos de felicidad y compartió: "¡En dos semanas viene mi hija de Buenos Aires, si ve que anda todo perfecto, no lo va a poder creer!"

36

Tato Lynch

Félix, con una mezcla de nerviosismo y expectativa, entró en la oficina de Tato Lynch, quien sería su nuevo jefe en Lockhorn.

La oficina era espaciosa y estaba bañada en luz natural, con una amplia ventana que ofrecía una vista de la ciudad. Los muebles eran de un elegante roble oscuro, pulidos hasta reflejar la luz que se colaba por la ventana, y una alfombra gruesa amortiguaba cada paso, proporcionando un aire de confort y seriedad.

El ventanal ofrecía una vista espectacular que capturaba la esencia de Buenos Aires. Desde uno de los pisos superiores de un imponente rascacielos, se desplegaba un panorama urbano dinámico y lleno de vida.

Los edificios históricos se entrelazaban con modernas construcciones de cristal y acero, reflejando la mezcla de tradición y modernidad que caracteriza a la ciudad.

Mirando hacia abajo, se podían ver las avenidas bulliciosas, arterias de la metrópolis, donde autobuses y taxis circulaban sin cesar, acompañados por el constante ir y venir de los porteños.

El edificio que albergaba a Lockhorn era una torre de oficinas de alta tecnología y diseño moderno, un verdadero hito en el *skyline* de la ciudad.

Su fachada de vidrio permitía que la luz natural inundara los espacios de trabajo, creando un ambiente de trabajo agradable y energizante.

El *lobby* del edificio era amplio y elegante, decorado con obras de arte contemporáneo y dotado de avanzadas medidas de seguridad, asegurando un entorno seguro y exclusivo para las empresas y sus empleados.

Lockhorn se beneficiaba de estar en esta ubicación privilegiada, no solo por las vistas y la luz, sino también por el fácil acceso a otras partes de la ciudad.

"Tomá asiento, ¿querés algo para tomar?", preguntó Tato.

"Agua con gas, si puede ser", respondió Félix.

Tato, sintiéndose un niño ejecutivo que juega con su chiche nuevo, presionó el intercomunicador de su teléfono y exclamó: "Belu, traenos dos botellitas de Crystal Cascade bien frías, por favor".

Félix lejos de estar impresionado pensó en el tremendo cliché que debía tener enfrente, un hombre que daba la imagen de padre de familia y luego salía a escondidas con su secretaria, probablemente del porte de una modelo.

Así es que se sorprendió bastante cuando ingresó "Belu", una chica no vidente, con las bebidas encargadas por Tato.

"Belu es mi sobrina. Es increíble que no le den trabajo en otro lado, puede hacer exactamente lo mismo que cualquier otra persona", aseguró.

"Bueno, vamos a lo nuestro. Estuve hablando con mucha gente que conozco en Montclair, me dicen que tengo que estar completamente loco para no contratarte", expresó Tato.

"Se hace lo que se puede", respondió Félix sin saber exactamente qué debía decir ante un comentario como tal.

"¿De cuánto es tu IQ?", preguntó Tato intrigado.

Félix respondió "162, pero no necesariamente es la mejor forma de medir…". Tato lo interrumpió intempestivamente: "162, ¡ay Dios!, ¡las cosas que debés poder hacer!".

Félix, algo avergonzado e intentando bajar tensiones, aseguró: "No sabés lo bien que reparo relojes". Tato rió en voz alta.

"¿Podés hacer la de Sherlock Holmes?", preguntó Tato totalmente serio.

Félix respiró hondo y preguntó: "¿En serio?".

Tato ratificó: "Por favor, te lo suplico, hacelo".

Félix suspiró, se sonó los dedos, y arrancó: "Usted es un ávido esquiador, pero hace unos meses que no puede irse a esquiar, ya que la última vez, en

Zermatt, se rompió el hombro.

Hoy por la mañana, por ejemplo, jugó al golf, y perdió ajustadamente. Probablemente podría haber ganado.

Hace muy poco fue padre por primera vez, tuvo mellizos. Una nena y un nene, y aunque dice que los quiere por igual, tiene una predilección por la nena.

Y usted no conoce a nadie en Montclair, lo dijo para impresionarme".

Tato, absolutamente absorto, comenzó a reír a carcajadas no pudiendo creer lo que acababa de presenciar. Como si se hubiera manifestado ante él un fenómeno paranormal del cual hubiese sido el único testigo.

Félix se levantó de la silla y dijo: "¿Bueno, entonces nos vemos el lunes?".

Tato corrió hacia la puerta y abrió los brazos para bloquearla por completo: "Claro que nos vemos el lunes, pero por el amor de dios y todos los santos, decime cómo mierda sabés todo eso. ¡Sherlock Holmes siempre lo explicaba!", suplicó.

Félix volvió a tomar asiento, sabiendo que era imposible que lo dejaran ir sin revelar la segunda parte del truco. Entonces dijo con seguridad:

"En el estante de arriba a la izquierda hay unas gafas de esquí. Me imagino que para exhibirlas tienen que ser especiales, quizás algún récord personal. Por eso concluyo que es usted muy bueno.

En el estante de abajo hay una foto de usted esquiando, en la parte de atrás se ve una pequeña bandera de Suiza, así que arriesgué Zermatt, me podía haber equivocado, pero veo que no.

En la parte inferior de la foto se aprecia la fecha en que fue tomada la foto, que es de hace unos meses.

Ahora, durante nuestra entrevista no pude evitar notar que sus hombros no están exactamente en la misma línea, sino que están algo desbalanceados, con lo cual imputo esa diferencia a un proceso de rehabilitación que todavía usted está haciendo.

Y por la evolución de este, conecto la rotura causante con la fecha de la foto y tiene perfecto sentido.

Respecto del golf, es muy sencillo. Detrás de la puerta está el bolso con los palos. Está algo embarrado igual que la alfombra. Ayer llovió, por lo tanto hoy a la mañana fue cuando lógicamente usted jugó.

Durante la rehabilitación el doctor seguramente le habrá indicado reposo, así que, si lo contradijo, se debía tratar de un partido al que no podía dejar de ir. Y tal partido únicamente pudo haber sido con ejecutivos superiores, por eso es lógico que se haya dejado ganar.

Sin embargo, como veo que la lesión está casi curada y usted también lo siente, debe haber aprovechado la oportunidad de probarse a sí mismo, y por eso es que pudo haberlo ganado si hubiese querido y el resultado terminó parejo.

Respecto de los mellizos, tiene una foto aquí mismo en el escritorio, y veo que, con la nena, del gorrito rosa, tiene tres fotos más en los estantes, por eso veo que es su favorita".

Tato seguía estupefacto entre risas y alguna lágrima que también se escapaba: "No lo puedo creer. Siempre quise poder hacer eso, desde que soy un pibe".

Félix sinceramente no sabía qué responder y se quedó callado.

"¡Pará! ¿Y lo de Montclair cómo sabías?", preguntó Tato notablemente alterado.

"Bueno, en la pared hay como 20 diplomas y ninguno de Estados Unidos, con lo cual arriesgo que mucha relación con la comunidad educativa americana no tiene. Por otro lado, noto que tiene lentes con bastante aumento.

En esa foto de allá en blanco y negro, con sus padres, también veo que usaba lentes de joven. Por consiguiente, la visión fue un tema central en su vida.

En la mesita ratona tiene un par de lentes nuevos, apoyados sobre una receta del Dr. Ramiro Chab.

Probablemente también haya sido paciente de Emilio. Y en mi currículum, puede que haya notado que fui a la misma escuela que toda su familia, entonces fue a Ramiro a quién pidió referencias y él le contó de mí".

Tato no podía más que reír ante tamaña demostración de habilidad deductiva.

"Sherlock Roth, un distinto", concluyó.

Félix comenzó a trabajar el siguiente lunes, en un trabajo que era rutinario y sencillo tal como quería. Cuando cobró su primer salario, se fue del hotel y se alquiló un pequeño monoambiente en Av. de Mayo y Santiago del Estero.

37

Las Montañas

La velocidad con la cual circulaba la información en General Belvedere era digna de ser estudiada por físicos como Zain Lestari. Apenas minutos después de que Félix le había arreglado la tostadora a Amalia, ya lo sabía absolutamente todo el pueblo.

Y no pasó mucho tiempo hasta que otros habitantes comenzaron a tocarle la puerta, con la esperanza de que Félix pudiera repararles sus objetos que habían dejado de funcionar.

Así es que, cuando Amalia, que se encontraba en su casa tomando mates con un grupo de viejas de la cuadra, y vio llegar tres camionetas negras enormes que se estacionaron en la puerta de lo de Félix, su primer instinto fue decirles: "Lo están viniendo a buscar de las grandes corporaciones. No les gusta que la gente repare. ¡Ellos quieren que uno compre nuevo!".

Pero no era el caso. Se trataba de Don Whitney con su custodia, que había venido en una visita social, aunque totalmente inesperada.

A esta altura el viejo Whitney debía tener al menos unos 87 años.

"¡Qué sorpresa!, Don Whitney, venga y póngase cómodo", le dijo Félix invitándolo a pasar.

Félix puso agua para hacer café, pero le dio algo de vergüenza darle Aurora Roast a tamaña figura, con lo cual le ofreció unos mates, que Whitney aceptó gustoso.

Entre mate y mate Whitney dijo con tono irónico: "Al final tanto que te metí en Montclair y terminaste en el negocio de la reparación como tu viejo".

Félix sonrió, pero le respondió de forma contundente: "Espero que no se ofenda, Don Whitney, pero mi viejo era el doble de inteligente que cualquier boludo de Montclair, incluidos los premios Nobel. Los de la paz, y los de verdad".

Whitney rió a carcajadas y le contestó: "Me ofendería si no fuera cierto".

Ambos rieron.

Whitney le comentó que venía siguiendo su carrera desde el principio. Que siempre supo que había algo especial en él. Que la hazaña de Port Ember hoy en día se seguía enseñando en todas las universidades. Pero que en determinado momento le perdió el rastro y ahora le había costado mucho encontrarlo.

Félix, sirviendo un nuevo mate, le comentó a Whitney que su vida había tenido mucho que ver con escalar montañas.

"Yo nací en un entorno de pura felicidad, y lo único que hice fue escalarla hasta que llegué a la cima. Luego de la muerte de Bambi caí en picada sin paracaídas y me la di contra el suelo. Pero eso no fue lo peor. Lo peor fue que comencé a escalar la montaña de la infelicidad. Esa montaña la arranqué en Lockhorn y después en JJ-Evans, y créame que llegué a la cima absoluta. No había un nivel de infelicidad mayor y allí llegué".

"¿Y después qué pasó?", preguntó Whitney.

"Luego bajé hasta la base, y ahora estoy subiendo la otra montaña, esta vez de felicidad", respondió Félix.

Whitney le contó a Félix la verdadera razón por la cual lo había buscado.

Sucedía que en aquel momento era senador por el estado de Nueva York, pero al año siguiente terminaría su mandato, y había sido advertido por parte del partido, que debía retirarse.

Estaba aterrado respecto del futuro. Era un hombre viejo, pero no quería dedicarse a contemplar su muerte.

"¿Después de la cima qué se hace, Félix?", preguntó Whitney.

Félix se tomó un tiempo para responder, y luego dijo: "La cima por definición es un lugar pequeño y donde no se puede permanecer. Con lo cual, si uno llega hasta ahí y tiene suerte, entonces muere poco después, en la gloria, y chau.

Pero si no, no queda otra que volver a intentar subir otra montaña, una desconocida que, aunque parezca menos relevante, puede traer mayor felicidad".

Whitney asintió intrigado y reconfortado por esta forma de pensar.

"¿Conoció al viejo Víctor en Buenos Aires?", preguntó Félix.

"¿El del café? ¿El que no paraba de hablar?", repreguntó Whitney.

Félix asintió y dijo: "Ese mismo. ¿Conoció su historia?".

Whitney le comunicó que no con un gesto.

Félix le contó que Víctor tenía más guita que un político que se ganó la lotería. Era industrial, tenía fábricas en Tailandia, Vietnam, China. Un día un grupo de Private Equity saudí o emiratí le ofreció comprarle todo por 20 veces lo que costaba. Tenía 80 años y no pudo decir que no.

"¿Y se puso un café?", interrumpió Whitney.

Félix le dijo que no con la cabeza.

Le contó que primero recorrió el mundo hasta encontrar el mejor café, y luego se puso un café, que manejaba personalmente en cada detalle. La guita no significaba nada para él, pero siempre contaba que era mucho más feliz con el café que con las fábricas.

"Así es la cosa, si le queda fuerza, uno se pone a escalar, pero hay que fijarse que sea la montaña correcta", le indicó Félix.

Whitney sonrió, y como si hubiera destrabado algo en su cerebro exclamó: "Tengo un par de ideas ahora que lo decís".

Félix abrió un paquete de galletitas dulces y comenzó a comerlo casi de a puñados. Con una sonrisa le dijo: "Me acordé de algo de suma importancia".

Whitney intrigado contestó: "Soy todo oídos".

"¿Usted sigue teniendo el museo?", preguntó Félix.

Whitney largó una pequeña carcajada y dijo: "En efecto, el Whitney Museum of American Art sigue existiendo. Yo de hecho estoy en el board de varios museos. De los importantes de Nueva York, todos".

Félix se levantó de la silla haciendo un gesto como para que lo esperara, fue al cuarto de los recuerdos y volvió.

"Entonces tome, esto es para usted", le dijo entregándole la vieja foto que había sido tomada una vida anterior en Foto-Pablo Retratos.

"¿Y esto qué es?", exclamó Don Whitney intrigado aún más mientras se ponía sus anteojos.

Félix sonrió y miró a Don Whitney a los ojos para luego decirle de manera definitiva: "Esta es la pieza de arte contemporáneo más elevada y valiosa del siglo XX. Usted llévela a sus equipos de curadores en sus museos, y si hay al menos uno de ellos que no sea un absoluto farsante, le va a confirmar esto que le digo".

Don Whitney absolutamente intrigado guardó la foto delicadamente en su ataché a la vez que respondió: "Le prometo que eso haré".

Ya cayendo el sol, Whitney se despidió diciendo: "Gracias Félix, por todo esto, y por lo de Keyla".

Seis meses después, la foto sería expuesta en el MOMA bajo el título "The Roths, by Foto-Pablo Retratos". Libros se han escrito sobre el poder de esa foto. Al día de hoy, para aquellos realmente entendidos en la materia, es la pieza más valiosa del museo.

38

El Zoologico

Desde el inicio de su carrera en Lockhorn, Félix había sentido un malestar creciente hacia la cultura corporativa, una sensación que se fue acentuando con el paso del tiempo.

Aunque intentaba concentrarse en su trabajo, ejecutándolo de manera rápida y silenciosa, los ridículos cánones terminaban infiltrándose en su vida diaria, perturbando su paz mental.

Tato Lynch era un maestro en navegar estas aguas turbulentas. Hábil en el arte de la política, Tato sabía cómo ascender en la jerarquía empresarial, y frecuentemente aconsejaba a Félix que aprendiera a jugar según las reglas no escritas del juego corporativo.

Le insistía en la importancia de asistir a los eventos sociales después del trabajo, los famosos *afters*, que, según Tato, eran la piedra fundamental para cualquier estrategia de ascenso.

Para Félix, estas actividades representaban todo lo que despreciaba de la vida. La sola idea de participar en estos juegos sociales le resultaba tan aborrecible que, en sus propias palabras, preferiría lanzarse desde la punta del Obelisco antes que someterse a tales rituales.

No respetaba a la mayoría de sus colegas, a quienes consideraba poco menos que simios, y veía a los ejecutivos simplemente como simios con corbatas más caras.

Esta visión tan crítica lo aislaba, pero a la vez le daba una perspectiva única sobre la dinámica del poder y la superficialidad en su entorno laboral.

A pesar de su desdén por la política de oficina, con el paso de los años, Félix comenzó a ascender en la empresa.

Paradójicamente, él atribuía su éxito no a su habilidad para jugar el juego, sino a su competencia fundamental en las tareas que realizaba. En un entorno donde muchos parecían enfocarse más en las apariencias que en la sustancia, Félix destacaba por su capacidad real para llevar a cabo su trabajo.

En su opinión, era el único en la empresa que realmente sabía leer y escribir, una declaración que, aunque hiperbólica, reflejaba su frustración con el nivel de competencia que percibía a su alrededor.

El conflicto interno de Félix crecía día a día; por un lado, su ética personal y su desprecio por las manipulaciones superficiales de sus colegas, y por otro, la necesidad de seguir las recomendaciones de Tato, la única persona en la empresa a quien realmente respetaba.

Tato no solo era su superior, sino que había demostrado ser un aliado y guía, alguien que comprendía el sistema y al mismo tiempo reconocía el valor real del trabajo de Félix.

La dualidad de su situación era agotadora. A veces, en la soledad de su oficina, después de otro día lleno de sonrisas forzadas y conversaciones banales, Félix se preguntaba si el precio de su ascenso valía la pena.

La promesa de un salario mejor y una posición más elevada parecía atractiva, pero el coste en términos de autenticidad personal y satisfacción era alto.

Félix empezó a contemplar la posibilidad de dejar Lockhorn. Soñaba con un entorno donde pudiera trabajar con integridad sin tener que sacrificar sus principios. Imaginaba un lugar donde la competencia se basara en la habilidad y el mérito, y no en la capacidad de uno para socializar en los *afters* o simular los mismos gustos del jefe adecuado.

Sin embargo, la realidad económica y la influencia de Tato lo mantenían anclado. Había cambiado su pequeño monoambiente de Avenida de Mayo por un suntuoso departamento en Belgrano, y también había alquilado un local en una galería del mismo barrio, para utilizar como taller personal y escapar de la demencia los fines de semana.

"Venite al country el finde, ahí vamos a estar todos", le decía algún compañero el viernes, y él inventaba alguna excusa. Prefería negociar el precio del local durante cinco horas con Sarita Suez, que pasar una tarde en aquel infierno.

De hecho, había llamado a Rogelio Torres García para pedirle que por favor le enviara desde la casa de sus padres, unas cajas de cosas de su infancia que había separado años atrás con Bambi. Eran esencialmente relojes rotos, algunos juguetes y un montón de parafernalia oftalmológica. Fue Rogelio quien al salir dejó la llave puesta, aunque no significaba peligro alguno en aquella comunidad.

Ubicando las cosas y reparando aquellas y otras de las que se hacía en distintas circunstancias, podía abstraerse y alejarse de todo el mundo laboral.

Al ascender en la jerarquía de Lockhorn, Félix finalmente alcanzó una posición en la que le fue confiada la dirección de un equipo. Aunque esta promoción era un reconocimiento a su ardua labor y habilidades, también le presentó un nuevo conjunto de desafíos.

Aún bajo la tutela de Tato Lynch, Félix se encontró a cargo de dos subalternos, Hombritos y El Gordo Varela, además de supervisar a un grupo de nuevos empleados que consideraba un "regimiento de inadaptados".

La dinámica dentro de su equipo era compleja.

El desafío se magnificaba con el grupo de recién llegados, un variopinto conjunto de jóvenes profesionales que Félix describía como "un zoológico".

Su falta de experiencia y la necesidad constante de orientación y diversión hacían que Félix se sintiera más como un cuidador de bestias que como un líder.

Gestionar a Hombritos, al Gordo Varela y al grupo de inadaptados también permitió a Félix desarrollar una paciencia y una resiliencia que no sabía que tenía. Aprendió a sobrevivir, pero a costa de su propia salud mental.

Sin embargo, la infelicidad absoluta no hacía que Félix dejara de ver las cosas que veía. Su astucia y olfato corporativo se habían vuelto extremos, y también lo habían dotado de una frialdad que él mismo detestaba.

Cierto día, en un avión rumbo a Atlanta, debió tener una conversación difícil con Tato.

"Tato, ¿vos estás revisando los *financials* de la empresa?", le preguntó Félix.

"Cada tanto los miro, ¿por?", respondió Tato algo desinteresado.

Félix sacó de su maletín dos carpetas, cada una repleta de documentos. "Esto es Lockhorn, los últimos 3 años, Y estos otros son JJ-Evans, también 3 años para atrás. Estudialos y después me contás".

Tato agarró ambas carpetas y se las guardó, pero inmediatamente le dijo a Félix: "Decime qué notaste, qué tengo que mirar".

"Estos papeles hablan solos, las dos empresas están negociando un Merge, una fusión. Lo están manteniendo en secreto, pero es estúpidamente obvio. No sé si esto se va a concretar, pero si se concreta a vos te van a rajar seguro, Tato".

Tato con expresión preocupada le respondió "No me tomo a la ligera esto que me decís, Sherlock".

39

El Sistema

Apenas meses habían pasado desde el arreglo de la tostadora de Amalia, y Félix había revolucionado por completo no sólo Belvedere sino también los pueblos aledaños. La calidad con la que reparaba, restauraba y volvía a la vida cualquier tipo de objeto, era algo que nunca nadie había visto.

Félix disfrutaba profundamente de hacerlo, y no cobraba un centavo. Muchos de sus vecinos creyeron erróneamente que, a falta de pago, lo mínimo que podrían hacer para agradecerle era incurrir en diálogos amables y eternos agradecimientos, pero lógicamente estaban equivocados.

Félix, que continuaba absolutamente comprometido con reducir el contacto humano a aquel realmente valioso y evitar el resto a como diera lugar, se dio cuenta de que debía crear algún tipo de sistema para que todo el asunto de los arreglos no terminara siendo disruptivo para su paz mental.

Tras experimentar con diversas configuraciones en su espacio de vida y trabajo, decidió hacer un cambio significativo en la estructura de su hogar que no sólo redefiniría su ambiente de trabajo, sino que también transformaría la manera en que interactuaba con su comunidad.

Movió su taller a una habitación contigua a su dormitorio, alineando así de manera estratégica tres espacios clave: su dormitorio, su cuarto de recuerdos y su taller.

Todos ellos quedaron conectados y accesibles a través de un pasillo interior, un detalle que marcaba un nuevo comienzo tanto en su vida personal como profesional.

Lo más innovador de su reorganización fue la eliminación de la puerta de entrada tradicional a su domicilio, dejando el living comedor y otros salones abiertos directamente a la calle. Instaló una puerta que cerraba con llave solo en la entrada de su zona privada, asegurando su privacidad mientras mantenía un espacio público acogedor y accesible para sus vecinos.

El sistema que Félix implementó en su espacio público era simple, pero revolucionario en su comunidad.

Transformó el concepto de reparación y servicio al cliente de una manera que reducía los tiempos de espera a casi nulos, un beneficio inmediatamente apreciado por todos.

Las personas que necesitaban reparar algún aparato podían traer sus objetos rotos y dejarlos en el living, marcados con una pequeña etiqueta roja que Félix proporcionaba. Estos objetos eran luego recogidos por Félix directamente desde su taller conectado.

Mientras tanto, en el comedor, Félix disponía de objetos ya reparados y en pleno funcionamiento, cada uno marcado con una etiqueta verde.

Los clientes simplemente pasaban por allí, dejaban su artículo dañado y tomaban otro de similares prestaciones en perfecto estado.

Este intercambio se basaba en un sistema de honor; no había transacciones monetarias directas, sino un intercambio equitativo de valor basado en la confianza y la reciprocidad.

Este modelo de negocio no solo facilitaba la vida de Félix en términos logísticos, permitiéndole trabajar de manera eficiente sin la necesidad de interactuar constantemente con los clientes, sino que también fomentaba un sentido de comunidad y cooperación.

Los vecinos no solo llegaban por necesidades propias, sino que a menudo traían objetos de amigos y familiares, ampliando el impacto positivo del sistema de Félix.

El taller de Félix se convirtió en un punto de encuentro comunitario, un lugar donde la tecnología y el cuidado personal se entrelazaban. La gente estaba encantada con la simplicidad y eficacia del sistema.

La rapidez del servicio y la garantía implícita de recibir un artículo funcional eliminaban la frustración habitual asociada con la reparación de objetos. Además, este enfoque permitía a los clientes ver y apreciar el trabajo de Félix de primera mano, lo que aumentaba su reputación y confiabilidad en la comunidad.

Félix encontró una profunda satisfacción en este nuevo arreglo. No solo había optimizado su espacio de trabajo de una manera que beneficiaba su propio flujo de trabajo, sino que también había creado un sistema que beneficiaba claramente a su comunidad. Este equilibrio entre vida privada y servicio público era algo que muy pocos podían lograr con tanto éxito.

A diferencia de los vastos almacenes de electrodomésticos norteamericanos, donde la diversidad y la cantidad de marcas y modelos pueden abrumar, en su pueblo las opciones eran más limitadas.

La mayoría de los objetos y electrodomésticos que llegaban a su taller eran de las mismas marcas, y aunque ocasionalmente aparecía algún producto de diferente procedencia, por lo general, eran variaciones del mismo molde, mayormente manufacturas chinas.

Esta repetición podría haber sido monótona para alguien menos apasionado, pero para Félix cada aparato traído a su taller representaba una historia, una oportunidad para restaurar algo más que un simple mecanismo: estaba restaurando un pedazo de la vida diaria de alguien.

Aunque los desafíos eran menores con productos tan homogéneos, cada tanto, algún artefacto inusual cruzaba la puerta de su taller, y eso a Félix le resultaba un agradable desafío que rompía la rutina.

El sistema que había establecido en su hogar, permitiendo a los vecinos intercambiar objetos rotos por otros reparados, no solo se había convertido en un éxito rotundo, sino que también había rejuvenecido su espíritu.

Félix había redescubierto su felicidad. El tiempo, que para muchos es un enemigo silencioso, se había convertido en un compañero de viaje que ya no le molestaba. Estaba en paz con la idea de envejecer y eventualmente morir haciendo este pequeño servicio a la comunidad.

A medida que los años pasaban, el impacto del tiempo comenzó a manifestarse de manera diferente. Félix notaba cómo su cuerpo empezaba a resentir el constante trabajo físico. Sin embargo, la experiencia acumulada a lo largo de los años le permitía diagnosticar y reparar con una velocidad que compensaba la lentitud física que el envejecimiento traía consigo.

Su conocimiento profundo de los electrodomésticos comunes en el taller le permitía desarmar y rearmar con una eficiencia que solo viene con la familiaridad y la repetición.

El proceso de desgaste físico era inexorable, pero Félix lo aceptaba con una serenidad que muchos envidiarían. Sabía que cada objeto reparado era un pequeño triunfo contra el tiempo, una forma de dejar una marca positiva en el mundo.

Ahora tenía dos invenciones de las cuales sentirse realmente orgulloso: un gusto de helado y un sistema que le había cambiado la cara a un pueblo.

40

Gaspar Levy

Félix se estaba volviendo bastante loco con el proceso de restauración de Velvet Hospitality en el que estaba trabajando.

A pesar del apoyo de Tato, no solo debía luchar contra los procesos internos de Lockhorn sintiendo que tenía que explicarle a comer con cuchillo y tenedor a los mandriles del *executive team*, sino que además algo parecido sucedía del lado del cliente.

Al mismo tiempo analizaba los *financials* de la empresa durante los últimos cinco años, y notaba cómo los únicos casos de éxito habían sido aquellos manejados por él.

Literalmente, todo el resto de los trabajos que había realizado la empresa habían terminado en rupturas escandalosas con clientes, juicios o pérdidas millonarias para la empresa.

Entre la dosis de indignación diaria y las amenazas rutinarias al gordo Varela respecto de que "mantuviera en silencio a los inadaptados del equipo, o prendería fuego el edificio", sonó el teléfono.

"Es un señor, se lo nota raro, no me quiso decir el nombre", indicó Belu, a la que ahora compartía con Tato por recortes presupuestarios.

"¿Será la muerte que finalmente me viene a buscar, pero no se anima a pisar este manicomio?", preguntó Félix ante la risa de Belu.

"Pasámelo", indicó Félix finalmente.

Y acto seguido una voz de ultratumba que denotaba un estado absolutamente deteriorado, le dijo "Félix, soy Gerardo. Te la hago corta, querido: me compré un loft en Tablada y lo estoy por ir a estrenar en cualquier momento. ¿Me venís a visitar al Sanatorio Galilea de Recoleta?".

"Por supuesto, Gerardo, voy para allá", respondió Félix y acto seguido le habló a Belu por el intercom y le dijo: "Cancelame todo para hoy".

Mientras bajaba en el ascensor se dio cuenta de que decirle a una secretaria "Cancelame todo por hoy" por el intercom, era algo que en algún momento de su vida todo hombre había fantaseado con hacer, y sonrió levemente, un gesto que prácticamente había olvidado.

El Sanatorio Galilea, conocido por ser el más moderno y caro de Buenos Aires, destacaba no solo por su avanzada tecnología médica, sino también por su diseño arquitectónico y decoración interior, que rivalizaban con los de un hotel cinco estrellas.

Un hotel cinco estrellas en el que un grupo de sádicos clavaban agujas indiscriminadamente, pero un lindo lugar al fin.

Desde la entrada, los visitantes eran recibidos en un amplio vestíbulo iluminado por elegantes arañas de cristal y adornado con obras de arte y exquisitas plantas verdes que aportaban un toque de frescura y vida.

Las habitaciones del Sanatorio Galilea estaban diseñadas para maximizar el confort de los pacientes, equipadas con camas de última generación, mobiliario de lujo y grandes ventanas que ofrecían vistas panorámicas de la ciudad.

Contaba con algunos de los mejores médicos y cirujanos del país.

Una vez en la habitación, Félix se impresionó al ver a Gerardo tan avejentado y débil.

Se acercó para saludarlo y lo notó absolutamente lúcido. "Gerardo, ¿te están tratando bien acá? ¿Cuál es el diagnóstico?,¿querés que vea si están haciendo las cosas bien?", preguntó Félix.

"¿Pero vos sos médico ahora también?", preguntó Gerardo en tono burlón.

"No, pero dame quince minutos", respondió Félix haciéndose el soberbio, lo que provocó risas de ambos, y seguidas de tos en caso de Gerardo.

"Ser un viejo hijo de puta es mi diagnóstico, ¿tiene cura?", dijo Gerardo siguiendo la broma.

Y Félix remató con: "Lo de viejo quizás", y ambos rieron más fuerte, y generaron una tos más fuerte aún en el caso de Gerardo.

Gerardo se puso a reflexionar sobre el ciclo de vida, y cuestiones filosóficas, se puso a recordar a su padre, Gregorio, y dijo que su único deseo para el futuro era ser recordado como un digno continuador del legado de su padre.

"Félix, vos sabés que yo fui mucho tiempo un picaflor", le confesó, a pesar de que él ya lo sabía.

Y luego continuó diciendo: "Yo lo tuve a mi viejo mucho más de lo que Gaspar me tuvo a mí. Él va a heredar todo, y simplemente no está listo".

"¿Estás seguro? Yo me lo acuerdo dirigiendo la noche de los viernes desde que tenía como cinco años", retrucó Félix.

"¿Vos sabés cómo se crió mi viejo, Félix? ¿Vos sabés lo duro que era Gregorio conmigo, y hasta con tu viejo, cuando éramos pibes? Gaspar no tiene calle, es un osito de peluche, con Miriam cometimos el gravísimo error de criarlo en cuna de oro", confesó nuevamente Gerardo.

"Entiendo, pero no sé por qué me decís esto", exclamó Félix.

"Necesito que Gaspar haga una carrera universitaria. Pero no en un juntadero de ositos de peluche como el que fuiste vos, necesito que vos le enseñes el mundo, que vos seas su universidad. En concreto, quiero que le des laburo y que sea tu mano derecha. Y que vos decidas cuando esté listo para agarrar el mando de todo lo mío".

"No sé si puedo hacer eso, Lockhorn es un infierno, es un lugar que no le deseo a nadie", respondió Félix.

"Félix, me chupa un huevo si laburás en Lockhorn o en el Sky Burger de acá la vuelta, yo necesito que vos seas su mentor. Sabés que nunca te pedí nada y no lo haría si no fuera realmente importante", insistió Gerardo.

Félix era sincero cuando decía que no creía que Lockhorn fuera el lugar indicado, pero al mismo tiempo no podía evitar pensar en el hecho de que Gerardo siempre había estado al pie del cañón para él, sin haber pedido absolutamente nada a cambio.

"Ok, que venga el lunes", dijo Félix ofreciendo la mano como para cerrar un trato.

Gerardo le dio la mano con una fuerza no compatible con alguien convaleciente, y luego con notoria felicidad culminó el diálogo con: "Pasá por la cueva de Sarmiento que hay algo para vos".

El lunes siguiente Gaspar se presentó en la oficina de Félix quince minutos antes del horario de apertura. Cuando se saludaron, Félix notó instantáneamente que ya no se trataba del adolescente malcriado con el que había compartido un viaje en auto desde Ezeiza, sino un joven prolijo, educado, y ávido de aprender.

"Félix, nunca te pedí perdón por haber sido un pendejo de mierda, así que: perdón por haber sido un pendejo de mierda", le dijo al estrechar su mano, a lo que Félix respondió: "Tenés un imperio que manejar y mucho por aprender, el hecho de que lo entiendas y estés acá, ya habla muy bien de vos".

"¿Pasaste por Sarmiento?", le preguntó Gaspar.

"Todavía no, pero voy hoy más tarde", respondió Félix ante el asentimiento de Gaspar.

Ese día más tarde y antes de volver a su casa, Félix pasó por la cueva de Sarmiento. Una vez adentro y sin preguntarle siquiera el nombre, Aarón Conte, histórico contador de Gerardo, le hizo un gesto como para que ingresara a una habitación especial. Ahí le dio un paquete envuelto en papel madera, que Félix guardó en su maletín.

Al llegar a su casa, lo abrió para descubrir que había adentro cien mil dólares, junto con una pequeña nota que decía: "Por las molestias. Gerardo."

Félix no supo qué hacer. No tenía ahorros ni dinero alguno. Si bien ganaba una buena suma, también la gastaba. Entre taxis y comer absolutamente todas las comidas en restaurantes, quedaba poco y nada antes de que el nuevo salario se acreditara.

Pensó en qué hacer con ese dinero, pero no tuvo ninguna idea brillante. Prefirió guardarlo hasta que se manifestara alguna oportunidad.

41

Luisina Torres Castillo

Con el tiempo, el concepto de trueque y reparación que Félix había instaurado en su hogar se había expandido considerablemente, convirtiéndose en un verdadero imperio dentro de su pequeña comunidad.

La eficiencia del sistema y la calidad del servicio habían atraído a una creciente cantidad de personas, quienes confiaban en Félix no solo para reparar sus objetos rotos, sino también para intercambiarlos por otros funcionales.

Sin embargo, con el aumento en el volumen de artículos que necesitaban reparación, se presentaron nuevos desafíos.

Félix era un perfeccionista por naturaleza, y cualquier indicio de fallo en su sistema era para él inaceptable.

Comenzó a sacrificar horas de sueño para asegurarse de que todos los objetos fueran reparados a tiempo, evitando así que cualquier cliente se fuera sin la versión funcional que necesitaba. Esta dedicación le costaba caro en términos de descanso y bienestar personal, pero su compromiso con su sistema era firme.

Un día, Santiago Torres García le comentó acerca de su hija Luisina. Era una niña curiosa y hábil con los objetos.

Santiago había notado cómo Luisina se interesaba por desarmar y volver a armar juguetes y pequeños aparatos en casa, mostrando una sorprendente destreza.

Viendo una oportunidad para aliviar la carga de trabajo de Félix y ofrecer a su hija una valiosa experiencia, Santiago sugirió que Luisina podría comenzar a visitar el taller para observar y aprender.

Félix, aunque inicialmente reticente por las preocupaciones de seguridad que conlleva tener a una niña en un taller lleno de herramientas y aparatos posiblemente peligrosos, vio el potencial en la propuesta de Santiago.

Después de asegurarse de que el taller fuera un lugar seguro para una joven aprendiz, Félix accedió a que Luisina lo acompañara y aprendiera de él.

En menos de un año, Luisina no solo había adoptado los más estrictos protocolos de seguridad bajo la tutela de Félix, sino que también había aprendido a reparar al menos el 80% de los objetos que llegaban al taller.

Su capacidad para entender rápidamente la mecánica y solucionar problemas era impresionante.

Luisina se convirtió en una ayudante invaluable, ya que no solo podía sola con casi todo, sino que también le traía a Félix las cosas que necesitaba del local de su padre.

El primero de cada mes, Félix le daba un sobre a Luisina con la totalidad de su mensualidad, para que otorgara a su padre. Santiago recibía el dinero, y le daba las cosas a Luisina para que llevara en su bicicleta cuando iba para el taller.

Lógicamente la niña iba a la escuela y realizaba todas sus otras actividades. Pero de lunes a viernes, de 14 a 17, se encontraba (lloviera o tronara) ayudando a Félix.

El diálogo al principio era casi nulo. Santiago le había advertido que preguntara pero que no molestara, ya que todo el mundo sabía que a "Félix no le gustaba dialogar".

Félix, sin embargo, respondía con mucha paciencia y entusiasmo cada vez que Luisina le preguntaba algo, y con el tiempo ella entendió que Félix no tenía una aversión directa al diálogo, sino al diálogo innecesario, y particularmente con gente poco inteligente.

El hecho de que a ella le hablara con entusiasmo, le hacía dar cuenta que él la consideraba inteligente y por lo tanto se sentía orgullosa.

Una vez que Luisina pudo ocuparse sola de los electrodomésticos en la franja horaria en la que concurría, Santiago pensó que Félix dedicaría ese tiempo al descanso, o al menos a la realización de tareas no muy demandantes.

Pero, por el contrario, al ver su carga laboral reducida, Félix decidió expandir su imperio.

De un día para el otro, hizo saber a algunas vecinas que expandía sus servicios a reparación de automóviles.

El sistema sería exactamente igual. En una vereda, había que dejar aquellos autos muertos. Los podían traer empujando o con una grúa. Y luego en la vereda opuesta, los autos estarían con la llave puesta, reparados, listos para ser llevados en el momento.

Una vez por mes, Félix concurría a la comisaría local y reparaba todo lo que era necesario. De esta forma, la policía estaba encantada con él, e ignoraba la ausencia absoluta de documentación vehicular de los usuarios de los autos que él reparaba.

En pocos meses la cuadra estaría repleta de autos de los dos lados y, como era de esperarse, el pueblo se enamoró de este nuevo servicio.

Pasaron años y una Luisina adolescente casi adulta ya pasaba gran parte del día en el taller, ocupándose tanto de los objetos como de los autos.

Santiago estaba notablemente orgulloso de ella, pero no podía ocultar que temía por la continuidad de su local. Se lo hizo saber a Félix para que indagara respecto de estas cuestiones, ya que sentía que si él le preguntaba, ella sentiría una presión que no la haría responder de forma honesta o real.

Al día siguiente, y mientras cambiaba un alternador, Félix preguntó como al pasar: "Luisina, ¿vos qué querés hacer cuando seas grande?".

Y su respuesta fue: "Diseñar Microchips".

Cuando Félix se lo comentó a Santiago, notablemente afectado llegó a esbozar: "No sé qué pensar, parece que el legado de Zorkh se muere conmigo".

"¿Tanto te importa el legado de Zorkh?", le preguntó Félix.

"La verdad es que no tanto, pero me pone mal que, si estamos acá desde el inicio del tiempo, sea mi hija quien rompa la tradición. Pensar que cientos y cientos, quizás miles de generaciones la mantuvieron. ¿Quién soy yo para romperla?", respondió Santiago.

"Santiago, te voy a decir algo que no sé cómo te va a caer, pero me parece que es necesario que lo sepas: no hace ni miles ni cientos de generaciones que los Torres García tienen el local. Lo fundó tu bisabuelo", dijo Félix de manera contundente.

"¿Mi bisabuelo?", preguntó Santiago confundido.

"Sí, el padre de tu abuelo", respondió.

Santiago ni siquiera cuestionó a Félix respecto de la fuente de su conocimiento. Se quedó pensando y llegó a exclamar: "No es tanto entonces".

Félix le puso una mano en el hombro, y a modo de consuelo le terminó por decir: "La casa de Amalia Godoy es la misma historia. Era de sus abuelos, contemporáneos a tu bisabuelo. De hecho, el 80% de las propiedades y de los pobladores de este pueblo son directamente descendientes de aquella época.

No sos tan especial. No te lo había dicho antes, porque me pareció que sentirse especiales con Zorkh era parte del orgullo de tu familia. Pero si es algo que te pesa, entonces me veo obligado a que lo sepas".

Santiago sonrió y respondió: "Gracias por el dato. Me saca un peso de encima. Además, si es por un tema de legado, me parece que diseñando microchips puede llegar más lejos que vendiendo galletitas".

Félix respondió: "Qué sé yo, a mí me parecen más ricas las galletitas".

42

Port Ember

Tato Lynch irrumpió en la oficina de Félix, lo cual ya de por sí era raro. Se acercó al escritorio y con notoria indignación exclamó: "¿Qué me decís del partido de ayer?", mientras alcanzaba sigilosamente una nota a Félix.

Rápidamente leyó la nota que decía: "Costa Luna Café, 18hs. Rompé esta nota", y procedió a contestar: "Con estos arbitrajes es realmente imposible, una vergüenza".

Una vez que Tato se había retirado, Gaspar que trabajaba en un escritorio en la otra punta de la oficina se acercó para preguntar "¿En serio viste el partido?".

Félix le hizo un gesto de silencio, mientras le mostraba la nota, y luego le respondió: "Yo soy hincha del glorioso Esportivo San Vittorio desde antes de que vos nacieras". Gaspar comprendió rápidamente lo que estaba sucediendo y se quedó entre nervioso y expectante por el nivel de intrigas que estaba presenciando.

Más tarde, a las 18 horas en punto, ahí estaban ambos sentados en una mesa desde hacía quince minutos, cuando llegó Tato algo agitado.

"¿El nene es de confianza?", preguntó Tato refiriéndose a Gaspar, y Félix asintió.

Tato se pidió una ginebra y notoriamente nervioso murmuró: "Qué mierda es esta empresa". Inmediatamente después llegaron los tostados que Félix y Gaspar habían pedido, y comenzaron a comerlos. Con la boca medio llena Félix exclamó: "Dale Tato, decime qué corno hacemos acá".

Tato se puso solemne, se llevó una mano a la frente y preguntó: "EcoGrow, ¿te dice algo?".

Félix sin dejar de masticar respondió: "Cliente nuestro, lo maneja el zopenco este del piso 28, ¿cómo se llamaba?".

"Chadwick", respondió Tato para luego seguir diciendo: "Hicieron desastres. Pagaron cometas, lavaron guita, no perdonaron una. Ahora NutriPeak, que es el principal competidor, los está apretando muy fuerte. Quieren comprar la empresa por chirolas o amenazan con mandar a todos presos".

"Eso a Lockhorn lo puede dejar prácticamente al borde de la quiebra", dijo Félix un poco más alertado.

Tato hizo un gesto haciéndole notar a Félix que comenzaba a entender por dónde venía la cosa, y luego continuó explicando: "La lacra de Chadwick se pasó de equipo hace unos meses, para evitar que todo esto le explotara en la cara. El equipo fue disuelto la semana pasada y echaron a todos los que quedaban. Pero se pone peor. Te quieren hacer una cama, Félix. Te quieren encajar este cliente para que tengas que entregarlo en bandeja y luego que la culpa del desastre recaiga sobre vos para poder echarte".

"¿Y en casa matriz nadie lo agarra? Tienen miles de empleados", preguntó Félix.

Tato respondió: "No, nadie en casa matriz quiere saber nada, por no sé qué ley del estado de West Crescent que los tiene aterrados".

Félix comenzó a rascarse la barba, algo crecida, y a pensar en silencio. Un rato después dijo: "Entendido, gracias por el dato", y se metió el último bocado del tostado en la boca.

Tato se fue y apenas tuvieron privacidad, Gaspar preguntó: "Esto es malo, ¿no?". Félix asintió mientras le hacía un gesto al mozo para que le trajera otro tostado, y luego respondió: "Todo es malo en esta empresa de mierda".

Al día siguiente Félix y Gaspar se encontraron en el hall del edificio, y antes de ingresar a las oficinas, Gaspar quiso saber por qué querrían hacerle a Félix semejante quilombo. Al fin y al cabo, si lo querían echar, por qué no lo echaban y listo.

Félix lo miró a los ojos y le dijo: "No funciona así. En este mundo de mierda echar a alguien porque sí es perder una oportunidad. Vos tenés que esperar mandarte una tremenda cagada, y después hacer que le explote al que querés echar para cubrirte vos. Si lo rajás de una, te perdés un salvavidas el día que lo necesites".

Llegaron a la oficina y comenzaron su rutina laboral como cualquier día.

Más o menos diez minutos antes del cierre del día, apareció Chadwick con su sonrisa de reptil. "Félix querido, paso cinco minutos para dejarte este expediente. Nuevo cliente para vos. Metele prioridad que en dos semanas tenés *meeting* medio jodido en Port Ember".

Más o menos treinta segundos entre que entró y se fue, había tardado Chadwick en tirar la bomba sobre la oficina de Félix, quien ya advertido previamente de la situación comenzaba a maquinar distintas formas de neutralizarla. No era sencillo, y de hecho parecía imposible.

"Yo nunca salí del país, Félix, ¿puedo ir con vos a Port Ember? Papá me paga los gastos si es necesario", preguntó Gaspar emocionado.

"Podés y debés venir conmigo", respondió Félix para alegría de Gaspar.

"Che y a todo esto ¿cómo está tu viejo?", indagó luego.

"100% recuperado, es un exagerado total. La del loft en Tablada a mí me la dijo ya cuatro o cinco veces, me lo dice cada vez que va al médico por cualquier huevada", respondió Gaspar.

Al día siguiente Félix le regaló a Gaspar los tres libros de la trilogía Paxby. "Leelos, porque estos vamos a ser nosotros", le dijo ante su creciente entusiasmo.

Port Ember, ubicada en el estado de West Crescent, ostentaba el título de ser la ciudad más grande del estado y la cuarta más grande de los Estados Unidos.

Fundada a mediados del siglo XVIII como un humilde puesto de comercio, creció rápidamente debido a su ubicación estratégica en la desembocadura del río Edberton, que fluía hacia un amplio y profundo puerto natural.

Este puerto se convirtió en un punto neurálgico para el comercio marítimo, atrayendo a comerciantes, marineros y empresarios de todo el mundo.

Durante el siglo XX, Port Ember experimentó un auge industrial sin precedentes. Grandes fábricas y refinerías se alzaban a lo largo del puerto, dominando el paisaje con sus chimeneas humeantes.

Port Ember también era conocida por su robusta infraestructura de transporte, que incluía un extenso sistema de tranvías y ferrocarriles, además de uno de los primeros aeropuertos internacionales del país.

Estas facilidades de transporte no sólo facilitaban el flujo de mercancías, sino que también convertían a la ciudad en un importante *hub* turístico y de negocios.

Gaspar estaba absolutamente embelesado con las vistas de la ciudad, y sacaba fotos con una cámara sofisticada que se había traído desde Buenos Aires que rara vez había utilizado antes.

Se hospedaron en el hotel Harbor Mist, que hacía quedar al Emerald como una pocilga de arrabal. "Tengo que sacar ideas", decía Gaspar tomando fotos de cada detalle del hotel, a lo que Félix respondía: "Primero salgamos vivos de esta".

Mientras subían a sus respectivas habitaciones, Félix y Gaspar fueron saludados por un grupo de chicas que esperaban el ascensor. Parecían ser de un equipo de atletismo y quizás estuvieran en la ciudad por algún tipo de competencia. Gaspar las miraba con marcado cariño.

Félix lo agarró de la solapa y en tono de máxima seriedad le dijo: "Escuchame una cosa. Es la guerra esto. Nos van a mandar minas para sacarnos información sobre nuestra estrategia, no las mires, no les hables".

"¿Tenemos estrategia?", preguntó Gaspar.

"Todavía no", respondió Félix con una pequeña sonrisa incipiente.

"Y bueno, entonces me la empomo y no tiene ninguna data que sacarme", concluyó Gaspar.

"Es peor, van a saber que no tenemos nada. Y no les vas a poder mentir, son profesionales con años de experiencia", expresó Félix mientras abría la puerta de su habitación.

Tenían libre el resto de la jornada. Al día siguiente después del desayuno, se encontrarían con gente de EcoGrow y una semana después tendrían la primera reunión complicada con NutriPeak.

El desayuno del hotel Harbor Mist era de aquellos que uno no olvida, y cuenta cada tanto como anécdota en alguna mesa cada vez que la situación amerita. Félix procedió a toda máquina y diezmó todas las bandejas que le pusieron por delante. Para que la experiencia fuera completa, había incluso comprado un pequeño paquete de Aurora Roast en el mercadito 24hs que había a tan solo una cuadra.

Una vez finalizado, ambos tomaron un taxi hasta 1500 Crestwood Avenue, imponente rascacielos y sede central de EcoGrow.

Fueron recibidos y acompañados hasta el último piso, lugar en el que se encontraba la sala de directorio, la oficina del CEO, quien había renunciado tres días antes para no ser tocado por la inminente catástrofe, y la oficina de la CFO, quien los atendería.

La sala del directorio era imponente e inmediatamente después de sentarlos, les sirvieron a cada uno una botellita de Crystal Cascade extremadamente fría. "Qué nivel eh", exclamó Gaspar ante el silencio de Félix.

De golpe se abrieron las puertas. Entró la CFO y en ese momento "Acting CEO", que con un porte y una fineza que no se veía todos los días procedió a saludarlos. El andar de su caminar era hipnótico y denotaba una figura celestial.

Le dio la mano a Gaspar, y un fuerte abrazo a Félix. "No puedo creer que nos estemos reencontrando en estas circunstancias", dijo Keyla Withney notablemente afectada y al borde de romper en llanto.

"¿Se conocen?", preguntó Gaspar, y Félix le hizo una seña como para que permaneciera callado.

Keyla adulta era una visión deslumbrante que contradecía todas las expectativas convencionales sobre la belleza y el envejecimiento. Era como si el tiempo hubiera refinado sus rasgos y embellecido su aura, haciéndola veinte veces más encantadora que cuando eran compañeros de escuela secundaria.

Su presencia tenía el poder de cautivar al instante, recordando a esos personajes de película que parecen saltar de la pantalla, tan vivos y magnéticos que uno no puede evitar sentirse atraído por su historia.

Keyla no solo mantenía una belleza estética, sino que también irradiaba una confianza y una gracia que solo vienen con la experiencia y el conocimiento de uno mismo, características que añadían profundidad a su atractivo.

Cuando Keyla aparecía en escena, especialmente en momentos de apuros, su vulnerabilidad y fuerza evocaban un instinto protector en cualquiera alrededor. Se convertía casi en un deber moral el querer saltar al rescate, convertirse en el héroe de su historia, no solo para salvarla, sino para ser parte de su mundo extraordinario.

"¿Los demás cuando vienen?", preguntó haciendo referencia a la poca concurrida reunión para planificar la estrategia que la salvara.

"Somos nosotros nomás, te quieren tirar a las vías del tren. Pero quedate tranquila que yo estoy plenamente comprometido con ver cómo la arreglamos", le dijo Félix para tranquilizarla.

Keyla rompió en llanto y explicó: "Es todo una trampa, lo armaron ellos, Félix. Son los hijos de puta de Carson & Mills que trabajan con NutriPeak. Lo compraron a Chadwick y me hicieron firmar todo. Yo no puedo permitir que nos absorban, porque dejo camino libre para que me manden en cana".

Keyla se recompuso y se acomodó el escote, en el que Gaspar estaba perdido entre fantasías.

Carson & Mills era el estudio jurídico más grande de los Estados Unidos, y eran particularmente conocidos y requeridos por su agresividad.

"Vamos a necesitar copias de todas las transferencias teóricamente espurias, y de todas las facturas entrantes, pagadas y no pagadas. En Argentina la larva de Chadwick no nos facilitó nada, y además cualquier cosa que hubiera venido de su lado no hubiese sido de confianza", dijo Félix con seguridad. Keyla prometió tenerlas listas en minutos.

Cuando salió del salón y ambos se quedaron solos, Félix le dio una mirada de reprobación a Gaspar, quien únicamente pudo murmurar: "Perdón, es que nunca había visto algo así".

Pasaron los siguientes dos o tres días analizando toda la información suministrada por Keyla. Buscando patrones, firmas adulteradas, algún indicador que pudiera sugerir que toda la acusación estaba digitada y Keyla era una simple víctima. No era sencillo y de hecho cada documento que analizaban sugería más bien lo contrario.

Si bien EcoGrow les había facilitado una oficina, Félix prefería trabajar en bares y cafés, ya que decía que tras esas puertas no se podía confiar en nadie. Al fin y al cabo, si habían comprado a Chadwick, por qué no al Gerente de Marketing, al portero o a 20 secretarias.

"Sí o no, Félix, no voy a poder seguir hasta que no me digas", quiso saber Gaspar con urgencia.

"No", dijo Félix.

"Es ahora o nunca eh", insistió Gaspar.

"Primero ganemos y después vemos", concluyó Félix para que Gaspar no siguiera insistiendo.

El día de la primera reunión con NutriPeak, únicamente se establecerían las intenciones de la negociación y nada más. Con lo cual no era un día tan determinante en cuanto a resultados, y únicamente serviría para ir intentado conocerse con la contraparte y ver con qué actitud vendrían a la mesa.

Keyla le había comentado a Félix que la primera reunión sería en EcoGrow, la segunda en NutriPeak, e iríamos alternando para máxima comodidad de todos los asistentes.

"La comodidad es una ilusión, Keyla, quiero todas las reuniones en las oficinas de Carson & Mills, los quiero bien relajados y con una falsa sensación de seguridad", le dijo Félix y Keyla sonrió al notar que no les tenía ningún tipo de miedo.

Los tres llegaron al edificio de Carson & Mills, donde fueron recibidos cordialmente y acompañados a una sala de directorio bastante similar a la que habían conocido días anteriores.

"Por favor, los están esperando", indicó una secretaria y abrió la puerta para que los tres ingresaran.

La mesa era extremadamente grande. En el centro y mirando a la puerta, se encontraba Cassandra Matthews, CEO de NutriPeak. A su lado, trece abogados impolutos cuyos trajes juntos debían costar un número similar al PBI de un pequeño país africano.

Keyla se sentó enfrente de Cassandra, Félix al lado, y Gaspar en una silla por detrás.

Gaspar comenzó a transpirar y a tener taquicardia. Se acercó a Félix y le dijo muerto de miedo al oído: "Nos van a comer crudos, ¿qué hacemos, la puta madre?".

"¿Estos giles?", respondió Félix haciéndose el superado. Luego hizo un gesto para que dieran comienzo a la reunión.

Oswaldo Mills 3rd, el principal abogado de la firma y quien se encontraba justo frente a Félix, comenzó a leer un documento protocolar.

Canoso y con cara de águila que nadaba en dinero, terminó su exposición diciendo: "De acuerdo con lo antedicho, exigimos se apruebe la compra de la totalidad del paquete accionario de EcoGrow por la suma de 2.34 dólares por acción. Caso contrario los expedientes serán remitidos a la fiscalía correspondiente. Déjeme recordarle también que de acuerdo a la ley del Estado de West Crescent, cualquiera que hubiere asesorado o facilitado la realización de los potenciales delitos anteriormente mencionados, será considerado igualmente responsable".

Miró a Félix a los ojos y le dijo: "De acuerdo con lo que consta en registros de Lockhorn, estos asesores o facilitadores, serían ustedes dos", refiriéndose a Félix y a Gaspar.

Gaspar, por cierto, se encontraba ya temblando y con la vista borrosa, pero intentaba mantener la compostura.

"Comprendido", dijo Félix.

Acto seguido agarró una de las galletitas que estaban servidas en la mesa y comenzó a comerla. "¿En esta mesa con quien debo hablar yo?", preguntó entonces.

"Conmigo", respondió Oswaldo de forma categórica.

Félix agarró una segunda galletita, y con la boca llena repreguntó: "¿Y la función de estos doce boludos cuál sería entonces exactamente?", señalando al regimiento de abogados que permanecía mudo a sus lados.

Oswaldo sonrió levemente, se levantó y antes de irse dijo: "Esperamos una respuesta para la reunión de la semana que viene".

Ya de vuelta en su hotel, Keyla más seductora que nunca, se despidió de Félix diciendo: "Estuviste genial hoy, pero espero que sepas lo que estás haciendo".

Ya a solas con Gaspar, el pobre chico explotó. "No puedo ir a la cárcel, ¿cómo voy a ir a la cárcel? ¡Vamos a ir todos en cana, Félix! ¡Todos en cana! ¿Cómo podés estar tan tranquilo?".

Félix empezó a reír, y le dijo para tranquilizarlo: "Escuchame una cosa, vos sabés que a lo que se dedica tu familia no es precisamente… legal, ¿no?".

"Ya sé, pero nosotros somos prolijos, esto no es nada prolijo, Félix".

"Exacto, y ahí es donde les vamos a ganar", respondió denotando absoluta seguridad, como si hubiese encontrado aquel ingrediente secreto para recrear la sopa de la abuela. Esto tranquilizó muchísimo a Gaspar.

A las 4.30am del día siguiente Félix irrumpió en la habitación de Gaspar y lo despertó intempestivamente con dos cachetadas suaves y una tercera no tan suave. "Gaspar, levantate ya, nos tenemos que ir".

Gaspar empezó a vestirse a toda velocidad, y mientras preguntaba: "¿Nos estamos escapando del país? Yo tengo la valija lista por las dudas".

Félix entre apuro y risas le respondió: "Dejá la valija, boludo, volvemos a la noche. Pero trae el pasaporte. Se nos abrió una puerta en el caso, pero tenemos que actuar ya".

Dos horas después, con un café en la mano y apenas respirando después del apuro, estaban abordando un pequeño avión. Gaspar no tenía ni la menor idea de lo que estaba haciendo, pero seguía a Félix absolutamente convencido de que sus acciones eran siempre las correctas.

Sentados en el avión y una vez que escuchó que el vuelo demoraría dos horas, Gaspar suplicó a Félix que le contara qué estaban haciendo y cuál era la puerta que se había abierto.

Félix sacó de su maletín doce papeles. "Estas son las transferencias con las que nos están apretando, todas por montos diferentes, todas con la firma de Keyla, ¿hasta acá me seguís?".

Gaspar respondió risueño: "Yo le diría la CFO, pero si querés le digo

Keyla también".

Félix le dio un pequeño golpe en la nuca y le dijo más serio: "Dale, boludo, hoy te necesito en el mejor día de tu vida, seguime que es complicado".

Gaspar pidió perdón y le hizo un gesto a Félix para que continuara la explicación.

"Fijate cómo se repite en todas las transferencias el código interbancario del banco receptor, ¿reconocés este código?".

Gaspar frustrado comenzó a decir "¿Cómo voy a reconocer un código interbancario?", pero apenas terminada la frase anterior recalculó y dijo: "Pará, sí reconozco el código".

Félix con una sonrisa triunfadora, exclamó: "Claro que lo reconocés. Casi se me pasa este detalle, pero lo vi. Es el Whitebridge de Solara, el mismo que usa tu viejo hace como treinta años para mover guita con todas las financieras. En todo LATAM, y en Europa, tal como me dijiste en el auto cuando eras un pendejo de mierda".

"No lo puedo creer, mi viejo habla con el gerente de esta sucursal todos los días. Es argentino, Carlitos Cronwell. Igual no sé si nos va a ayudar, y tampoco sé qué estamos buscando. ¿Querés que lo llame a mi papá?".

"No lo llames. Acordate, prolijidad. Lo vamos a arreglar entre nosotros, y si bien se va a resistir un poco, nos va a ayudar. ¿Vos conoces la historia de Carlitos Cronwell?", preguntó Félix al mismo tiempo que Gaspar decía que no.

Carlitos Cronwell era el hijo de Teodoro Cronwell, notorio ludópata de la noche porteña que había llegado a deberle a Gerardo una suma cercana al millón de dólares. La salud de Teodoro se había deteriorado mucho después de la última gran pérdida, y ahí es que volvió su hijo de Londres, Carlitos, a hacerse cargo de él y de sus quilombos.

Carlitos se responsabilizó por la deuda, aunque lógicamente no tenía el dinero para pagarla. Trabajaba en el Whitebridge casa central como asistente, y tenía la idea de que, si alguna vez el banco se expandía hacia Argentina, él podría solicitar un cargo jerárquico en aquella operación, pero eso nunca sucedió.

Gerardo le indicó que debía pedir la transferencia desde casa central a la recientemente abierta sucursal de Solara, en los territorios británicos de ultramar. Ahí trabajaría bajo la gerencia de Jean Baptiste Williams, un local que eventualmente se retiraría, y Carlitos podría ascender.

Una vez en la gerencia, le facilitaría la vida bancaria a Gerardo respecto de la infinidad de operaciones que debía realizar por día.

Carlitos al principio detestaba la isla, pero eventualmente se terminó enamorando de una isleña y su vida cambió por completo.

Félix y Gaspar llegaron al precario aeropuerto de Solara, y tomaron un taxi hacía el centro. Gaspar no podía negar que toda esta aventura le estaba resultando fascinante, y si bien todavía estaba notablemente alterado por la posibilidad de terminar en prisión, creía ciegamente en Félix.

Una vez en el centro, se metieron en un café donde había otros turistas y pidieron algunas cosas para comer. Eran las 9 de la mañana y el banco abría a las 10. Tenían una hora para qué Félix explicara el plan.

"Yo necesito media hora en la oficina del tipo, con ese tiempo ya me alcanza para buscar lo que necesito", explicó Félix.

Gaspar no estaba seguro respecto de cómo iban a conseguir que el tipo lo dejara estar solo media hora en su oficina, y además de cómo el resto de los empleados iba a reaccionar. Si bien Carlitos era el gerente, el resto seguramente estaba al tanto de los protocolos y de las estrictas leyes de secreto bancario de Solara.

"Gaspar, el mundo corporativo es una ilusión. Vos lees Whitebridge y te imaginas un rascacielos, vos pensas Solara y te imaginas miles de millones de dólares. Esta isla tiene veinte mil habitantes. El Whitebridge de Solara es literalmente una choza con dos monitores", ilustró Félix.

"Pero igual, entramos ¿y qué pasa?", preguntó Gaspar preocupado.

"Nosotros vamos a ingresar a abrir una cuenta para mí. Con eso vamos a mantener ocupada a la gente. Luego con Carlitos Cronwell es muy simple: necesito que seas tu viejo. Y no me refiero a llamarlo por teléfono. Tomalo como una prueba en tu universidad. Hoy sos él. Hablá como él, tené su porte, sus miradas. Convertite en él por un rato, decí lo que él diría y conseguime media hora solo. Corrés con la ventaja de que Carlitos es una máquina de hablar. Dale charla y él es feliz".

"No me animo, Félix, soy un pelotudo, ya sé", dijo Gaspar desilusionado.

Félix lo agarró de los hombros y lo sacudió. Luego le dijo: "Hoy te tienen que crecer un par de huevos. Confío en vos. Vamos que ya son las 10.15 y a esta altura ya llegaron todos".

Pagaron la cuenta y cruzaron la calle para ingresar al edificio del Whitebridge Solara, el cual no distaba demasiado de la descripción provista por Félix.

No tenía acceso al público, sino que era una pequeña oficina, en el primer piso de un pequeño pero moderno complejo.

Tocaron a la puerta de madera y una señorita los recibió. Al preguntar por Mr. Cronwell, inmediatamente salió Carlitos de su oficina y saludó a ambos con notorio entusiasmo.

Gaspar, ya en personaje, atinó a decirle "Gaspar Levy, al fin nos conocemos en persona". Carlitos y Gaspar se abrazaron dándose al hombro palmadas fraternales. "Y vos sos Félix Roth, nos hemos visto algunas veces", dijo Carlitos. Félix asintió sin decir demasiado.

Terminados los saludos, Carlitos invitó a ambos a pasar a su oficina. Les sirvió agua helada, y hablaron brevemente de lo linda que estaba la isla en aquella época del año.

Una vez terminada la charla introductoria, Carlitos atino a decir "Y bien señores, ¿en qué los puedo ayudar?".

Gaspar, con la voz notoriamente agravada, comenzó diciendo "Mi gran amigo Félix, que por cierto es como extensión de mi persona, lo que él pide, es como si yo pidiera, necesita abrir una cuenta".

Félix tenía lágrimas contenidas en los ojos por la carcajada que estaba evitando lanzar ante tamaña imitación de Gerardo que acababa de presenciar, pero mantuvo la compostura y dijo: "Correcto, necesito una cuenta, la cual se fondearía desde alguna cuenta de los Levy".

Carlitos entonces sacó unos formularios y se los entregó a Félix, al mismo tiempo que comentaba: "El depósito inicial debería ser de cien mil dólares, luego una vez abierta, la utilizas como querés. De hecho, desde acá tenemos acceso a veinte bolsas del mundo por si querés colocar el dinero en algún título".

Félix asintió, y mientras Carlitos buscaba una lapicera en algún lugar de un cajón, le dio a Gaspar un pequeño codazo, como para que siguiera personificando a su padre y se llevara a Carlitos de la oficina.

"Lo único, Carlitos, voy a necesitar que abramos esta cuenta en la oficina de al lado", dijo Gaspar.

Carlitos sonriente respondió: "En esta estoy más cómodo", y siguió buscando su lapicera.

Gaspar miró a Félix con cara de no saber qué hacer, y Félix se señaló los testículos connotando que necesitaba que a Gaspar, en efecto, le crecieran un par de huevos.

Gaspar respiró hondo y dijo con cara de piedra: "Carlitos, querido. Se ve que tanto tiempo en la isla te está haciendo olvidar cuestiones básicas del idioma castellano. Si yo te hubiese preguntado si podíamos ir a la oficina de al lado, habría entonces entonado la oración como una pregunta. Ahora si mal no recuerdo, yo te dije en tono imperativo que necesito que la cuenta la abramos en la oficina de al lado".

Carlitos, algo incómodo, entonces comprendió que estaba recibiendo una orden directa. Tardó unos segundos en reaccionar, pero finalmente se paró, salió de la oficina y se introdujo con Gaspar en la oficina contigua.

"Pero cómo, ¿Félix no viene?", preguntó Carlitos intrigado.

"Félix únicamente llena formularios en privado, es un tipo especial, cuando los termine de llenar viene para acá. Ahora contame, ¿llega el fútbol acá? ¿Cómo hacés para ver los partidos?".

Carlitos casi instantáneamente se dispuso a hablar sin parar durante media hora respecto de cómo hay unos nuevos aparatos que captan televisión de todo el mundo, y de cómo entonces pudo ver la final de la copa, y de cómo lo de Ferroviarios de Cristo había sido una total injusticia.

Félix, por su parte, tuvo un festín de información en la oficina de Carlitos y se llevó cientos de páginas fotocopiadas relevantes respecto de las transacciones que habían pasado por aquel banco.

A los treinta minutos, salió del despacho de Carlitos con los formularios completados y se los entregó en mano.

"Bueno, con Gaspar acá podemos autorizar el fondeo desde una de sus cuentas y es instantáneo", dijo Carlitos y finalmente terminaron el trámite.

Salieron de la oficina e inmediatamente tomaron un taxi nuevamente hacia el precario aeropuerto. Gaspar sabía que todavía no era momento de hacer preguntas, así que esperó hasta que el avión hubiese despegado.

"¿Y?", preguntó finalmente con notoria intriga.

"Jaque mate", respondió Félix con una sonrisa sobradora.

Pasaron los siguientes cuatro días catalogando, revisando y corroborando toda la información que habían traído desde Solara.

Finalmente, el día de la segunda reunión, procedieron como la vez anterior al suntuoso edificio de Carson & Mills, donde nuevamente fueron llevados a la sala de directorio.

La secretaria les abrió la puerta, y nuevamente Keyla se sentó en el medio, con Félix a la derecha, y Gaspar en una silla detrás.

Esta vez además de Cassandra y Oswaldo, no había doce sino veinticuatro abogados. Estaban los doce de la vez anterior, más otros doce nuevos ocupando todas las sillas de la segunda fila.

Félix sonrió al notarlo, y Oswaldo le guiñó un ojo, como quien redobla una apuesta.

Oswaldo dio comienzo a la audiencia, con una lectura similar a la que había hecho anteriormente, recordando a Félix y a Gaspar que constaban en el expediente y podrían ir igual de presos que Keyla.

Finalizó diciendo: "Les cedo la palabra, esperando que respondan a nuestra generosa oferta de forma afirmativa".

"¿Por qué hoy no hay galletitas?", preguntó Félix.

"Se terminaron", respondió Oswaldo, y luego en tono poco amigable continuó diciendo: "¿Podemos ir al grano por favor?".

Félix se paró, abrió su maletín y sacó doce pilones de documentos los cuales puso uno al lado del otro, mientras decía : "Yo igual no quería, eran para ustedes puesto que cuando vayan presos probablemente no haya en la cárcel galletitas tan ricas".

Y una vez que notó que todos del otro estaban inquietos, comenzó su exposición:

"Doce transferencias potencialmente espurias firmadas por la CFO.

Esto es lo que supuestamente tenemos aquí.

Sin embargo, ¿qué tengo en mi mano? Doce facturas entrantes no pagadas a proveedores legítimos de EcoGrow por los mismos montos.

Esos doce pagos nunca llegaron a los proveedores, sino a misteriosas corporaciones de Solara".

Félix comenzaba a caminar por todo el salón notando una inquietante incomodidad en toda la multitudinaria defensa de NutriPeak.

"Pareciera casi como si se hubiera inducido al error en estas transferencias para que la CFO creyera que estaba pagando facturas legítimas. Pero nunca lo sabremos, lamentablemente las leyes de privacidad de Solara son demasiado estrictas como para saber quién estaba detrás de las misteriosas corporaciones", continuó Félix.

Oswaldo notoriamente enojado dijo: "¿Y entonces, si nunca lo sabremos, de qué está hablando usted? La única certeza aquí es que las transferencias se hicieron".

Félix esbozó una pequeña sonrisa soberbia, y continuó su exposición:

"Las doce corporaciones misteriosas de Solara fueron creadas el mismo día, así como sus doce cuentas bancarias, en las cuales consta firma y poder nada más y nada menos que de Peter McClusky, sentado aquí mismo.

Apenas recibidas las transferencias, luego giraron ese dinero a otras doce misteriosas corporaciones, que también fueron creadas el mismo día. ¿Y adivinen quién tenía firma y poder sobre las mismas? Roger Walton, sentado también en esta mesa".

Oswaldo llegó a decir; "¿Pero dónde consiguió esta información? ¡Esto es absurdo!".

Félix levantando la voz y casi gritando continuó diciendo:

"Cállese la boca, y esto es lo que vamos a hacer, manga de delincuentes, ustedes no van a absorber EcoGrow, sino que van a hacer una inversión en ella de 75 millones de dólares por el 1% de la compañía.

Caso contrario, toda esta documentación probatoria de su escandaloso fraude será remitida al fiscal. Y le recuerdo que de acuerdo con la ley del glorioso estado de West Crescent, cualquiera que hubiere asesorado o facilitado la realización de los potenciales delitos anteriormente mencionados, será considerado igualmente responsable".

Oswaldo intentó decir algo, pero fue callado instantáneamente por un gesto de Félix, quien acto seguido dijo: "Esta oferta vence en diez segundos", y puso un papel con una lapicera para que fuese aceptada.

Oswaldo, notoriamente afectado, puso la oferta en manos de Cassandra y le indicó que firmara.

Antes de salir del edificio, Oswaldo se acercó a Félix y le dijo: "Quiero que trabajes para nosotros. Nunca había visto un despliegue similar". A lo que Félix respondió: "Paso", y salió del edificio.

En el taxi, Keyla estaba desbordada de éxtasis. Agradecía, reía y tocaba a Félix de una forma tan felina que hasta Gaspar estaba incómodo de estar en el mismo auto.

Esa noche festejaron en el restaurante del Harbor Mist. Keyla hizo un brindis en el cual se refirió a todo este proceso como "La Hazaña de Port Ember", y así sería recordada hasta el día de hoy.

Keyla miró a Félix a los ojos y le dijo: "Sos mi héroe, hoy, y aquella vez también. No me olvidé".

Félix, no sabiendo cómo responder a los halagos, hacía gestos indeterminados y seguía comiendo su comida.

Gaspar seguía incómodo con la situación. "Félix, vos viste como está vestida, maquillada, es la mujer más linda que vi en mi vida, te pido por favor que hagas algo", le dijo en voz baja.

Terminados los festejos y una vez que estuvieron solos, Keyla le agarró la mano a Félix, condujo su mano directamente hacia su cuerpo por debajo de la ropa, se acercó notoriamente y le dio una mirada a los ojos que hubiera sido capaz de fulminar una piedra.

"Este es nuestro momento", dijo Keyla mientras ponía en el bolsillo de Félix la llave de una habitación del hotel. Acto seguido le dio un beso en la boca, y terminó por decir: "No te quiero presionar. Pero nuestro momento es ahora. Si estás de acuerdo sabés dónde voy a pasar esta noche".

Félix ingresó a la habitación de Gaspar, y antes de dormir pasaron algunas horas jugando a las cartas.

"No puedo creer que te dijo eso y no vas a ir", le dijo Gaspar.

Félix hizo un gesto y luego dijo: "Aunque soy viudo, sigo en pareja, no te pido que lo entiendas hoy, pero ojalá lo entiendas algún día porque va a querer decir que conociste el amor".

43

El Pasado

La vida en General Belvedere pasaba lenta, pero los años volando. El sistema que Félix había creado lo tenía notoriamente ocupado y a medida que su vejez lo hacía lento, el conocimiento y la fortaleza de Luisina aumentaban para compensar y hasta a veces acelerar el trabajo requerido para que todo pudiese estar reparado en tiempo y forma.

La medida de la mitad del tiempo dispuesto antes del fin de sus recursos, que en situaciones anteriores había generado momentos de pánico, esta vez había pasado como si nada. El pánico había adquirido para Félix otro significado del que había creído.

No se trataba de no estar listo, de no tener la madurez, o no saber cómo encarar el final. Se trataba de no haber construido algo nuevo, algo de lo que realmente pudiera estar orgulloso.

No le quedaba demasiado dinero, pero tampoco sentía ya que su muerte fuera tal tragedia contra natura: se miraba al espejo y veía a un viejo bastante deteriorado.

Una tarde, habiendo finalizado su jornada laboral, se disponía a ingresar a la parte privada de su casa, cuando notó que la luz iluminaba diferente. Era una sensación sutil, pero daba cuenta de que estaba siendo absorbida de una forma irregular por el ambiente al otro lado de la puerta.

En forma sigilosa, salió a la calle y sin hacer ningún ruido dio la vuelta por el pasto hasta una entrada trasera que rara vez utilizaba.

Una vez ingresado al ambiente, pero por el otro lado, encendió otra luz e inmediatamente dijo: "Pibe, te vas a tener que esforzar un poco más para sorprenderme a mí".

Con notoria exaltación, pero a su vez gratamente sorprendido por la agudeza mental de Félix, el joven se acercó y ambos se abrazaron fraternalmente.

"¿Cómo andás, León? ¡Tanto tiempo, che!", dijo Félix invitando a su invasor devenido en huésped a sentarse a la mesa.

El joven León había dejado atrás su niñez y adolescencia, transformándose en un hombre con una presencia que comandaba atención.

Ahora, exhibiendo rasgos maduros y un porte que evocaba una disciplina militar, León personificaba la conjunción de fuerza física e intelectual. Su cuerpo, forjado en el rigor del entrenamiento y la disciplina, era tan solo un reflejo de su fortaleza mental y agudeza.

Al sentarse, lo hizo con una seguridad que llenaba el espacio, su postura erguida y firme transmitía confianza y control. Todavía tenía visibles cicatrices recientes en la parte externa del ojo derecho, como si se hubiese presentado en aquella casa inmediatamente después de alguna aventura.

En conversaciones, ya fueran de alta importancia o meramente triviales, su mirada analítica y penetrante no pasaba desapercibida. Era capaz de capturar los matices y detalles que muchos otros pasaban por alto, y su habilidad para analizar y responder a la información con rapidez era notable.

"¿A qué edad llamaste al número de la tarjeta?", preguntó Félix.

León rió en voz alta, como si en esa pregunta la conversación se hubiese ahorrado horas de explicaciones.

"A los 18", respondió.

"¿Falta de minas?", insistió Félix.

"No, de propósito", confesó León.

"Yo le dije a tu vieja que te la diera, si te faltaban minas", comentó Félix riendo levemente.

León, también riendo, respondió: "Técnicamente le dijiste que llamara si estaba perdido, y estaba muy perdido".

Tomaron mates durante un largo rato e intercambiaron anécdotas de tiempos pasados. Félix no podía evitar verse reflejado en León, en sus gestos, en sus deducciones, en su forma de articular conceptos. Pensaba: "Si no me gustara tanto la comida, quizás podría haber sido así", y luego reía internamente de su propio chiste.

León le dijo a Félix que necesitaría tres vidas para poder contarle las cosas que había vivido y presenciado desde el día en que llamó al número, pero que no solo no podía hacerlo, sino que no venía realmente al caso.

Le comentó que luego de muchísimos años de propósito e intensidad, volvía a sentirse perdido respecto del futuro y no entendía por qué. Le preguntó si podría quedarse con él algunos días, y Félix le dijo que sí.

Esa misma noche mientras estaban cenando, León contó una anécdota.

Por distintas circunstancias había participado de una cena en la embajada canadiense de Vietnam. Había comido algo que le había resultado tan delicioso que había pasado años posteriores intentando averiguar qué había sido, y al día de hoy seguía sin saberlo.

"Yo sé qué era", dijo Félix, y León casi salta de la silla de la emoción.

Félix prendió el fuego, puso a calentar agua y minutos después le sirvió a León una taza de Aurora Roast.

"Decime si te gusta esto", le dijo indicando que probara el café.

León dio un sorbo y rápidamente salió eyectado de la silla al no poder concebir semejante aberración gustativa. "Es la peor basura que probé en mi vida, ¿qué es esto?", preguntó agitado.

Félix saboreo su taza y exclamó: "No solo es mi café favorito, es el único que puedo tomar".

León hizo un gesto indicando que comprendía el punto, pero igualmente Félix lo explicó: "Lo que comiste ese día en Vietnam era irrelevante. Estabas enamorado de ese tiempo, de ese instante".

León lagrimeó.

Félix comenzó una larga explicación, en la que le hizo saber a León que la agudeza mental y la capacidad de observación venían indefectiblemente con una maldición:

"Vos vas a Dragon Kingdom, en Florida, y te parece mágico. Vas una segunda vez y no te produce nada. Vas una tercera y le ves los hilos a todo.

Te empieza a parecer un lugar mediocre, los juegos aburridos, las colas intolerables, la gente imposible".

León escuchaba con muchísima atención, y Félix continuó con una oración que quedaría tatuada en su memoria: "Tenemos la maldición de verle los hilos al mundo".

"¿Esto es la falta de propósito o de motivación entonces?", preguntó León.

Félix hizo un gesto negativo con la cabeza.

"¿Por qué pensás que los ricos van a la India a los retiros espirituales de Rishi Suryakiran y todas esas boludeces?".

"Porque no saben en qué más gastar la plata", dijo León.

Félix volvió a negar con la cabeza y respondió:

"Porque vieron todo y no había demasiado para ver.

Porque fueron mil veces a Estados Unidos, y en determinado momento se dejaron de impresionar con los espejitos de colores.

Porque fueron mil veces a Europa y después de ver pintorescos edificios, reconstruidos para que parezcan viejos, empezaron a prestar atención. Vieron que era todo igual, chato, vacío, y a dos paradas de tren ya ni siquiera era así. Eran monoblocks iguales a los del conurbano.

Porque tuvieron que hacerlo mil veces para darse cuenta, pero le vieron los hilos al mundo".

León comenzó a comprender el punto de Félix, y respondió: "Y a falta de algo interesante para ver en el afuera, comienzan a mirar hacia adentro".

Félix rápidamente acotó: "Correcto, pero con la misma superficialidad con la que fueron a Dragon Kingdom por primera vez, se vuelven turistas espirituales. Y lógicamente caen en todas las trampas para turistas espirituales, tal como cayeron en las terrenales. Algunos llegan más lejos, pero muchos simplemente se quedan ahí".

"Estoy confundido, no sé cómo no caer en esas trampas", dijo León.

Félix soltó una risa en voz alta. "No hace falta que te pongas una túnica. Empezar a mirar para adentro es simplemente conectar con aquello que te hace feliz sin estímulos externos o dopamina fácil. Es descubrir quién sos".

León comenzó a lagrimear más intensamente.

Félix para levantarle el ánimo comenzó a describir los desayunos del

Harbor Mist de Port Ember, y le preguntó a León si los conocía. "Quizá los dejaron de hacer después de mi visita, la verdad es que comí más que el resto del hotel todo junto", y acto seguido procedió a contarle en detalle sobre la gesta de Port Ember, o "La Hazaña" como era conocida en otros círculos.

León escuchó cada palabra cautivado por los detalles, la gracia y la tensión del relato.

"Necesito que me cuentes absolutamente todo de tu vida, desde el principio hasta ahora", le dijo.

Félix le dijo que, si a él le gustaba escuchar, no tendría problema en hacerlo.

Los días posteriores, mientras León relevó a Félix en las tareas de reparación y se las puso al hombro junto con Luisina, ambos escucharon interminables historias en las que indefectiblemente rieron, lloraron, y volvieron a reír.

Después de cinco o seis días, León, totalmente reconfortado luego de su estancia, partió en busca de un nuevo destino, no sin antes dejarle su tarjeta personal a Luisina. "De microchips un poco entiendo, en el mundo en el que me muevo son algo habitual", le dijo.

Antes de despedirse de Félix, le exigió que le prometiera que escribiría su historia. Cada una de las cosas que había contado a lo largo de aquella semana. Félix dijo que sí, pero realmente no tenía idea si podría hacerlo.

Al día siguiente, Luisina le había preparado un escritorio listo con todo lo necesario para que se abocara por completo a la escritura. "¿Tan interesante te pareció lo que conté?", preguntó. Y Luisina contestó: "Absolutamente. Empezá ya. Por las cosas del taller no te preocupes que estoy yo".

Félix se conectó por primera vez con la escritura y escribió algunos recuerdos de su infancia. En el cuarto de recuerdos no quedaba ya demasiado por guardar, tirar o enviar, pero por momentos creyó que si hubiese tenido las fotos que hoy ya no tenía, se le habría hecho más fácil escribir sobre aquellos tiempos.

Tardó cuatro meses en escribir el primer capítulo. El proceso de escritura le estaba pareciendo fascinante, pero la matemática no estaba jugando para su lado. Para escribir sus memorias completas, necesitaría años que no tenía.

Fue a buscar su bolso maltrecho donde guardaba el dinero, y contó 20.592 USD.

"La verdad es que no necesito nada", pensó. Y decidió otorgarse doce años más de vida con un paupérrimo salario de 143 dólares al mes.

A partir del mes siguiente, en el sobre que daba a Luisina el primero de cada mes, comenzó a poner menos dinero.

Sin embargo, notó que la cantidad de cosas que Luisina traía no estaban disminuyendo. Por lo tanto, el fin de semana, se apersonó con bastante enfado directamente en el local de Santiago.

"Félix, ¿qué hacés acá?", dijo Luisina que estaba acomodando algunas cosas.

"Llamámelo a tu viejo, por favor", respondió Félix.

Una vez que llegó Santiago, Félix le dijo notablemente afectado: "Escuchame, pibe, yo hice un compromiso que me voy a llevar a la tumba, y no puedo tocar absolutamente nada que sea de los demás. Ni plata de los demás, ni cosas de los demás. Algún regalito de vez en cuando puedo aceptar, pero no me mandes nada que no me alcance para comprar".

Santiago lo miró desafiante y de forma contundente le respondió: "Yo te voy a mandar el mismo pedido de siempre, vos sos un pilar de este pueblo y de lo que creaste acá se va a hablar durante siglos. En Belvedere vos sos más importante que el propio General Belvedere, que a esta altura nadie sabe quién poronga fue".

Félix comprendió que estaba frente a un negociador hostil, y de golpe se sintió como en sus años de Lockhorn. Entendió que debía llegar a un punto medio en el que ambos se beneficiaran.

Félix no estaba dispuesto a recibir nada que no pudiera pagar, y Santiago no iba a dejar de proveerle lo que él necesitara.

"Ok, esto es lo que vamos a hacer: Me estas comprando la casa en cuotas para tu hija", dijo Félix mientras Santiago escuchaba intrigado.

Félix miró a Luisina, y le dijo "Nena, con tu padre de testigo, cuando yo me muera, mi casa es tuya".

Volvió la mirada hacia Santiago y terminó con un tajante: "Obvio que escritura y papeles no hay, no me manejo con papeles, para papeles está Buenos Aires, Nueva York y todo ese circo de boludos".

Félix se retiró del establecimiento habiendo realizado una transacción que creyó correcta, y volvió a sumirse en la escritura.

Los meses comenzaron a pasar y los capítulos comenzaron a fluir. Con la parte del intercambio epistolar se rió tanto que Luisina pensó que estaba teniendo un infarto.

Y más o menos tres años después, el manuscrito estaba listo.

Santiago le había conseguido una lista de las grandes editoriales de Buenos Aires, y se había comprometido a enviarlo a cada una de ellas, haciendo las copias y el seguimiento correspondiente.

Félix volvió a la proveeduría en persona, y al ver a Santiago exclamó feliz: "¡Lo terminé! Mandalo a dónde quieras. Leelo si querés, pero mirá que es largo".

Lo puso en el mostrador y su tamaño era inquietante. "Ah pará, ¿tenés una lapicera a mano?", preguntó Félix para que Santiago le otorgara unos segundos después.

Félix se remitió a la primera página, y escribió "Para Bambi Stern, dondequiera que estés".

44

El Merge

Cuando Félix y Gaspar volvieron victoriosos de Port Ember, en la empresa fueron recibidos como héroes por absolutamente nadie.

De hecho, se encontraron con un caos absoluto en el que nadie tenía noción alguna sobre su continuidad laboral.

Sucede que, mientras en Port Ember se libraba la madre de todas las batallas corporativas, en Buenos Aires previendo la peor de las derrotas, Chadwick ya había iniciado todos los movimientos necesarios para dar comienzo al *Merge*.

Tal como Félix lo había previsto años anteriores, JJ-Evans estaba absorbiendo la operación latinoamericana de Lockhorn.

Mientras que en Estados Unidos ya prácticamente no quedaba multinacional, estudio jurídico ni consultora que no supiera que un ignoto argentino de dudoso estado físico había humillado sin piedad a sus veinticuatro mejores hombres, en Argentina la historia que se contaba era otra.

"Sucede que en el inframundo corporativo, los chimpancés con corbata premian no a los héroes que van, matan al dragón y salvan a la princesa, sino al orangután que puso esa misión en su escritorio", explicó Félix a Gaspar que esperaba, mínimo, unos sandwichitos para la bienvenida.

El crédito por la hazaña, en efecto, se lo había llevado Chadwick por la designación de Félix, y no Félix.

Chadwick con collares de laureles, se deshizo en cuanto pudo de Tato

Lynch, y quedó como "Head Of Latam" de JJ-Evans.

Félix, a pesar de no haber recibido ni una palmada en la espalda, terminó escalando al escalafón inmediatamente inferior.

El Gordo Varela y Hombritos también sobrevivieron al *merge*, junto con aproximadamente un 20% de los inadaptados, que fueron complementados con el grupo de JJ-Evans, los cuales eran igual o más inadaptados.

Por la noche, Gaspar acompañó a Félix a su casa para que le devolviera los cien mil dólares en efectivo, que ahora estaban en el Whitebridge, y luego fueron a comer y a rememorar su historia de gloria.

Chadwick sabía caer bien parado, pero dentro de la oficina a duras penas sabía prender la luz. Sabía que con Félix no debía meterse, pero cada tanto aparecía con cierto deseo de confrontar o por lo menos molestar.

Algunas semanas después, cuando la locura del *Merge* había terminado, ingresó a la oficina de Félix.

"¡Chadwick, querido! La última vez que viniste me quisiste meter preso y me terminé garchando de parado a todos tus socios, ¿en qué te puedo ayudar?", lo recibió Félix sin ocultar ninguna hostilidad.

"Félix, por favor, el pasado, pisado. Además te mandé porque sabía que ganabas", respondió y luego agregó: "Te vengo a ver porque no encuentro a Gaspar Levy en la nómina de empleados que siguen en funciones, sin embargo, ahí está".

Gaspar hizo un saludo con la mano.

Félix agarró un papel de su escritorio y se lo alcanzó diciendo: "Tenés la nómina vieja, esta es la nueva y acá aparece".

"Aha, no recuerdo haberlo puesto para serte sincero", comentó Chadwick en tono de reproche.

"Lo agregué yo", dijo Félix mientras hacía otra cosa, como prestando mínima atención a lo que estaba sucediendo.

"¿Y con qué autoridad?", preguntó Chadwick queriendo ostentar la suya.

"Gaspar se queda, ¿alguna otra cosa en que te pueda ayudar?", respondió Félix en forma contundente.

Chadwick dijo que no con la cabeza y se fue.

En JJ Evans, la experiencia laboral de Félix era drásticamente distinta y mucho más estresante que en Lockhorn.

Bajo el mandato de Chadwick, la dirección que se seguía parecía tan desacertada y absurda que Félix a menudo se sentía como si estuviera atrapado en una versión moderna y burocrática del infierno dantesco, donde los castigos irónicos se repartían con una regularidad desconcertante.

Las directivas que emanaban de su oficina eran a menudo tan surrealistas que dejaban a Félix preguntándose si la gestión estaba jugando a algún tipo de juego retorcido.

Este ambiente laboral creaba una atmósfera opresiva y desmoralizadora. Félix, acostumbrado a resolver problemas y encontrar soluciones efectivas, se encontraba constantemente frustrado por la falta de lógica y eficiencia.

La ironía de trabajar en un lugar que parecía sabotearse a sí mismo no escapaba a nadie, y cada jornada laboral se sentía como un absurdo ciclo de tareas inútiles y objetivos inalcanzables.

Cada vez que sonaba el teléfono y Félix tenía que atender se hacía la misma pregunta: "¿Qué clase de psicópata hay que ser para despedir a una chica ciega?". No le molestaba no tener secretaria, sino el hecho de que hubieran echado a una de las mejores empleadas, a sabiendas de que le iba a resultar extremadamente difícil conseguir otro trabajo.

Cuando un día, sonó y del otro lado habló Aarón Conte, Félix entendió sin que mediara palabra alguna que había llegado el día que venían previendo desde hacía tiempo.

Una mirada a Gaspar bastó para que él también lo comprendiera.

El velatorio de Gerardo se hizo en uno de los salones de Eterna Majestad, un complejo de Belgrano que ofrecía servicios fúnebres a precios tan ridículos que ninguno de los finados hubiese aceptado pagar.

Aarón Conte, el contador y mano derecha de Gerardo, recibió en persona junto a Gaspar a todos aquellos que pasaron a saludar. Y fueron cientos, quizás miles.

"Mi viejo me dio instrucciones precisas para el día que se muriera", le comentó Gaspar a Félix.

Luego le detalló: "Yo hace años que sé que el día del velatorio, tengo qué estar presente y no moverme de la puerta. Aarón me va a indicar quien es amigo, quien es deudor y quien es acreedor. Al amigo se lo recibe porque es importante. Al acreedor se le da una imagen de solvencia y se le lleva tranquilidad. Al deudor se lo mira a los ojos y se le recuerda que su deuda persiste".

El domingo siguiente, para intentar levantarle un poco el ánimo, Félix invitó a Gaspar a ver el superclásico. En cancha de Ferroviarios de Cristo, Félix y Gaspar fueron a la tribuna visitante del Esportivo San Vittorio.

Y a medida que los tres goles de Ferroviarios silenciaron los antes ensordecedores cánticos del Esportivo, comenzaron a charlar de la vida.

"¿Tu viejo era del Esportivo?", preguntó Gaspar.

"No, mi viejo era de Estrella Pampeana", respondió Félix.

"¿Y cómo te hiciste del Esportivo?", volvió a preguntar Gaspar genuinamente intrigado.

Félix suspiró, y luego explicó: "Es una historia buenísima. Estaba en un bar que aparentemente era del presidente del Esportivo, y vinieron veinte barras de Ferroviarios a prenderlo fuego. Casi nos matan".

Gaspar comenzó a reír con notable exaltación y quiso saber: "¿Y qué pasó?".

"Dos locos se plantaron contra los veinte, en una batalla que parecía imposible de ganar, y salieron victoriosos. ¿A quiénes te hace acordar?", dijo Félix con orgullo.

Cuando terminó el partido, Félix abrió su maletín y sacó un papel enrollado. Se lo dio a Gaspar, quien lo desenrolló con entusiasmo.

El papel decía "Roth University. Certifico que el alumno Gaspar Levy, ha superado su etapa formativa y está listo para dirigir cuánto imperio pretenda".

Gaspar se puso a llorar a viva voz y abrazó a Félix en busca de contención.

Un hincha que estaba al lado de ellos le puso una mano en el hombro y le dijo: "Es sólo fútbol, amigo".

45

El Pato Chazarreta

Luisina había leído el manuscrito y estaba fascinada. Félix había puesto un esfuerzo inusitado en llegar a contar los más mínimos detalles que él consideraba relevantes, y también se había tomado algunas licencias poéticas.

Por ejemplo, cuando estaba escribiendo sobre cómo le propuso casamiento a Bambi, tuvo la idea de escribir que lo hizo no en las escalinatas, sino en el escenario del Madison Square Garden, ante la locura generalizada del público y los propios miembros de Arcane Frecuency y Electric Nomads.

Estos golpes de efecto, creía, transformaban en épicos momentos que habían tenido un impacto profundo en su propia vida, pero no en la vida del lector, con lo cual pensaba iban a tener mejor recepción.

A estas cosas las llamaba "ayuditas", y si bien no quería abusar de ellas, hubo algunas notorias. Por ejemplo, en cada instancia de su vida se sacó al menos diez kilos.

Luego cuando Eric enfrentó solo a los veinte salvajes de Ferroviarios, no fue únicamente el Yunque quien fue asistirlo en su defensa, sino que fueron el Yunque y él, uno de cada lado.

Al reencuentro con Keyla le armó una escena del estilo de Maxton Wilde, en la cual aquella noche, en lugar de quedarse jugando a las cartas con Gaspar, ella lo introduce con vehemencia en su habitación agarrándolo de la corbata. Una vez adentro le rompe todos los botones de la camisa arrancándola a la fuerza, elimina en un movimiento los pantalones, y se trepa a él en un movimiento anti gravitacional que termina con lámparas rotas, ropa interior colgada de los cuadros, uñas marcadas en la espalda, y un anticlimático: "No puedo, mi corazón pertenece eternamente a otra persona".

Félix y Luisina debatían y recordaban pasajes del libro mientras trabajaban, pero en el taller, algunos problemas empezaban a manifestarse: Félix era viejo, y era lento con su cuerpo.

Luisina no quería hacérselo saber, pero la verdad es que no podía con tantas cosas. Muchas veces se llevaba cosas para reparar a su casa, y otras llamaba a Santiago para que la fuese a ayudar. Santiago no era un gran reparador, y muchas veces directamente reemplazaba cosas rotas por cosas nuevas sin que nadie se diera cuenta.

Félix sabía que su sistema perfecto estaba comprometido, pero también había aceptado la realidad de que sus capacidades estaban reducidas. Los tobillos le dolían prácticamente todo el tiempo, las manos a veces le temblaban, y tenía todo tipo de molestias en el cuerpo con las que sabía que conviviría hasta el final.

Un día entró al taller mientras Luisina reparaba tres televisores en simultáneo, y le dijo: "Nena, no te quiero alarmar. Pero vos sabés que los viejos en algún momento se mueren, ¿no?, digamos el paso siguiente de ser viejo es morirse".

Luisina sonrió, pero luego le hizo un gesto de reproche, como quien no aprecia que alguien haga chistes de humor negro con su propia muerte. "Conozco la biología básica, pero no seas dramático que estás bien dentro de todo", le respondió.

Félix agarrando una galletita de un plato, terminó de expresar su idea: "Fijate si te conseguís un aprendiz, o alguien que te dé una mano. Pusimos en marcha todo esto, pero mejor si le encontramos la vuelta para que funcione sin nosotros. Yo me voy a morir, y vos tenés microchips que diseñar".

Luisina se quedó varios días reflexionando al respecto, y luego le pidió ayuda a su padre para que hablara con gente que bien podría contribuir un poco a la causa.

"Los otros talleres lo deben odiar", dijo Santiago.

"Félix dice que no, y que si lo odian, entonces no entienden economía básica de primer grado", respondió Luisina.

Santiago se comprometió a indagar al respecto, y al día siguiente lo fue a ver al Pato Chazarreta, dueño del taller mecánico que estaba sobre la ruta 204.

El Pato, para sorpresa de Santiago, estaba encantado con el trabajo de Félix.

"Yo evidentemente desconozco economía de primer grado, ¿pero me podés explicar por qué?", solicitó Santiago.

El Pato Chazarreta le explicó algunos conceptos fundamentales. En primer lugar, Félix le quitaba de encima los clientes "de mierda", que no tenían plata para pagar por reparaciones, o no querían pagar, o lloraban por cada centavo. De hecho, el Pato había desarrollado el hábito de escribir en sus presupuestos que en caso de parecerle caro, siempre tenía como alternativa llevar el auto a lo de Félix Roth.

En segundo lugar, Félix únicamente reparaba autos "muertos". Los llevaba de la muerte a la vida, pero nada más. No hacía mantenimiento, ni reparaciones de accesorios, ni aire acondicionado, ni alineamiento y balanceo, ni gomería, ni electricidad.

Y en tercer lugar, y lo más importante, con el sistema de Félix uno debía dejar su auto y llevarse otro. Con lo cual, si uno deseaba conservar su propio auto, incluso por razones de papeles, para poder venderlo en algún otro momento, entonces no le servía. "Félix odia los papeles, dice que son para gente que es un reflejo sin espejo. No sé qué carajo significa, pero te aseguro que odia los papeles", explicaba Chazarreta.

"Félix me sacó de encima todo lo malo y me dejó con una clientela buena y fiel, es un genio", dijo el Pato al final de su explicación.

Cuando entonces Santiago le preguntó si podría donar algunas horas de su tiempo para contribuir al sistema ahora que Félix estaba viejo, el Pato ni lo dudó.

Todos los viernes, haría dos o tres viajes con su grúa, para llevarse autos muertos y traer vivos. Y a veces se quedaría un rato reviviendo a los que no requerían de mayores reparaciones.

Lo mismo hicieron Tibursio Mendizabal de Mendilectric, y el Indio Iturriza de PowerFix.

El sistema comenzaba a levantar vuelo, y de a poco sus creadores pasaban a tomar un rol más relacionado a la supervisión y coordinación.

"Luisina, esto es como la Crema Roth, si yo la hacía en mi casa hubiera tenido techo bajo. Se la tuve que dar al mundo para que vuele alto y llene el planeta de felicidad", explicaba Félix.

<h1 style="text-align:center">46</h1>

El Seminario

La infelicidad de Félix en JJ-Evans se había multiplicado desde la salida de Gaspar. Y había llegado a tal punto que una vez se encontró riendo frente a un chiste del Gordo Varela, y dudó seriamente si no estaba enloqueciendo, literalmente perdiendo la cordura y siendo consumido por la mediocridad y la demencia.

Así es que, cuando recibió un sobre hermoso, fino, de un papel pesado y satinado con un moño de tela azul, sintió una intriga más que particular.

Cualquier cosa que pudiera sacarlo de la rutina enfermiza de JJ-Evans era bienvenido, pero ese sobre era llamativamente intrigante.

Lo abrió con cuidado y adentro había una invitación. La Universidad de Montclair lo estaba invitando a un seminario de tres días llamado "The Feat of Port Ember" (La Hazaña de Port Ember), en la que se analizarían los sucesos del emblemático caso, y deseaban fervientemente que Félix fuera su orador estrella.

Lo curioso era que participarían notables juristas, filósofos, psicólogos, pero nadie excepto Félix y Gaspar sabían realmente qué era lo que había sucedido.

Y otro aspecto notorio del caso era que Carson & Mills había dejado de existir. Oswaldo Mills se había retirado a un rancho en Montana. Los clientes huyeron despavoridos en cuestión de días. Los abogados más notorios se transformaron en "radioactivos", y ninguna empresa seria quería tenerlos cerca.

Los asociados y profesionales de menor envergadura pudieron evitar repercusiones mayores y simplemente cambiaron de empleador.

Félix era famoso en Estados Unidos y, a pesar de estar sufriendo cada minuto de su existencia en JJ-Evans, podría ahora por primera vez en su vida, expresar lo que pensaba frente a una audiencia final, sin intermediarios que después por pequeñeces políticas se quedarían con el crédito.

Es por esto que respondió afirmativamente la invitación, y se dispuso a preparar su exposición, la cual tendría lugar tres meses después.

Félix no había vuelto a Montclair ni a Nueva York desde aquel fatídico día en el que retornó a Buenos Aires.

Decidió quedarse una semana entera, de viernes a viernes, independientemente de que el evento fuera martes, miércoles y jueves.

Se hospedó en un hotel simpático de Chelsea, únicamente para estar lejos de Montclair y controlar su exposición a ese entorno y a la gente que ahí pudiera encontrarse.

Le daba algo de vergüenza encontrarse con viejos conocidos porque pesaba treinta kilos más que la última vez que había pisado el campus, y no tenía dinero para presumir, siendo aquellas las únicas dos métricas relevantes en todo reencuentro universitario.

Zain había dejado Montclair hacía muchísimos años, así que tampoco existía la chance de reencontrarse.

La universidad tuvo la decencia de emitir los pasajes de Félix en primera clase, y el vuelo transcurrió sin mayores tormentos ni tormentas.

Llegó al hotel a las 15 horas, dejó su pequeña valija en la habitación y comenzó a caminar. Chelsea no era un barrio que particularmente frecuentara. Su vida neoyorquina transcurría en un 90% desde la calle 34 para arriba.

Al llegar a la costa se encontró con el Withney y, por momentos, dudó respecto de si contar la historia completa en el seminario o simplemente referirse a Keyla como "La CFO".

Recorrió a pie toda la isla de Manhattan permitiéndose sentir que tenía una notoria presión en el pecho. Cada esquina, su vieja esquina, la joyería de Noah, el Madison Square Garden, cada pequeño lugar insignificante, era un disparador para recordar una historia de otro tiempo.

La sensación que experimentó esos días fue una que no tuvo palabras para describir por años, pero que recordaba habitualmente.

Recién muchísimos años más tarde pudo encontrar una analogía que realmente le hiciera justicia. Ya viviendo en La Pampa, y cuando tuvo la oportunidad de reparar una consola de videojuegos, pasó largas horas jugando al Blade of the Ancients.

Comprendió entonces que en Nueva York se sentía como en un video-juego en el que algunas partes del mapa se activaban sólo para algunas misiones relevantes, pero permanecían cerradas, bloqueadas, imposibles de interactuar con ellas en el resto del tiempo.

Sabía que técnicamente podía ir a desayunar a Morningstar, pero aún sentado en la misma exacta mesa de siempre, se encontraría en otra dimensión en la cual Bambi no estaría preguntándose si pedir *pancackes* u *omellette*.

Félix pensó hacia adentro que esta sensación era sin dudas el sentimiento más extraño que jamás hubiese experimentado. Y en Montclair se multiplicó en intensidad.

Cuando empezó el seminario, se dio cuenta de que era una especie de estrella de rock. Al menos el mundo académico sabía a quién correspondía el crédito por la hazaña, y todos querían saber absolutamente todo.

En la recepción previa, Félix fue saludado por profesores, jueces, un fiscal federal, y decenas de otras personas que intentaron tentarlo para que fuese a trabajar con ellos.

Pero no era trabajo lo que él quería, sino un rescate, un propósito. No es que tuviera una particular lealtad para con JJ-Evans. Lo que lo mantenía más o menos cuerdo era su taller, y alguna esperanza de construir algo y salirse de la rueda. En las ofertas que recibía simplemente veía otras ruedas, y nada era de su interés.

Antes de su charla de cierre en el auditorio principal de la universidad, recorrió algunas otras presentaciones de otros profesionales. Siempre en la última fila y sin hacerse notar.

Vio entonces cómo realizaban perfiles psicológicos sobre él y sobre Oswaldo, basados meramente en especulaciones.

Luego en una clase de negociación hostil, un abogado de segunda línea de la antes existente Carson & Mills relataba los sucesos de la primera audiencia en la que Félix se había referido a todos como "doce pelotudos" mientras comía una galletita.

Y finalmente una clase de derecho bancario solariano, en la cual un abogado isleño ponía en duda básicamente toda la hazaña, basándose en las "Estrictas leyes de secreto bancario" del Commonwealth of Solara.

El día de su presentación fue recibido con una ovación de pie, y presentado como "Hijo de esta gran casa de estudios". Félix, ya en su etapa de máximo cinismo nihilista, pensó: "Uno más que quiere colgarse de mi medalla".

En el auditorio reconoció a Caleb y a Isha, pero los ignoró por completo. ¿Eran pareja? Probablemente. Eran profesores sin dudas y sintió algo de lástima por ellos. "¿Cómo se puede terminar un estudio y acto seguido pasar a enseñarlo sin haber realizado ni una mínima aplicación de los conceptos aprendidos en el mundo real?", pensó.

Pero poco tiempo después comprendió que no sentía lástima por ellos sino bronca, un enojo cuyas causas no identificaba con exactitud, pero que ahí estaba.

Félix realizó un relato de los hechos cargado de humor ácido y de ironías venenosas. En la mayoría de sus chistes todos rieron, pero hubo dos o tres que no cayeron del todo bien.

Y luego dejó un tiempo para el Q&A.

Recibió en total unas diez preguntas, que lo dejaron absolutamente perplejo.

Si él consideraba que la gente de su camada era de pocas luces, esta vez sintió que estaba haciendo una exposición para un auditorio de minerales inertes incapaces de todo tipo de razonamiento, sentados en cómodas butacas.

"¿Por qué me aplauden, si luego vienen y hacen estas preguntas?", pensaba.

"¿Por qué me vinieron a ver?", se preguntaba insistentemente.

Hizo lo que pudo para ser educado, pero por momentos nuevas ironías se colaban dentro de las analogías más insólitas que proponía para desmantelar a los preguntantes, que, como es costumbre en estos casos, no preguntaban sino que intentaban debatir en forma de pregunta.

Y tan cínico se había vuelto, que sentía que en el ejercicio de desarticular con gracia, elegancia y sin transpirar ni una gota los contrapuntos de los alumnos, lo estaba haciendo también con Caleb e Isha, y casi telepáticamente ellos comprendían que "Bambi era mucho más que ustedes, y no entiendo qué les vio".

47

Paula Milán

Santiago había mandado copias de las memorias de Félix a por lo menos diez editoriales, y cada tanto llamaba para ver si alguien había al menos leído el material.

"Lo más difícil es que lo lean, pero si lo leen, está adentro seguro", pensaba Santiago con la misma inocenciaególatra que el 100% de los escritores que mandan su material a una editorial en busca de publicación.

Pero aproximadamente seis meses después de la primera tanda de envíos, recibió una llamada por parte de la editorial Pluma Platino. Habían en efecto leído el material y estaban notoriamente interesados en tener una entrevista con Félix.

"¿Usted es el manager?", le preguntaron a Santiago, quien respondió: "Soy un amigo nomás, Félix es un tipo grande al que no le gusta que lo jodan".

"¿Podemos hablar por teléfono con él al menos?", quisieron saber entonces.

"Por supuesto, cuando quieran", sentenció Santiago.

Al día siguiente, Paula Milán, editora en jefe, habló durante dos horas con Félix, y a pesar de tratar de mantener la compostura en términos de una negociación inminente, hizo notar en varios momentos su encandilamiento y adoración por él, así como su idilio por personajes como Eric y Gaspar.

Quedaron en tener una reunión presencial en Buenos Aires una semana después, en tanto y en cuanto ellos se ocuparan del traslado y del hospedaje, y de que Luisina pudiera acompañarlo.

"Quedate tranquilo que vas a ir al Emerald, no es el Harbor Mist, pero esta vez vas a poder disfrutarlo", le dijo Paula buscando el chiste interno y haciéndole saber a Félix que no estaba lidiando con improvisados.

Una semana después, un auto con chofer se disponía a buscar a ambos para realizar el viaje de seis horas que los dejaría en la puerta del emblemático hotel.

A Félix le dieron una suite y a Luisina una habitación común, pero él intercambió las llaves de manera que ella pudiera experimentar el hotel en todo su esplendor. Luisina nunca había salido de la provincia de La Pampa. Estaba poco menos que catatónica ante el espectáculo urbano de Buenos Aires y del lujo del hotel.

Al día siguiente y durante el desayuno, Luisina pudo comprender siquiera el concepto del desayuno descrito por Félix al contar la hazaña de Port Ember, y comió todo lo que pudo.

"¿Me puedo hacer sándwiches para después?", quiso saber con algo de timidez.

Félix la miró con seriedad y le preguntó: "¿Vos sos argentina?".

Luisina asintió, y entonces Félix sentenció: "Entonces, por supuesto que te tenés que hacer sándwiches para después, es tu deber nacional, ¿qué pregunta es esa?".

Horas más tarde el auto los llevaría hasta las oficinas de Pluma Platino, ubicadas en las torres Ícono Capital, en la avenida del Paseo Diplomático. Una vez en el piso 12, Paula los estaba esperando.

Cuando vio a Félix, inmediatamente se puso a llorar a mares, se llevó las manos a la cabeza y pidió disculpas.

"Paula, es solo fútbol", le dijo Félix devolviéndole el chiste interno, y ella lloró aún más fuerte.

Luisina le dijo a Félix: "Si no fueras hombre de una sola mujer, habrías hecho desastres", a lo que Félix le respondió, "no confirmo ni desmiento" y Paula gritó: "No acepto ni declino" en un instante que cortó el llanto para ser seguido de aún más llanto.

Una vez más tranquila y luego de haber pedido perdón unas cuarenta veces, se dispuso a acompañarlos a su oficina, para comenzar a discutir los términos del contrato.

Sentada detrás del escritorio y ya adoptando el porte de una poderosa ejecutiva, comenzó a hablar con seriedad: "No les voy a mentir, el libro es lo mejor que pasó por mis manos en años", pero quiero encarar esta publicación de forma inteligente.

"Acá les voy a pedir que confíen en mí. A Marco Delacroix no lo quería nadie cuando lo agarramos nosotros, hoy lo tenemos publicado en España y Francia y todos los meses aparece un lugar nuevo que lo quiere", presumió Paula.

"Impresionante", dijo Félix mirando a Luisina a pesar de que ninguno de los dos tenía ni la más pálida idea de quién era Marco Delacroix.

"Félix, yo te puedo ofrecer ya mismo un contrato para publicar en Argentina. Pero no es eso lo que me interesa. Argentina es un mercado chico, paga en pesos. Yo quiero que me autorices y me apoderes para traducirlo, ir a mostrarlo a Estados Unidos y negociar en tu nombre. Se lo van a comer con cucharita, creeme. Creo que podemos aspirar a una publicación a todo trapo", comentó Paula.

Félix y Luisina murmuraron en voz baja una suerte de charla privada entre ellos para evaluar la propuesta. "Bueno, dale nomás", dijo Félix extendiendo su mano para sellar el trato.

Paula le dio la mano con fuerza y luego le dijo: "Yo no hago promesas, pero cuando creo en un libro, lo vendo bien. Y creo mucho en este libro".

En el apretón de manos con Paula, Félix sintió su anillo de compromiso, que luego observó con un poco más de detalle.

Paula quedó estática, expectante y con los ojos llenos de lágrimas, esperando aquello que Félix estaba por decir. Félix la miró a los ojos con una mirada segura, seductora y una sonrisa ganadora.

Y luego le dijo: "Ceniza".

48

El Salvataje

Félix irrumpió en la oficina de Chadwick con un reporte financiero en la mano, que databa de ese mismo día, al mismo tiempo que gritó; "¿Qué mierda estás haciendo con los recursos de la empresa, Chadwick? Vos leíste este reporte. Si en un mes no revertimos, van a cerrar toda la división LATAM".

Y no había terminado de expresar su idea, cuando notó que Chadwick estaba sosteniendo el mismo reporte, y llorando en su escritorio.

"¿Estás llorando por esto o por otra cosa? Si es por otra cosa me voy", le dijo Félix.

"No sé qué hacer, nos hundimos, me salieron todas mal, te pido ayuda para salir de esta. Abrió NYSE y la acción de JJ está en el piso, nos llevamos puesta a toda la operación global, me están puteando en veinte idiomas, hace una hora que no puedo atender el teléfono y no para de sonar", lloriqueó Chadwick.

Félix que, aunque quería evitarlo a toda costa, no podía evitar sentir algo de compasión por él, le dijo: "Yo voy a arreglar este desastre, pero para eso es muy importante que hagas algo".

"Lo que sea", respondió Chadwick sumido en su reptiliano lloriqueo.

"Quiero que te vayas por seis meses, y ni aparezcas. Tómalo o déjalo", le dijo Félix a modo de ultimátum.

"¿Pero y qué hago? Soy el Head of LATAM", decía chillando.

Félix respondió: "Yo te voy a llamar una vez por mes y te voy a dar reportes, pero no podés estar acá. Voy a tratar de no echar a nadie, y a ver si puedo revivir a este muerto".

Chadwick agarró sus cosas y se fue. Félix agarró un papel y escribió: "Peligro, Fumigación". Lo pegó en la parte externa de la oficina de Chadwick y la anuló por completo.

Ahora él sería quien estaría a cargo de todo, y quien debería poner orden por una vez en la vida, dentro de esa farsa de empresa.

Volvió a su oficina y lo primero que hizo fue asegurarse de que esta vez, al menos, tuviera algún tipo de rédito por la hazaña que estaría pronta a realizar.

Llamó a Carlitos Cronwell, y le pidió que transformara todo su saldo de la cuenta del Whitebridge, a acciones de JJ-Evans.

"Félix, ¿vos estás loco? Ese papel es un cuchillo caliente, ¡es un muerto vivo!", dijo Carlitos intentando advertirlo.

"Está bien, dejame 20 lucas cash y comprá las acciones por los otros 80", exclamó Félix y Carlitos acató.

Félix enfrentó un desafío formidable al asumir la tarea de reestructuración interna de la empresa, un proceso crítico que requirió una revisión exhaustiva de todos los gastos de los últimos años.

Lo que descubrió fue alarmante: aberraciones financieras y dilapidaciones que parecían omnipresentes, evidenciando una gestión anterior profundamente descuidada.

A Félix le sorprendía que, a pesar de esta situación caótica, la empresa aún retuviera a sus clientes, un fenómeno que él atribuía únicamente a su reconocible nombre internacional.

Dada esta revelación, Félix tomó medidas decisivas para estabilizar y revitalizar la estructura operativa de la empresa.

Implementó rotaciones extensas de personal, asegurándose de que cada departamento no solo estuviera dotado de empleados competentes, sino también de que trabajaran de manera cohesiva y alineada con los nuevos objetivos estratégicos.

Esta reorganización buscaba mejorar la eficiencia y restaurar la confianza dentro de la organización.

Con la estructura interna comenzando a estabilizarse, Félix se enfocó en fortalecer las relaciones con los clientes más prometedores.

Identificó a dos clientes clave que, en el lapso de treinta días, contribuyeron significativamente al flujo de caja de la empresa.

Este ingreso de dinero no solo proporcionó el oxígeno financiero necesario para mantener las operaciones en curso, sino que también ofreció un incentivo para planificar estrategias a más largo plazo.

Habían sobrevivido al primer mes, y ahora al menos estaban vivos para seguir peleando.

Este periodo fue crítico no sólo para la supervivencia inmediata de la empresa, sino también para establecer un precedente de gestión basada en la responsabilidad, la transparencia y el rendimiento.

Félix sabía que el camino hacia la recuperación sería arduo y requeriría de más que cambios superficiales: necesitaba una transformación cultural y operativa que redefiniera la empresa desde adentro hacia fuera.

Con estos primeros pasos, comenzó a sentar las bases para un futuro más estable y próspero para la empresa.

El proceso de transformación que Félix había emprendido en la empresa se complicó aún más cuando se hizo evidente que aún quedaban resquicios de la gestión anterior, plagados de ineficiencias y corrupción.

Determinado a erradicar completamente estas malas prácticas, Félix amplió el alcance de sus auditorías, enfocándose incluso en las transferencias más pequeñas, un detalle que muchos habrían pasado por alto bajo la presión de problemas más grandes.

Este meticuloso escrutinio reveló una serie de robos hormiga que habían estado sucediendo durante años.

A pesar de su aparente insignificancia individual, estas pérdidas acumuladas representaban una fuga considerable de recursos que debilitaba aún más la ya frágil situación financiera de la empresa.

La revelación fue un golpe duro pero necesario, ya que puso al descubierto la profundidad de los problemas que Félix debía confrontar.

Tomando medidas drásticas, Félix no sólo despidió a los empleados responsables, sino que también procedió a denunciarlos legalmente.

Esta acción fue un claro mensaje para toda la empresa: la nueva gestión no toleraría ninguna forma de corrupción o malversación, sin importar la escala.

Por supuesto que eliminó *afters*, almuerzos especiales y todo tipo de festejos sin sentido.

A partir de este momento decisivo, la percepción de Félix entre los empleados y la dirección comenzó a cambiar significativamente. Se ganó el apodo de "Amargo Roth", el cual llevó con orgullo.

Félix era un líder determinado e inflexible en su empeño por alcanzar sus objetivos y asegurar la integridad de la empresa.

Si bien su enfoque estricto podría haber sido una fuente de tensión, también fue fundamental para establecer nuevas normas de conducta y responsabilidad dentro de la organización, aspectos cruciales para el futuro éxito y la sostenibilidad de la empresa en un mercado competitivo.

A los seis meses de asumir Félix el liderazgo, la empresa había experimentado una transformación radical.

Se había convertido en una organización eficiente, honesta y competitiva, alineada con los ideales de integridad y excelencia que Félix había implementado desde el inicio. La empresa no solo había logrado estabilizarse, sino que también había comenzado a ganar reconocimiento en el mercado como un competidor digno y respetable.

Sin embargo, esta era de renovación y progreso estaba destinada a enfrentar un obstáculo inesperado.

La reaparición de Chadwick en la escena fue un golpe devastador para la empresa y para Félix.

Durante los seis meses de ausencia de la vista pública en la empresa, Chadwick no había estado inactivo. Había estado en la casa central.

Informaba de cerca a los simios con corbata, como si fuera él el verdadero arquitecto detrás de la transformación de la empresa.

Chadwick había manipulado la narrativa a su favor, presentándose como el líder visionario que había dirigido todos los cambios significativos y positivos.

Cuando Chadwick regresó a la oficina de Buenos Aires acompañado de cinco chimpancés de la casa central, Félix supo que esto sólo podía significar malas noticias.

49

Las Cartas y La Fiesta

Félix agarró un sobre y puso adentro los últimos dólares que le quedaban. Se lo dio a Luisina y ella se lo llevó tal como hacía todos los meses. Al día siguiente volvió con el pedido sin saber que no habría otros posteriores.

"Bueno, este sí que va a ser un mes interesante", pensó Félix al entregar el sobre mientras sentía una cantidad de dolores que ya no podía ni contabilizar.

A esta altura le costaba mucho pararse y andar de acá para allá, pero lo hacía igual ignorando todos sus malestares, solo para demostrarle al mundo que no sería doblegado por algo tan mundano como el paso del tiempo.

Caminó hasta la puerta porque vio un sobre, y se dispuso a abrirlo con interés. Era una carta escrita a mano, lo cual despertó su curiosidad.

Comenzó a leerla y decía textualmente:

"Querido Félix,

Te escribo de puño y letra porque pienso que vas a apreciar lo que espero sea un hermoso intercambio epistolar. Ay, ya se me llenaron los ojos de lágrimas. ¡Bueno, basta Paula!, respirá hondo, estás trabajando.

Te cuento que en Estados Unidos vendí súper bien la publicación y la gente de Obsidian Core Media se obsesionó con tu libro todavía más que yo. ¡Están obsidionados! Ay dios, qué pelotuda. Des-leé lo anterior.

Preparate porque te estás por ir de gira. Ya sé que no te gusta mucho movilizarte, así que seguramente te consigamos un lindo loft para quedarte, para que podamos ir haciendo presentaciones en distancias cortas.

El primer cheque está en el sobre. Miralo sentado porque te morís. Es grandecito.

Y te aviso que los cheques van a seguir llegando. Estamos negociando la película, la serie, cuando te digo que están obsidionados (perdón) con el libro, es en serio.

Hasta me están pidiendo licencia para hacer una película únicamente con el capítulo de Port Ember, imaginate.

Me están tratando como a una reina, de hecho te dejo porque me están viniendo a buscar. Me llevan a un concierto de arpa y luego a cenar.

Estate listo para recibir más noticias mías.

Paula"

Félix volvió a meter la carta en el sobre, y sacó el cheque para analizarlo.

Paula Milán había tenido tal éxito en Estados Unidos, que había conseguido un adelanto de regalías de 1.7 millones de dólares.

Félix permaneció unos minutos contemplando el cheque, curiosamente del Whitebridge, no pudiendo creer lo que tenía delante de sus ojos. Luego caminó hasta el cuarto de recuerdos, en el cual quedaban cuatro o cinco cosas por catalogar, y agarró una vieja agenda.

Encontrado el número que deseaba, procedió a llamar desde su teléfono de línea.

"Hola, ¿Levy?", preguntó Félix cuando alguien atendió del otro lado.

"Si señor, ¿con quien hablo?", respondieron.

Félix comenzó a reír levemente y expresó: "Qué belleza esta cueva, yo llamo en cualquier momento y siempre hay un Levy. Te habla Félix Roth, yo conocí mucho a tu viejo, o a tu abuelo, o a tu tío, qué se yo a esta altura".

"¡Señor Roth!", dijo el joven con emoción.

"Yo soy Guillermo, en efecto, usted conoció a mi abuelo, ¡yo en la facultad estudié todo lo que hicieron en Port Ember!".

"Guille, tengo que cambiar un cheque del Whitebridge. Grandecito. ¿Están líquidos?", preguntó Félix queriendo ir al grano.

Guillermo inmediatamente y con un tono muy profesional explicó: "Por supuesto, por la liquidez no se preocupe. Le cuento que nuestro servicio es *concierge*, le enviamos un auto a donde usted nos indique, retiramos el cheque y volvemos a enviarle un auto con el efectivo en 48 horas. El costo total es del 12%".

Félix lanzó una carcajada que no fue correspondida por Guillermo, y luego dijo: "Qué fenómeno - Imitando a Julián Weich imitando a Pepe Biondi, en un anacronismo sideral -. 3% te doy, Levy, y ni se te ocurra mandarme *cara chicas*. Pero no esperaba menos de vos".

Félix le dio a Guille Levy las coordenadas, y en 36 horas tenía ya de vuelta en su casa al más horrendo de los bolsos repleto de efectivo.

Lo puso en su habitación para que nadie lo viera, y pensó que hubiese pagado cien mil dólares únicamente para no haber sentido el dolor de espalda que sintió al transportarlo.

Félix no había tenido una consulta médica en más de cuarenta años. "Si me muero, me muero", pensaba él. Pesaba alrededor de ciento cincuenta kilos y su calidad de vida había mermado en forma notoria.

Dormía siestas durante el día, y soñaba constantemente con sus recuerdos. Con los reales, y con los que tenían ayuditas en el libro. Le resultaba fascinante irse a dormir para encontrarse con aquellos.

Al día siguiente, y luego de haber revivido la aventura del Bazar Noir, se dispuso a catalogar las últimas cositas que quedaban en el cuarto de recuerdos.

Las dispuso sobre el escritorio y las observó.

Una foto de Ema en Mar del Plata de cuando debía tener quince años. Una factura de una peluquería por un valor de trece centavos, un sobre que decía "Ne nyisd ki" en la solapa, y una pulsera horrenda que probablemente él mismo hubiera realizado en una clase de manualidades en el jardín de infantes.

"Enviar, tirar, inspeccionar, tirar", pensó.

"Pero mejor mañana, hoy ya estoy cansado".

Al día siguiente se levantó, comió galletitas, miró por la ventana cómo el Pato Chazarreta y cinco amigos reparaban autos en la vereda, y volvió a dormir.

Estaba feliz de saber que el sistema que había creado funcionaba sin la más mínima de sus intervenciones, pero también estaba alertado de que sus días eran cada vez más cortos y sus momentos de lucidez mental eran fugaces.

Dos días más tarde, se dispuso a terminar con la lista de misiones críticas que no podían ser demoradas.

En el cuarto de recuerdos, retiró del escritorio el último sobre que quedaba, aquel con la inscripción en húngaro, y se lo puso en el bolsillo para dejar la mesa totalmente despejada.

Desde su habitación, transportó a fuerza de dolor y determinación el bolso con el dinero para ubicarlo en una posición central. Del armario retiró algunas otras cosas y dispuso todo en la mesa de trabajo.

Abrió un cajón y sacó la caja de lapiceras de JJ-Evans y un papel en blanco. Probó tres lapiceras hasta que una finalmente anduvo, y se sorprendió de que todavía alguna pudiera escribir.

Se dispuso a escribir lo siguiente:

"Querida Luisina,

Creo que anda mal la estufa.

No la repares. Tirala.

Te dejo acá un poco de plata para una nueva, y me parece que te va a sobrar un poquito.

Mi casa ya era tuya, te la compró tu viejo a cambio de galletitas, tornillos y repuestos.

Te dejo también una cesión plena de todos los derechos patrimoniales de mi obra.

Y una caja con algo muy interesante: 126 cartas que me estuve mandando por más de 60 años con el difunto Premio Nobel, y ex Director del Weitzmann Institute of Science, Dr. Zain Lestari.

Por último, una carta de recomendación para vos firmada por el mismo Zain. Con esto vas a entrar a la universidad del mundo que vos elijas, es la única carta de recomendación que él firmó en su vida.

Te quiere,
Félix"

Antes de dejar la carta en el escritorio, escribió en otra hoja en blanco "Peligro. Fumigación", y la puso en la puerta luego de cerrarla, para evitar la entrada de algún curioso cuando viniera la ambulancia, la policía o quien sea.

Luisina sabría decodificar el mensaje y entendería que algo para ella había del otro lado.

Caminó hasta la cocina y mientras sacó el sobre de su bolsillo, el último de los objetos antiguos que a lo largo de los años por alguna razón había conservado en la profundidad de una caja.

"Ne nyisd ki", leyó.

"¿No abrir? Lo único que me falta es que un sobre me diga lo que tengo que hacer", pensó, y luego lo abrió.

Era una carta en húngaro, escrita con la letra de su padre. Félix se sintió extremadamente intrigado, pero ya no era un sobre quien le indicaba no proceder, sino su propio padre. "¿Le hago caso?", pensó.

Y unos segundos después miró para arriba y dijo: "Viejo, si no querías que la leyera ¿para qué la escribiste?, yo la leo y que sea lo que dios quiera".

Félix, que nunca había podido conversar en húngaro con ninguna persona, todavía conservaba el idioma, como todo el resto de los idiomas que hablaba, con cierta fluidez, al menos suficiente como para leer una carta.

Procedió a la lectura, pero cuando vio que arrancaba con: "Querido Félix", sintió escalofríos y una ansiedad inquietante.

La carta decía:

"Querido Félix,

Hoy cuando te vi hablar en húngaro se me revolvió el estómago. Te escribo esta carta en este idioma que ojalá no supiera, únicamente para que la leas si el destino así lo quiere, y para que no la lea tu madre.

En este momento estoy alterado, en la oficina del taller, acabamos de llegar de sacarnos esa foto con el viejo nefasto de Pablo.

Te voy a contar una historia que únicamente yo sé.

Nací en Mengus Falva, Hungría.

No lo busques en el mapa, ya no existe.

Mis viejos, Zelig y Rochel Roth, y yo, éramos vecinos de los Fisch Klein. Ellos eran Wolf Fisch Klein, su esposa Leah, que falleció muy joven, y su hijo Faivel.

Faivel Fisch Klein, o "Pablo", como se hace llamar ahora, era 11 años mayor que yo.

Cuando yo tenía 10 y el 21, Faivel trabajaba de mensajero para el servicio postal, y recorría los pueblos aledaños.

Cierto día en la estación de policía de Gyor, se enteró de que al día siguiente un grupo de oficiales vendrían a saquearnos.

En un rapto de egoísmo, se lo contó únicamente a su padre, y ambos pasaron esa noche en el bosque.

Cuando los saqueadores finalmente vinieron, nos agarraron por sorpresa, pero nadie opuso resistencia. Pasaron por mi casa y mi padre, intentando bajar la intensidad de la situación, les comunicó que podrían tomar y llevarse lo que quisieran.

El más grande, que sin exagerar debía medir dos metros de alto y dos de ancho, señaló a mi madre.

Mi padre, con autoridad, le respondió que eso no podría permitirlo.

El grandote agarró a mi madre del pelo con la intención de llevarla a su carruaje, y mi padre, con una energía divina, cual poseído, con el puño cerrado y un movimiento de caderas que nunca más volví a ver ni en el Luna Park, le colocó una trompada ascendente en la base del tabique nasal.

La bestia humana quedó estática y luego cayó al suelo, literalmente muerto.

Acto seguido acribillaron a balazos a mis padres, y quemaron mi casa. Yo vi todo perfectamente, pero me salvé porque los policías no advirtieron mi presencia.

Cuando al día siguiente volvieron los Fisch Klein, se había hecho evidente su acto de cobardía y estaban muertos de culpa y vergüenza.

Wolf me adoptó en determinado momento, y Faivel simplemente se fue.

Muy poco después Wolf y yo pudimos venir a Argentina con muchos otros húngaros que pudo traer Gregorio Levy, el padre de Gerardo.

Gregorio era un contrabandista superlativo, podía hacer aparecer y desaparecer lo que quisiera en cualquier parte del mundo.

Wolf Fisch Klein trabajó como jardinero para los Levy y yo me crié con Gerardo como un hermano más. De hecho, Gerardo era casi un bebe cuando yo llegué.

Cuando empezaron a llegar los autos, yo aprendí a repararlos y así es como me hice de mi oficio. A los veinte años conocí a tu madre, y nos casamos.

Cuando muchísimos años después apareció Faivel, nadie lo podía creer.

Habían pasado décadas y había sobrevivido al mismísimo infierno, pero aun así no podía mirarme a los ojos.

Wolf había fallecido hacía rato y Gregorio le había dado algo de plata para que pudiera poner su local de fotografía.

Faivel se había casado con Dorita, una húngara de buen corazón y una salud muy delicada y habían tenido una hija: Berta.

Faivel la cuidó sin nadie más después de que Dorita falleciera.

Cuenta Faivel que cierto día encontró llorando a Berta, y le confesó que uno de la escuela se había propasado con ella. Poco después notaron su embarazo. Tenía quince años y no quería tener al bebé.

Faivel recurrió a Levy, quien básicamente movió las piezas del tablero y arregló todo.

Arregló para que el bebé fuera dado en adopción, y al pibe que la había abusado no lo vio nadie nunca más.

Levy sabía que con tu mamá habíamos pasado eternidades tratando de tener familia y estábamos anotados en el registro de adopción.

Un día me llamó y me dijo: "Venite a la casona que es tu día de suerte". Estaba Faivel con el bebe recién nacido, Gerardo y yo.

Faivel me dijo: "Te hice perder una familia, y ahora te hago ganar una familia, ya no te debo nada", y ahí te tuve en mis brazos por primera vez.

Te pusimos en un cochecito y Faivel con una cámara que había seteado le pidió a una mucama que tocara el botón, y que esa foto funcionara como testigo. En algún cajón la vas a encontrar si la buscás.

Antes de irnos me dijo: "Nunca le enseñes húngaro, ni le digas de donde viene".

No entiendo ni de dónde sacaste el húngaro, pero eso fue lo que alteró al viejo funesto el día de la foto.

Llegamos a casa y empezó nuestra historia. Le dije a tu madre que el registro nos había concedido la adopción y nunca tuvo elementos como para no creerme.

Levy armó el papeleo, y caso cerrado.

Creeme hijo que, aunque espero que esto nunca lo leas, me saqué un peso de encima.

Ya estoy de mejor humor.

Te veo en el living para jugar a las cartas.

Te ama,

Tu padre."

Félix se encontró lagrimeando, haciendo conexiones mentales que jamás pensó que iba a poder hacer. Sacando conclusiones y atando cabos que daban sentido a muchísimas cosas que a lo largo de su vida había atribuido a meras coincidencias.

Se guardó la carta en un bolsillo, y pensó: "Las cosas que uno se viene a enterar el último día de su vida".

Tiró al piso el cartelito de papel de "No prender", sacó la frazada que cubría la estufa y procedió a prenderla.

Volvió a mirar hacia arriba y dijo en voz alta: "Viejo, calentá el agua".

E inmediatamente después sintió la mano de su padre en el hombro. Se dio vuelta intempestivamente y Cacho le dijo: "Ya está todo listo y servido. Vení que vino todo el mundo".

Ambos abrieron la puerta y en el living de la casa junto al taller una multitud disfrutaba de la recepción.

Ema vino corriendo a abrazar a Félix y le dijo: "Desde que los vi supe que iban a ser muy felices, me tenés que volver a contar la historia de cómo fue la propuesta".

Por todo el living de su casa, varias mesas estaban servidas con distintos manjares, que el mismísimo Eleazar Schulman estaba supervisando.

Parados junto al pasillo estaban Emilio y Ramiro Chab charlando con Tato Lynch, mientras que Facu y Delfi se hacían revisar sus joyas por Noah Navon.

Gerardo estaba degustando algunas cosas junto a Buby Snajer, a su vez muy interesado en entablar un diálogo con Bernardo Terranova.

Mario Nissen y Elena Navarro Gottig compartían un momento con Carlitos Cronwell, y Sofía Duprat intentaba cantar algún tipo de melodía ayudada por Judith Tarabur.

Zelig y Rochel practicaban en broma movimientos pugilísticos asistidos por el Yunque Cataldi.

Eric y León hablaban con Don Whitney, y Keyla imaginaba su nueva casa, la cual Rosita y Fabián ya estaban proyectando, con ayuda de Tobías.

Rogelio y Santiago estaban en un sillón diciendo que no había nada como el aire de campo, y Horacio Santamarina preguntaba qué oportunidades veían en La Pampa.

Zain, Gaspar y Luisina reían a carcajadas, recordando la última película de Maxton Wide.

Y del otro lado del salón, con la sonrisa de siempre y el porte de un ángel, Bambi estaba esperando para sacarle a Félix todos los dolores, y devolverle la juventud con un abrazo interminable y el brillo inconfundible de su anillo de oro coral.

"¿Cuánto hace que estás acá?", preguntó Félix.

"Desde siempre, y desde hace un segundo. Pero técnicamente, desde que se rompió la cafetera aquella vez en el departamento de Broadway".

Se tomaron de la mano y al mirar a los invitados todos aplaudieron.

"¿Ya conociste a mis sobrinos?", preguntó Félix mientras los llamaba con un gesto, para que vinieran a conocerse.

50

El Teatro

Chadwick sacó de su oficina el cartelito que estaba pegado, e ingresó con los ejecutivos americanos. Eran miembros del directorio, gente poderosa de la casa matriz.

Estuvieron reunidos durante horas, pero todo eran buenas noticias.

JJ-Evans se había salvado. La acción volaba por los aires, todos estaban felices.

Luego de un rato salieron y en el hall central juntaron a todos los empleados para dar una serie de anuncios que únicamente podrían significar catástrofes.

Quien se dedicó a hablar fue uno de los americanos, que en inglés comentó lo felices que estaban del trabajo que aquí se había hecho. Que de la mano de Chadwick la transformación había sido total. Que pocas veces en su carrera habían presenciado semejante evolución en tan poco tiempo.

Finalmente, que todos debían concurrir el lunes siguiente al Teatro Colón, donde se hablaría del futuro de la empresa y se harían oficiales algunos cambios.

Félix sintió náuseas y tuvo que salir del edificio.

¿Acaso esta gente tenía algún tipo de bacteria cerebral que le impedía hacer conexiones neuronales coherentes?

Justamente, alquilar el Teatro Colón para comunicar una serie de nimiedades era exactamente el tipo de gasto que Félix había eliminado para que la empresa pudiera salir a flote.

Se dispuso a caminar hasta su casa de Belgrano, para que la brisa fresca le aclarara un poco las ideas. Pasó por una librería, y notó como estaban desplegando un enorme cartel con la cara de Zain.

Habiendo ingresado, notó que en una mesa estaban expuestos los ejemplares del último de sus libros, que ese mismo día salía a la venta.

Félix compró uno y lo puso en su maletín, con la esperanza de intentar leerlo en algún momento cercano, aunque sabía que la comprensión del mismo le sería esquiva.

Los días posteriores volvió a la oficina, pero no trabajó. Se dedicó a contemplar.

En determinado momento en uno de los pasillos, escuchó como el Gordo Varela le comentaba a Hombritos: "Claro, aparentemente Chadwick desde allá le daba indicaciones a Félix de cómo proceder acá".

Félix pensó en intervenir, pero desistió. Cómo podía ser que la gente que había comandado durante los últimos seis meses fuera tan faraónicamente estúpida como para no darse cuenta de que la transformación había sido obra suya y que jamás podía haber venido de un bueno para nada como Chadwick.

El viernes se encontró con el comité de amebas que estaban organizando el evento del Colón, y se enteró de los anuncios que harían: Chadwick, por su fenomenal trabajo, sería ascendido a CEO global de la empresa, y para LATAM traerían a un gringo especialmente, con el objetivo de evitar que el descalabro financiero anterior volviera a suceder. Además le darían a Chadwick un premio a la trayectoria.

Félix quería reír, pero literalmente no podía. Sentía que había perdido la capacidad muscular de expresar felicidad, incluso cuando era en forma irónica.

Pasó el fin de semana en su taller, alejado de todo lo que sucedía en la oficina. Encontró algo parecido a la paz, pero que no terminaba de materializarse sabiendo que el lunes debería volver.

El lunes durante el día fue a la oficina, pero no realizó acción de ningún tipo.

Pasó toda la jornada laboral mirando un punto fijo.

Se encontró de golpe con la oficina vacía. Todos ya habían salido para el Colón.

Caminó lentamente y al llegar ya estaban todos adentro.

Ingresó y se sentó en la última fila.

Sin siquiera intentar comprender la serie de bramidos y balbuceos salvajes que se emitían desde el escenario, intentó conectarse al menos con el libro de Zain.

Él conocía de su infelicidad, y si bien sabía que Félix no comprendía la parte de las ecuaciones, muchas veces en sus libros le escribía pequeños mensajes en código, para que él los decodificara y pudiera levantarle el ánimo, aunque fuera por un rato.

Además, desde el día en el cual Noah Navon había corroborado que las alianzas que Félix le había dejado eran de distinto color, Zain trabajaba incansablemente en probar matemáticamente la hipótesis que le había propuesto en aquel departamento antes de irse de Nueva York.

Félix sacó el libro de su maletín, y leyó:

"Crono-Singularidades: Más Allá de las estructuras cuánticas perfectas, eternas y permanentes durante la transferencia interdimensional en el Espacio-Tiempo", por el Dr. Zain Lestari.

Abrió el libro y leyó la dedicatoria: "A Bambi Stern, dondequiera que estés".

Y no habiendo leído ni veinte palabras y retumbando entre el balbuceo subhumano de Chadwick, un tremendo nudo en la garganta se manifestó como la imperiosa necesidad de levantarse del auditorio y salir para nunca más volver.

Y eso hizo.

FIN

51

Epílogo

Jonás Romano Weiss camina durante el atardecer, atravesando el Danubio en el invierno de Budapest. En un morral gastado, tiene unas cuantas cosas entre las cuales se incluyen dos ejemplares de Roth. Uno en castellano y uno en inglés.

No es una figura masivamente reconocible, pero aquellos que han entrado en el *rabitt-hole* de Roth saben perfectamente cómo es. Le resulta normal que alguien se le acerque, quiera tomarse una foto, o le haga preguntas.

Dentro de las polémicas que Jonás más disfruta, se encuentra por ejemplo el año del nacimiento de Félix, o la especulación respecto de la identidad de su padre biológico.

Jonás sabe las respuestas, pero no las dice.

Cuando las preguntas son buenas y si es que tiene uno a mano, recompensa al preguntante con una edición autografiada, y para eso es que las carga a pesar de su cuantioso peso.

Roth vuela alto, y distintas producciones audiovisuales ya están por suceder.

El cuantioso adelanto de regalías por el segundo libro de la saga ya fue cobrado, y el porte del lobby del hotel en el cual Jonás ingresa da cuenta de esto.

Jonás se sienta en una mesa y pide un café.

Abre su computadora.

Y con el procesador de texto abierto y la página en blanco, escribe:

"Levy"

<u>Prólogo:</u>

En la mesa, todos estaban atentos a las cosas que hacía el bebé. Pero estaban preocupados: Ya tenía cerca de tres años y todavía no había esbozado palabra alguna.

"A ver, decí Gregorio", instruía su padre, ante la cara desconcertada del pequeño Gerardo.

"Gre-Go-Rio", insistía en vano.

"¿Será que tiene algo mal?", se preguntaba Gregorio, y recordaba que sus padres le habían contado que él a los dos años ya era una máquina de hablar.

De golpe, el pequeño Laszlo hizo una cara graciosa y Gerardo rió a carcajadas con una risa tan contagiosa que cambió el humor general de la mesa.

"A ver, decí Laszlo", dijo el pequeño con un español precario, mientras agarraba la manito de Gerardo.

Gerardo comenzó a mover la boca y a poner cara de concentración, mientras el resto de la mesa miraba con máxima expectativa.

"Decí Laszlo", insistió.

Gerardo abrió la boca, y un segundo después y seguido por un eterno aplauso, dijo:

"Cacho"